1

Als ich Oscar Livingstone kennenlernte, führte er ein ziemlich alltägliches Leben. Er war Steuerberater, hatte ein kleines Büro und einige treue, anspruchslose Kunden. Ich hatte ihn von meinem Vater übernommen, der auch ein kleines Geschäft gehabt hatte, und besuchte ihn einmal im Jahr in seinem winzigen Büro in der Southampton Row, um eine Routineprüfung meiner Rechnungen und Quittungen durchführen zu lassen. Er gab mir nie Ratschläge, wie ich gewinnbringender investieren oder diversifizieren könnte, was mir sehr angenehm war, denn so hatte dieser ganze Vorgang etwas von einer religiösen Zeremonie, bei der Oscar und ich genau wußten, was wir zu sagen und zu tun hatten, und nach der wir uns mit ernster Miene die Hände schüttelten, um dann entspannt zu einem ebenso feststehenden Ritual überzugehen, nämlich den höflichen Fragen nach unseren Familien. Meine Familie gehörte zum größten Teil der Vergangenheit an; doch Oscar war mit einer Frau verheiratet, die ihm so verblüffend ähnlich sah, daß ich sie immer für seine Schwester gehalten hatte, wenn sie in sein Büro kam, um etwas für ihn zu schreiben. Sie waren ein stilles, nachdenkliches Paar, und wenn ich sie beide im Büro antraf, schauten sie mich immer mit großen, mitfühlenden Augen an und nahmen Anteil an meinen kleinen und großen finanziellen oder familiären Verlusten, deren Betrachtung ich, zerstreut wie ich war, auf einen einsamen freien Nachmittag oder den späten Abend zu verschieben pflegte – wenn ich sie nicht überhaupt vergaß.

Dieses Ritual hatte sich schon so fest eingebürgert, daß die Nachricht von Oscars erstaunlichem Glücksfall für mich besonders überraschend kam – obwohl sein Gesichtsausdruck ganz unverändert geblieben war, wenn man davon absah, daß sich auf seiner vorher völlig glatten Stirn eine sorgenvolle kleine Furche gebildet hatte. Seine Frau Dorrie war ins Büro gekommen, um ihm zu helfen, die Bürde seines Glücks zu tragen, und sie sah mir mit starrem, beinahe tragischem Blick in die Augen, als sie mir die Neuigkeit mitteilte. »Wir wollten, daß Sie es direkt von uns erfahren«, sagte sie, »ehe Gerüchte in Umlauf gesetzt werden. Obwohl wir ausdrücklich gesagt haben, daß wir keine Publicity wünschen.« Anscheinend hatte Oscar eine ansehnliche Summe im Fußballtoto gewonnen. Sie konnten sich zwar nicht dazu entschließen, zu sagen, wieviel, aber sie versicherten mir, daß sie sich um ihre Zukunft nun keine Sorgen mehr zu machen brauchten. Und als wollten sie mich beruhigen, fügten sie hinzu, daß Oscar sein Büro zwar nun aufgeben werde, aber trotzdem weiterhin bereit sei, sich meine Steuererklärungen anzusehen, wenn ich sie in seine Haus in Wimbledon brächte. »O nein, wir ziehen nicht um«, sagte Dorrie. »Wir wollen unser Heim nur ein wenig verschönern. Und natürlich kaufen wir auch etwas für unsere Tochter.«

Als es für meine alljährliche Steuerberatung Zeit wurde, fand ich es daher ganz natürlich, mich wieder an Oscar zu wenden. Und wieder wurden die gleichen anteilnehmenden Fragen gestellt und beantwortet, obwohl er inzwischen Millionär war (natürlich hatten die Gerüchte die Summe mittlerweile auf zwei oder gar fünf Millionen Pfund erhöht) und ich – wie mein Vater vorher – im kleinen Rahmen Geschäftsfrau. Nur eine Kleinigkeit hatte sich verändert: Als ich ihn anrief und um einen Besuchstermin bei ihm zu Hause bat, schien mir seine Stimme ein bißchen wehmütig und schläfrig zu klingen, was ich darauf zurückführte, daß er nun nicht mehr arbeitete und nur noch von einem Zimmer ins andere zu gehen brauchte, statt sich jeden Morgen den Strapazen einer mühseligen U-Bahn- und Busfahrt stellen zu müssen. Ich wunderte mich übrigens, wie er es so viele Jahre ertragen hatte, im Zentrum von London zu arbeiten, das doch so weit von seinem Haus am Stadtrand entfernt war. Mir war er immer so bescheiden und anspruchslos vorgekommen, daß ich mir fast Sorgen um ihn machte: Er brachte sein Mittagessen, verpackt in mehreren Beuteln, in der Aktentasche mit ins Büro; der Nahrung, die alle anderen Menschen zu sich nahmen – oder zu sich nehmen müssen – trauten er oder Dorrie anscheinend nicht. Einmal, als ich am frühen Nachmittag einen Termin bei ihm hatte, schälte er sorgfältig eine Orange und legte die Schalen in einen leeren Karteikasten, der offensichtlich für diesen Zweck bestimmt war; ein andermal stieg mir ein Duftgemisch von Brie und etwas Scharf-Süßlichem in die Nase. »Was haben Sie zu Mittag gegessen?« fragte ich, begierig, dieses Geheimnis zu lüften. Er beantwortete meine Frage mit dem

Das Buch

»Ich hatte Heather immer für eine langweilige Person gehalten, eigentlich kaum für eine richtige Frau; und sie hatte offensichtlich das gleiche von mir gedacht... Vielleicht würde sie sogar die große Liebe erleben, auf die sie Anspruch erhob. Und dann würde sie Kinder bekommen, und man würde ihr Beifall spenden, schlicht und einfach, weil sie den entscheidenden Test bestanden hatte. Denn darin besteht der Test, darüber sollte man sich keine Illusionen machen.« Die Buchhändlerin Rachel verzichtet bewußt auf engere Bindungen. Sie zieht gelegentliche Affären vor. Ihr Bedürfnis nach familiärer Wärme und Geborgenheit befriedigt sie durch regelmäßige Besuche bei den in idyllischer Weltabgeschiedenheit lebenden Livingstones. Das liebenswürdige ältere Paar ahnt nicht, welche Rolle ihre Tochter Heather im Leben Rachels spielt, und Rachel kann nicht akzeptieren, daß die unreife, verwöhnte Heather mit ihrem kindischen Beharren auf der Erfüllung von Klein-Mädchen-Träumen Erfolg haben soll. Als Heather sich schließlich zu ihrem Liebhaber nach Venedig absetzt, reist Rachel ihr nach... Anita Brookners britisch kühl und zurückhaltend erzählte Geschichten erweisen sich immer wieder als »hartnäckige, sogar brutale Analysen von Macht und Ungerechtigkeit«, schreibt die ›New York Times‹. »Ms. Brookner besitzt wie ihre Heldinnen einen Intellekt, der zu genau und unbarmherzig ist, um irgendeine Art von Selbsttäuschung zuzulassen.«

Die Autorin

Anita Brookner wurde am 16. Juli 1938 in London geboren, ist Kunsthistorikerin mit dem Spezialgebiet der Malerei des 18. Jahrhunderts, unterrichtete am Courtauld Institute of Art in London und veröffentlichte Bücher über Watteau, Greuze, David und andere. Für ihren vierten Roman ›Hotel du Lac‹ erhielt sie 1984 den »Booker-Prize«. In deutscher Sprache liegen derzeit vor: ›Hotel du Lac‹ (1986), ›Seht mich an‹ (1987), ›Tugend und Laster‹ (1988), ›Vergangenheit ist ein anderes Land‹ (1990).

gleichen Ernst wie meine Erkundigungen über die Mehrwertsteuer. »Dorrie hat mir ein paar Brötchen mit Käse mitgegeben«, erklärte er. »Und dazu eine Scheibe von der Ananas, die es gestern zum Abendessen gab.« Ich hatte schon immer den Eindruck gehabt, daß er ein häuslicher, etwas träger Pantoffelheld war, ein korpulenter Mann mit sanfter Stimme und wunderbar gepflegten Händen, wobei er die Resignation eines Schuljungen ausstrahlte, der sich einer gründlichen Inspektion unterziehen muß, ehe er das Haus verlassen darf.

Er schien sich immer zu freuen, wenn er mich sah – was mir schmeichelte, da ich keinerlei Ähnlichkeit mit meinem Vater hatte, mit dem er recht gut befreundet gewesen war; und als ich anrief, bereitete er mich darauf vor, daß Dorrie mich zum Abendessen einladen würde. Für ihn war es ganz natürlich, daß unser Kontakt in Sachen Steuerberatung und darüber hinaus fortbestehen würde; und es rührte mich, daß er immer noch an mich dachte, obwohl diese plötzliche große Einnahme den beiden doch ein ganz anderes Leben zu verheißen schien. Aber Oscar war ein sehr beständiger Mensch mit einem gutmütigen Pessimismus, der irgendwie zu seinem Beruf paßte. Die Vorstellung, wie er mit Dorrie in Wimbledon seinen Ruhestand genoß, gefiel mir, und eigentlich freute ich mich darauf, die beiden wiederzusehen und mit ihnen über die erstaunliche Wendung zu sprechen, die ihr Leben genommen hatte. Ich hatte nie zuvor jemanden gekannt, der so skandalös reich war, und war neugierig, ob der Reichtum sie wohl verändert hatte. Ich stellte mir vor, daß Wohlstand sich an einer Art Stigma erkennen lasse: Würde man ihnen ansehen, daß sie nun Schwierigkeiten hatten, durch ein Nadelöhr zu kommen? Vor allem aber wollte ich ihr Haus sehen und die Veränderungen, die Dorrie daran vorgenommen hatte. Da ich selbst in bescheidenen Verhältnissen lebte, genoß ich Luxus bei anderen.

Ich wurde nicht enttäuscht. Das Haus – eine recht große, aber im Grunde bescheidene Vorstadtvilla – war pompös eingerichtet mit Möbeln der verschiedensten Stilrichtungen: Louis Quatorze, Quinze und Seize herrschten vor, doch auch das frühe neunzehnte und das späte zwanzigste Jahrhundert waren vertreten. Monströse gläserne Aschenbecher in düsteren Farben standen auf Intarsientischen mit Anklängen an den Pompadourstil. Zum Abendessen tranken wir Champagner aus rubinroten böhmischen Gläsern, und das Fleisch wurde auf einem Serviertischchen tranchiert, das den Prunkmöbeln Boulles nachempfunden war. Die dunkelgrüne Régence-Tapete mit hellgrünen Streifen wurde teilweise von goldgerahmten Landschaftsgemälden verdeckt, die keiner Stilrichtung zuzuordnen waren. Das Speisezimmer wirkte düster, wie das bei Speisezimmern häufig der Fall ist. Ja, alle Räume dieses Hauses schienen Tageslicht und Witterungseinflüsse abzuweisen; sie waren dazu angetan, die Gedanken ihrer Bewohner innerhalb ihrer vier Wände festzuhalten – melancholisch und resigniert. Ich stellte mir die trägen Samstagnachmittage vor, an denen Oscar sich in einem der mit türkisfarbener Seide bespannten Lehnsessel mit den dazu passenden Fußschemeln ausstreckte. Ich malte mir aus, wie Dorrie oben in ihrem muschelrosa Schlafzimmer mit dem riesengroßen weißen Hirtenteppich ein Mittagsschläfchen hielt. Sicher waren alle Fenster geschlossen und der schwere Geruch eines reichhaltigen Mittagessens hing noch in der Luft, nur vom Rauch einer von Oscars zwei oder drei Wochenendzigarren überlagert. Nach dem Mittagsschlaf, wenn draußen das Tageslicht bereits zu verblassen begann, stellte Dorrie wahrscheinlich den prunkvollen Gasofen an und zog die Satinvorhänge zu. Dann betupfte sie wohl Hals und Schultern mit ein paar Tropfen ihres blumigen Eau de Cologne, zog ein gemustertes Seidenkleid an und steckte sich ein sauberes Taschentuch in den Ärmel. Für den Tee war es zwar noch ein wenig zu früh, doch da Verwandte zu Besuch erwartet wurden, begann sie bereits mit den Vorbereitungen in der Küche, legte selbstgebackenen Kuchen und Kekse auf goldgeränderte Tabletts und stellte Tassen und Teller, durch winzige, rohleinene Servietten voneinander getrennt, auf den Teewagen. Messer und Löffel klirrten, und das ganze Arrangement wartete nur noch darauf, im passenden Augenblick mühelos in das Speisezimmer gerollt zu werden. Denn Dorrie war eine äußerst penible Hausfrau.

Ich stellte mir das alles sehr gemütlich vor. Obwohl dieses Leben Oscar und seine Frau zu bedrücken schien – beide sahen irgendwie enttäuscht aus –, konnte ich mich gut in die Rolle eines respektablen Mitgliedes einer solchen erfolgreichen, aber melancholischen Familie hineindenken. Ich sah im Geiste, wie ich mir in meinem blaßrosa Badezimmer ein Bad einlaufen ließ und es mit kostbaren, duftenden Essenzen parfümierte; ich sah mich neben meinem Liebhaber im Bett liegen und das Fernsehgerät anschalten; ich stellte mir vor, wie ich für die Tiefkühltruhe Speisen in großen Mengen vorkochte oder an einem sonnigen Tag draußen auf der Terrasse saß – bedacht darauf, mich nicht zu sehr der Sonne auszusetzen –, einen geschliffenen Glaskrug mit Orangensaft neben mir auf dem blendend weiß gestrichenen Holztisch. Die Tage würden ohne jegliche Beziehung zur Außenwelt vergehen. Der Postbote würde keine Briefe bringen, weil man mit der Verwandtschaft telefonisch in Kontakt bliebe. Ich genoß die mörderische Hitze der Zentralheizung, ja sogar die Traurigkeit, die all diese Neuerwerbungen in Oscar und Dorrie auszulösen schienen – als wären eben dieser Komfort und diese Desillusionierung die Merkmale des mittleren Lebensalters. Von jugendlicher Impulsivität oder Torheit war nicht die kleinste Spur geblieben; sie hatten sich in die Fotografien zurückgezogen, die in silbernen Rahmen auf dem Bücherschrank und dem Fernsehgerät im Wohnzimmer thronten. Auf diesen Fotos sah man Oscar und Dorrie in jüngerer Ausgabe, verlegen, im ungewohnten Sonnenlicht stehen, als warteten sie auf ihre spätere Körperfülle und ihre natürliche Umgebung in den eigenen vier Wänden.

Denn ihr gegenwärtiges Leben war eine Apotheose der Häuslichkeit, und den Wechsel der Jahreszeiten nahmen sie kaum wahr. Sie blieben abends lange auf und liebten üppige Mahlzeiten: Nachmittagstees mit drei Gängen und Abendessen mit fünf Gängen, zu denen ihre große Familie den meisten Appetit und den gesamten Gesprächsstoff beisteuerte. Wenn alle Schwestern und Schwager versammelt waren – wie damals, als ich zum erstenmal zum Tee eingeladen war –, erforderte es einigen Mut, sich in ihre Unterhaltung einzumischen, die sie über den Kopf des fremden Gastes hinweg führten; aber sie waren freundliche Menschen, und über einen Besuch, den ich für einen totalen Mißerfolg gehalten hatte, sprachen sie untereinander oder mit anderen Verwandten offenbar wie über ein wichtiges oder zumindest interessantes Ereignis. Das fand ich rührend, denn mich beeindruckten ihre Bescheidenheit und ihre Rituale, in denen sich eine gewisse Angst vor der Außenwelt widerzuspiegeln schien – einer Welt, von der Oscar durch einen wundersamen Zufall befreit worden war. Ich folgte ihren Einladungen, die nicht mehr abrissen, als wäre es ein ungeschriebenes Gesetz, daß sie mich nun, da ich einmal dort gewesen war, immer wieder einladen würden, vielleicht bis an ihr Lebensende; ich saß auf einem der Sofas verschiedener Stilrichtungen und aß gehorsam die winzigen Sandwiches, die kleinen gefüllten Pastetchen und die verschiedenen Kuchen, hörte dem leisen, monotonen Geplätscher ihrer Stimmen zu und studierte ihre Tochter Heather, die mir mehr Stil und Format zu haben schien. Heathers Besuch war der offenkundige Vorwand für diesen gewaltigen Aufwand zur Teezeit: es wurde nämlich stillschweigend vorausgesetzt, daß Heather nie zum Abendessen zu ihren Eltern kommen würde, da sie geheimnisvollere, aufregendere Pläne für den Abend hatte. Sie selbst erläuterte diese Pläne nicht näher, sondern deutete nur vage an, daß sie irgendwo eingeladen sei, wobei jeder annahm, daß alle ihre Freunde und Bekannten ebenso gutsituiert und langweilig waren wie Heather selbst. Ich persönlich hielt sie für äußerst schlau, doch irgendwie erweckte sie den Eindruck, keinerlei unpassende Wünsche oder Ambitionen zu haben. Ihre Eltern hatten sie so verwöhnt und versorgten sie so großzügig, daß sie gar nicht das Bedürfnis verspürte, ihre Lebensweise in irgendeiner Weise zu ändern; ich wußte, daß Oscar und Dorrie ihr bereits ein komfortables Appartement mit Bedienung am Portman Square eingerichtet hatten. Soweit ich bei meinem einzigen kurzen Besuch in dieser Wohnung gesehen hatte, stand dort das gleiche überladene Möbelsammelsurium wie in dem Haus in Wimbledon.

Ähnlich wie ihre Mutter hatte Heather eine großzügige und zugleich melancholische Einstellung zu ihrem Wohlstand und ihren Besitztümern. Sie bestand immer darauf, mich in ihrem makellos glänzenden neuen Auto nach Hause zu bringen, als hätte sie nichts Besseres zu tun und als könnte die geheimnisvolle abendliche Einladung ruhig warten. Sie hatte es nicht eilig, und irgendeine innere Stimme sagte mir, daß sie zu Hause ebenso glücklich gewesen wäre wie am Portman Square. Sie behauptete immer, sie sei in der Modebranche tätig, was sich sehr großartig anhörte; in Wirklichkeit leitete sie nur die Boutique, die Oscar ihr nach seinem unerwarteten Glücksfall gekauft hatte. Trotz ihrer fast ein wenig herausfordernd wirkenden modischen Erscheinung – Bubikopf, flache Schuhe, langer Rock und baumelnde Ohrringe – war sie ein passiver Mensch und wäre unter der Obhut ihrer Eltern durchaus zufrieden gewesen; sie wäre zu ihren Einladungen und Gesellschaften mitgegangen, hätte sie auf ihren Urlaubsreisen begleitet und letzten Endes irgendeinen Mann geheiratet, der es fertigbrachte, durch die verschiedenen feinen Filter zu dringen, die die Livingstones vom Rest der Menschheit trennten. Statt dessen tat sie jedoch, was man von ihr erwartete, schien auch ganz zufrieden mit dem zu sein, was ihre Eltern für sie arrangiert hatten, und spielte ihnen zuliebe die emanzipierte junge Frau – eine Rolle, von der Oscar und Dorrie kühn und demütig zugleich annahmen, ihre Tochter habe sie sich gewünscht. Auf diese Weise belohnte sie ihre Eltern für ihre Großzügigkeit – obwohl sie in ihrer Gegenwart, soweit ich feststellen konnte, nie mehr als einsilbige Wörter von sich gab. Wahrscheinlich war es sehr anständig von ihr, daß sie sich den kühnsten Phantasievorstellungen ihrer Eltern anpaßte. Wie gesagt, Heather war sehr schlau.

Mir wurde bald klar, daß ich nach Oscars und Dorries Ansicht die passende Gesellschaft für Heather war und daß die melancholische Stimmung in ihrem Haus irgend etwas mit Heathers Schicksal zu tun hatte, das sich noch nicht entschieden hatte. Dabei machte Heather ihnen keinerlei Schwierigkeiten. Sie war fügsam und sanftmütig; statt zu rebellieren, wie man es von einer verwöhnten Tochter reicher Eltern vielleicht erwartet hätte, legte sie das genügsame Temperament einer viktorianischen Matrone an den Tag. Ich sage absichtlich »Matrone« und nicht »Jungfrau«, da Heathers Benehmen mir stets äußerst erwachsen vorkam, während die Erwartungen, die sie an die Welt stellte, ebenso wie die ihrer Eltern ein wenig scheu und ängstlich waren. Sie war immer sehr nett zu ihren Tanten und Onkeln, zeigte Interesse für ihre Aktivitäten – die ich nie auseinanderhalten konnte – und war stets bereit, an den Erfolgen oder Enttäuschungen, die sie bei ihren diversen Einkäufen erlebten, Anteil zu nehmen, als wäre sie gleich alt wie sie. Auch zu körperlichen Gebrechen hatte sie eine sehr reife Einstellung; sie schien über Krankheiten und deren Behandlung alles zu wissen, obwohl sie in der Blüte ihrer Jahre stand und an keiner Krankheit litt – schon gar nicht an dem Rheumatismus, den Nebenhöhlenentzündungen und den beginnenden Magengeschwüren, die das Leben ihrer

Schwager überschatteten. Dennoch kannte sie stets jemanden, der die gleiche Krankheit hatte, und konnte Spezialisten oder Chiropraktiker empfehlen. Zum Beispiel erzählte sie von der Mutter ihrer Verkäuferin, die Frau sei »bei den besten Ärzten gewesen«, doch erst die Akupunktur habe ihr sofortige Erleichterung verschafft. All das brachte sie mit dem größten Ernst vor, so daß man einen Vorgeschmack davon bekam, was für eine Frau sie einmal werden würde. Eigentlich hatte sie schon jetzt sehr große Ähnlichkeiten mit dieser Frau, und es war nicht anzunehmen, daß sie sich jemals verändern oder entwickeln oder aus ihrem Familienkreis entfernen würde. Die meisten Eltern hätte das mit einer gewissen Erleichterung erfüllt; doch Oscar und Dorrie seufzten nur innerlich und betrachteten ihre Tochter mit einer milden Verwunderung, in die sich auch ein klein wenig Verzweiflung mischte.

In ihrem blassen, milchgesichtigen Aussehen, das über ihre modische schwarze Kleidung mühelos den Sieg davontrug, unterschied Heather sich nicht sehr von ihrer Mutter und ihrem Vater; alle drei schienen die gleiche friedliche Resignation auszustrahlen. Sie nahmen ihren unerwarteten Reichtum gleichsam ergeben hin, und das Geldausgeben schien eher eine Pflicht als ein Vergnügen für sie zu sein. Manchmal sah ich auf Dorries Gesicht einen Ausdruck, der mich an das melancholische, komplizierte Wesen meiner eigenen Mutter erinnerte, obwohl die beiden Frauen einander nie begegnet waren; Oscar dagegen sah manchmal aus, als sähe er einer härteren Zukunft entgegen als der, die ihm bestimmt war. Sie hatten zwar keinen Grund, unglücklich zu sein, aber sie waren auch nicht ganz glücklich; und sie waren zu naiv, um zu erkennen, daß ihr Zustand mehr mit ihrem Alter als mit ihrem Vermögen zu tun hatte. Es war für sie die Zeit gekommen, Bilanz zu ziehen: Wenn sie sich jemals etwas gewünscht hatten, so mußten sie nun erkennen, daß das Leben ihnen alle Wünsche erfüllt hatte. Ihre Existenz war gesichert, es ging ihnen mehr als gut, und daran würde sich aller Wahrscheinlichkeit nach auch nichts mehr ändern, denn Oscar hatte ihr Geld sehr gut angelegt. Und doch waren sie nicht so zufrieden, wie sie erwartet hatten. Ich bin sicher, daß Oscar sein kleines Büro, seine Karteikästen und seine beschwerlichen Fahrten mit öffentlichen Verkehrsmitteln manchmal vermißte; doch obwohl es ihn glücklicher gemacht hätte, weiterhin zu arbeiten, hätte er sich geschämt, so weiterzuleben wie bisher; er hätte es für unangemessen gehalten, weiter zu arbeiten, nachdem das Schicksal ihn aus der Kategorie jener Menschen herausgehoben hatte, die sich ihren Lebensunterhalt verdienen müssen. Dorrie hatte sich wahrscheinlich weniger verändert. Ihr jetziges Leben unterschied sich nicht sehr von ihrem früheren; sie ging in perfekter Haushaltsführung auf. Doch nun, da die beiden ständig beisammen waren, schienen sie stärker voneinander abhängig zu sein als früher, solange sie noch über längere Zeiträume getrennt gewesen waren. »Wohin gehst du, Liebling?« fragte der eine unweigerlich, sobald der andere sich anschickte, das Zimmer zu verlassen, in dem sie gerade saßen. Und kaum blieb Dorrie einmal länger als eine Minute fort, fragte Oscar Heather auch schon: »Wo ist deine Mutter?« Beim Erwachen aus ihrem Mittagsschläfchen stießen sie jedesmal tiefe Seufzer aus, so als verabschiedeten sie sich von ihrem freien Willen, um sich wieder den Zwängen des täglichen Lebens auszusetzen.

In ihrem Haus herrschte eine ständige Feiertagsruhe; aber da ich immer nur am Wochenende zu ihnen kam, erschien mir das durchaus angemessen. Ich hatte ziemlich häufig Gelegenheit, sie zu besuchen, da ich vor kurzem ein kleines Vermögen geerbt hatte, das mir jedoch durch verwickelte rechtliche Probleme streitig gemacht wurde, die irgend etwas mit einer ungenauen Formulierung im Testament zu tun hatten – eine Aufgabe, auf die Oscar sich mit einem Anflug seiner alten Professionalität stürzte. Ein Anwalt hätte die Angelegenheit wahrscheinlich ohne große Schwierigkeiten klären können; aber ich hatte das Gefühl, daß Oscar die Gelegenheit begrüßte, wieder einmal Ermittlungen anzustellen und in dem kleinen Gartenzimmer, das er zu seinem Büro ernannt hatte, Telefongespräche zu führen. Auch genoß er es, mich wieder als einen Schützling behandeln zu können, der seines Rates bedurfte. Eine Zeitlang kam ich fast jedes Wochenende zu den Livingstones, und als unsere geschäftliche Angelegenheit erledigt war, waren diese Besuche bereits zur Gewohnheit geworden – ja, es wurde sogar beschlossen, daß Heather mich am Wochenende mit ihrem Auto abholen, nach Wimbledon bringen und anschließend wieder heimbringen sollte, so als wäre ich ein kleines Mädchen, das von den Eltern seiner

Freundin zum Tee abgeholt wird. Wahrscheinlich hofften sie, auf diese Weise die Freundschaft zwischen Heather und mir zu besiegeln, obwohl wir außer einer gewissen Anhänglichkeit an Oscar und Dorrie nichts gemeinsam hatten. Heather wirkte reifer als ich, aber ich hatte allen Grund zu zweifeln, ob es eine wirkliche oder nur eine scheinbare Reife war; Dorrie jedenfalls schien zu glauben, daß ich die verständigere sei, was jedoch nicht stimmte. Manchmal winkte sie mich unter dem Vorwand, Kuchen zum Mitnehmen für uns beide einzupacken, in die Küche und fragte: »Was meinen Sie – wie sieht sie aus?«, während Heather im Wohnzimmer mit dem Ernst einer leidgeprüfen Frau mittleren Alters einen Vortrag über irgendeine Krankheit hielt. Ehe Heather und ich fortfuhren, setzten wir uns alle ins Wohnzimmer und tranken zusammen ein Glas Sherry; doch obwohl dieser Sherry von erstklassiger Qualität war und in zerbrechlichen, schön geformten Gläsern serviert wurde, zuckten Oscar und Dorrie bei diesem Ritual stets unwillkürlich zusammen. Sie hatten eine Abneigung gegen alles Saure oder Scharfe, gaben aber dennoch vor, das Aroma des Sherrys zu mögen, das sich irgendwie mit dem Vanillegeruch der Kuchen, dem Zigarrenrauch, der abgestandenen Wärme und Dorries blumigem Parfüm vermischte, aber nicht ganz dazu zu passen schien. Sie hielten es für elegant, Sherry zu trinken; und obwohl ihr Lebensstandard bereits sehr hoch war, bemühten sie sich gewissenhaft, ihn weiter zu erhöhen, ebenso wie sie es sich zur Gewohnheit gemacht hatten, Heathers Besitztümer ständig zu vermehren. Wenn wir nach Hause fuhren, war das Auto immer beladen mit Paketen – dem Ergebnis der Einkäufe, die Dorrie in dieser Woche getätigt hatte; denn obwohl sie so aussah, als ob sie niemals das Haus verließe, hatte sie inzwischen die exklusiveren Warenhäuser als die ihr angemessene Umgebung erkannt und begab sich ein- oder zweimal in der Woche auf eine Einkaufsexpedition – sicherlich mit dem gleichen resignierten Gesichtsausdruck, den sie auch zu Hause aufsetzte.

Kaum war ich in den Familienkreis aufgenommen worden, stellte ich fest, daß ich in die gleiche Sanftmut verfiel, die Oscar, Dorrie und Heather auszeichnete. Ich genoß diesen Rückfall in die Kindheit – obwohl mir deutlich bewußt war, daß Dorrie von mir, der erwachsenen Frau, erwartete, daß ich Heather in die subtileren Geheimnisse des Lebens einweihen würde. Wahrscheinlich dachte sie, ich könnte ihr den rührenden Mangel an Neugier ein wenig abgewöhnen und ihr zu einem Selbstbewußtsein verhelfen, das sie vor der Schlechtigkeit der Welt beschützen würde; denn Oscar und Dorrie wußten, daß Heather noch allzu sehr ihr Kind war – und noch dazu ein Kind mit sehr viel Geld im Hintergrund. Sie hatten aber keine Angst vor Mitgiftjägern, denn sie sehnten sich danach, ihre Tochter verheiratet zu sehen, ebensosehr, wie sie sich wünschten, sie möge endlich erwachsen werden – als könnte nur das sie von der Besorgnis befreien, die sie in Heathers Gegenwart stets empfanden. Nein, Mitgiftjäger fürchteten sie nicht – im Gegenteil, sie hätten einen solchen Mann sogar mit offenen Armen aufgenommen, wenn er nur einigermaßen liebenswürdig gewesen wäre, aber sie hatten ein waches Gespür für die Gefahren, die den Ahnungslosen drohen. Wenn sie Heather mit ihren Tanten plaudern sahen, ihr von einem männlichen Haarschnitt umrahmtes unschuldiges Gesicht und ihre Füße in winzig kleinen Schnabelschuhen betrachteten, die sittsam wie die eines Schulmädchens auf dem prunkvoll geblümten Teppich standen, schürzten sie die Lippen, und ihre Augen schienen nach innen zu blicken. Ihre brave Tochter, die sie jedes Wochenende besuchte und täglich anrief, bedeutete die Welt für sie – oder, besser gesagt, jenen Teil der Welt, der nicht von ihrer Beziehung zueinander ausgefüllt war –, und doch sehnten sie eine Veränderung herbei: Heather sollte zwar weiterhin ihnen gehören, aber auch noch jemand anderem – jemandem, der ihnen die Aufsicht über ihre Tochter abnehmen und es ihnen ermöglichen würde, in jener Abgeschiedenheit zu leben, die, wie sie bei ihren zaghaften Kontakten mit der Außenwelt feststellten, ihr wahres Lebenselixier war.

Aus diesem Grund sowie aufgrund der Zuneigung, die sie jungen Menschen spontan und unaufdringlich entgegenbrachten, war ihnen meine Anwesenheit willkommen. Sie hatten das Gefühl, daß ich mich durch den Verlust meiner Eltern emanzipiert hatte, daß ich dadurch stärker und selbständiger geworden war. Wie ich Heather das vermitteln sollte, war mir allerdings nicht klar, zumal sie mich ähnlich zu umsorgen schien, wie Dorrie sie umsorgte, und auf meine Bequemlichkeit ebensosehr bedacht war wie Dorrie auf die ihrer Gäste. Im Auto wickelte sie mir eine Wolldecke um die

Füße – teils aus Gastlichkeit, teils aus Freude über die Decke, die ihre Mutter ihr erst kürzlich gekauft und als eines der obligatorischen Wochenendgeschenke mitgegeben hatte. Obwohl ich nie versuchte, in ein vertrautes Verhältnis zu Heather zu kommen, weil es mir zu mühselig war, ständig Suggestivfragen zu stellen, spürte ich doch die Stärke ihres passiven Temperaments. Ich sage absichtlich »Temperament« und nicht »Persönlichkeit«, denn persönliche Ausstrahlung hatte sie eigentlich keine. Vielleicht war es das, was Dorrie so enttäuschte, denn die jungen Mädchen ihrer Generation wurden für ihre Ausstrahlung bewundert, und obwohl sie selbst keine Spur davon besaß, glaubte sie fest an jene muntere Lebhaftigkeit, die ihrer irrigen Ansicht nach ein Mädchen beliebt machte. Heather lächelte nur selten, doch das führte ich auf ihre leichte Geistesabwesenheit zurück. Möglicherweise hatte sie ein sehr intensives Innenleben, auf mich allerdings machte sie einen eher undurchsichtigen Eindruck. Ich fand, daß sie wie dazu geschaffen war, mit ihrem unerwarteten Wohlstand zurechtzukommen, denn Heather war in erster Linie in der Welt der materiellen Dinge zu Hause. Sie behandelte ihr Eigentum, ihre Kleidungsstücke und Accessoires mit ernster Sorgfalt; selbst die Art und Weise, wie sie ihr Auto lenkte – in feinen Lederhandschuhen, die eigens für diesen Zweck bestimmt waren –, wirkte sorgsam und umsichtig, ebenso wie ihr gastfreundliches Verhalten in der kurzen Zeitspanne zwischen meinem Kommen und unserer Abfahrt nach Wimbledon. »Wie wäre es mit einem Kaffee?« fragte sie. »Möchtest du Tee? Oder einen Drink? Ich bin gleich wieder da. Auf dem Tisch liegen Zeitschriften und Zigaretten – bedien dich nur.«

Ich verstand ganz gut, warum ich Heather in die Welt einführen sollte. Ich war um einiges älter als sie und wirkte sicherlich auch welterfahrener – vor allem auf einen so naiven Menschen wie Heather. Sie hatte etwas Entwaffnendes, und das hing nicht so sehr mit mangelnder Intelligenz zusammen (obwohl ich sie nicht für allzu klug hielt), sondern eher mit jener eigentümlichen Unschuld, die sie von ihren Eltern geerbt hatte. Ich hatte das Gefühl, daß Heather trotz ihrer finanziellen Sicherheit und ihrer Vertrautheit mit den schönen Dingen des Lebens stets jemanden an ihrer Seite brauchen würde, der sie davor bewahrte, sich ausnutzen zu lassen. Und das spürten auch Oscar und Dorrie. Ich brauchte eine ganze Weile, um das zu begreifen, da es ihnen schwerfiel, sich gesprächsweise zu vermitteln. Ihre Unterhaltung war größtenteils bedeutungslos, was ich sehr erholsam fand und was sich nur dann änderte, wenn Tanten und Brüder Neuigkeiten aus der Außenwelt mitbrachten. Doch wenn sie unter sich waren – und dieses »unter sich« schien nun auch mich einzuschließen –, waren sie meist nachdenklich und in sich gekehrt. »Na, mein Schatz«, pflegte Oscar seine Tochter zu begrüßen, indem er sich aus den zu weichen Polstern seines Sessels hochhievte, »da bist du ja. Hast du deiner Mutter schon guten Tag gesagt?« Und zu mir: »Hallo, Rachel. Freut mich, Sie zu sehen. Setzen Sie sich doch. Ja, so ist's recht.« Und während Heather ihre Mutter holen ging – im allgemeinen war sie in der Küche –, überließen Oscar und ich uns einem stummen friedlichen Beisammensein, als wäre allein durch unsere Ankunft der Tag befriedigend abgeschlossen und keine weitere Information von unserer Seite mehr notwendig.

Ich sehe noch immer vor mir, wie Oscar sich aus seinem Sessel erhob, um uns zu begrüßen. Er trug sein Übergewicht mit Würde und hatte stets einen dunklen Anzug und ein blütenweißes Hemd an; nur seine Krawatten waren jetzt ein wenig ausgefallener als zu Zeiten der Southampton Row. Er und Dorrie gehörten nicht zu den Leuten, die zu Hause Freizeitkleidung tragen; ich hatte sogar den Eindruck, daß sie sich besonders fein machten, wenn wir zu Besuch kamen. Ich sehe vor mir, wie Oscar seine Zeitung beiseite legte, sich die Krawatte glattstrich und höflich wartete, bis wir es uns bequem gemacht hatten, ehe er nach Dorrie fragte und uns bat, sie zu holen. Jetzt verstehe ich, daß er um die Sicherheit seiner Tochter besorgt war, weil davon der Seelenfrieden und das Wohlergehen seiner Frau abhingen. Für Dorrie wiederum war Heather nicht nur das geliebte Kind, sondern gleichzeitig jemand, der Oscar Sorgen bereiten könnte. Sie betrachteten einander aus einem rein privaten Blickwinkel. Es überraschte mich immer wieder, daß die Frage, wie Heather ihre Boutique leitete, sie kaum interessierte, sie waren viel neugieriger darauf, was ihre Tochter in ihrer Freizeit tat. Aß sie genug? Es erschien mir merkwürdig, einer siebenundzwanzigjährigen Frau eine solche Frage zu stellen, aber wahrscheinlich sorgen sich alle Eltern um die richtige Ernährung ihrer Kinder. Meine

Eltern hatten sich nie darum gekümmert, und deshalb fand ich es so herrlich, dazusitzen und mich von Dorrie bewirten zu lassen, deren Mahlzeiten eine große, unvorstellbar aufwendige Huldigung an den kindlichen Geschmack darstellten. Auch darum genoß ich es so sehr, meine eigenen wesentlich komplizierteren Ängste zumindest äußerlich denen der Livingstones anzupassen, denn ich sah zwar, daß sie besorgt waren, konnte ihre Sorgen aber nicht sehr ernst nehmen. Mir war bewußt, daß sie sich diesen Sorgen wie einer Art Luxus hingaben, und ich hatte das Gefühl, daß ihr Gewissen für das wirkliche Leben vielleicht etwas zu empfindlich war. Dorries charakteristischste Äußerung war: »Ich hoffe, ich habe das Richtige getan.« Dieser Satz kehrte am späteren Nachmittag, wenn ihre Schwestern und Schwager im Haus versammelt waren, in regelmäßigen Abständen wieder. Diese Verwandten waren eine Art moralischer Untersuchungsausschuß, vor dem Dorrie sich rechtfertigen zu müssen glaubte. Selbst wenn sie eine fehlerhafte Ware in das Geschäft zurückbrachte, in dem sie am Vortag gekauft hatte, schämte sie sich. Und sogar wenn jemand sie unhöflich behandelte – wie zum Beispiel der Mann, der sie angerempelt hatte, als sie am Piccadilly auf ein Taxi warteten –, bereitete ihr das Sorgen: »Ich habe einfach zu ihm gesagt: ›Es macht Ihnen doch nichts aus, wenn ich dieses Taxi nehme? Ich glaube, ich war zuerst da.‹« Und mit schuldbewußter Miene setzte sie hinzu: »Ich hoffe, ich habe das Richtige getan.«

Die Schwestern und Schwager fand ich weniger interessant, da sie mehr von dieser Welt zu sein schienen als Oscar und Dorrie. Oscars Bruder Sam war Anwalt und mit einer ziemlich dummen Frau namens Ann verheiratet, die nicht viel redete. Dorries Schwestern Janet und Rosemary und deren Ehemänner Gerald und Lawrence waren herbere Ausgaben von Dorrie und schienen ihr die gleiche Mischung aus Liebe und Besorgnis entgegenzubringen, mit der sie Heather überschüttete. Es lag ihnen fern, sie um ihren Reichtum zu beneiden; sie waren eher ein wenig besorgt, sie könnte dadurch in irgendwelche Schwierigkeiten geraten. Sie neigten dazu, Dorrie mit guten Ratschlägen zu überhäufen; Dorrie wiederum hatte das Gefühl, daß sie ihnen Rechenschaft über ihre Aktivitäten schuldete, bis hin zu ihrem letzten Einkauf oder ihrer letzten Begegnung. Die Schwager waren liebenswürdige, ziemlich träge Menschen – wie Männer es häufig werden, wenn sie mit nervösen, kritischen Frauen verheiratet sind; ihre Lebensaufgabe schien darin zu bestehen, ihre Frauen zu beruhigen. Dorrie wurde in Gegenwart ihrer Schwestern, deren Bedenken bezüglich Heather nur zu offensichtlich waren, noch mehr von Selbstzweifeln geplagt. Sie hatten beide verheiratete Töchter vorzuweisen und waren offensichtlich der Meinung, daß es nun an der Zeit sei, für die arme Heather endlich etwas zu tun. Ich muß sagen, Heather war die einzige, die sich ihres Versagens absolut nicht bewußt war; sie glaubte wirklich, daß ihre Tanten und Onkel nur kamen, um Oscar und Dorrie zu besuchen, und das stimmte wohl auch, denn die Livingstones waren ein bemerkenswert enger Familienverband. Doch wenn Heather ihre ernstgemeinten Ratschläge äußerte – was sie als Vertreterin der emanzipierten jungen Generation offenbar für ihre Pflicht hielt –, bemerkte ich, daß die Schwestern gelegentlich sorgenvolle Blicke wechselten. Bei diesen Familientreffen schien Heathers Alter flukturierend oder diskutierbar zu sein: jung genug, um bevormundet zu werden, aber viel zu alt, um noch unverheiratet zu sein; alt genug, um über Frauenleiden Bescheid zu wissen, aber zu jung, um schon welche zu haben. Ich sah, daß keiner ruhen würde, ehe sie nicht alle beisammensaßen, um über Heathers Heiratspläne zu diskutieren. »Und wie steht es mit Rachel?« würden Gerald, Lawrence oder Janet fragen. »Hat sie eigentlich einen festen Freund?« Denn sie waren so unverdorben, zu glauben, daß alle Freunde »fest« sind.

Ich erinnere mich vor allem an ihre wirklich ehrliche Güte und den Zustand der Beruhigung, in den sie einen versetzten. Eigentlich habe ich nur angenehme, liebevolle Erinnerungen an sie – wie wir zwischen den Kuchenplatten saßen und der Sherry serviert wurde, wie draußen vor den dicht geschlossenen Fenstern die untergehende Sonne nach einem kurzen Regenschauer immer noch kräftige Strahlen aussandte und wie die Tanten und Onkel über meinen Kopf hinweg ihre harmlosen Gespräche führten. Selbst die leichte Melancholie, die in Oscars lächelndem Schweigen und Dorries Einladung lag, doch »zu einem kleinen Abendessen« dazubleiben – als hätte sie Angst vor dem Augenblick, in dem wir uns verabschieden würden –, verzauberte mich. Die gleiche Melancholie lag in der etwas herben, strengen Zuneigung der Schwestern und in der Art, wie die Brüder sich schließlich einander zuwandten, um die Neuigkeiten aus der Außenwelt zu erörtern. Ich fühlte mich in eine andere Kultur versetzt; sie erinnerte mich an die russischen Romane, die ich so gern las und in denen die Leute endlose Tage damit zubringen, auf Terrassen zu sitzen; in denen die nervöse verheiratete Schwester sich um den nichtsnutzigen älteren Bruder Sorgen macht, die blasse jüngere Tochter sich in Leidenschaft nach einem ganz und gar nicht zu ihr passenden Studenten verzehrt und die Dienstboten mit der Vertraulichkeit alter Bekannter im Wohnzimmer ein und aus gehen. Auch bei den Livingstones hatte ich dieses Gefühl, daß die Zeit endlos dehnbar sei und die Erinnerung diese Menschen ebenso tyrannisch beherrschte wie die Melancholie; ich spürte bei ihnen die gleichen starken Gefühle und den gleichen tiefen Familiensinn, die gleiche Absonderung von der Welt und vor allem die gleiche Selbstgenügsamkeit. Ich zweifelte nicht daran, daß Heather im Alter mit derselben Wehmut an diese Nachmittage zurückdenken würde. Was für ein Met und welch ein Kwaß wurde auf Oblomovka getrunken, welche Pasteten wurden da gebacken! Selbst ich ließ mich trotz meiner Unzufriedenheit und Illusionslosigkeit von der Atmosphäre dieser gedämpften Nachmittage, von diesen unwirklichen Gesprächen, diesen respektablen bürgerlichen Gewohnheiten und der Liebe und Behaglichkeit, mit der diese Menschen einander umgaben, gefangennehmen. Und doch ist meine einprägsamste Erinnerung an jene Zeit – oder besser gesagt, das Bild, das mir am häufigsten in den Sinn kommt – nicht Dorrie mit ihrem Lieblingssatz »Ich hoffe, ich habe das Richtige getan«, auch nicht die Schwestern, die gegenseitig ihre Schuhe bewundern, auch nicht Gerald oder Lawrence, die abwinken, wenn ihnen Kuchen angeboten wird, oder Sam, der sein Glas Whisky in Empfang nimmt; nicht einmal Heather, die sich in ein elegantes Kleid aus ihrer Boutique geworfen hat und begeistert, aber zur Enttäuschung aller Anwesenden von der Bestellung erzählt, die sie von einer unbedeutenden, aber recht bekannten Schauspielerin erhalten hat; nein, am häufigsten sehe ich Oscar vor mir, wie er sich langsam aus seinem Sessel erhebt, sich die Krawatte glattstreicht, wobei sein Begrüßungslächeln seine Traurigkeit beinahe vertreibt, und sagt: »Na, mein Schatz, da bist du ja. Hast du deiner Mutter schon guten Tag gesagt?« Und erst viel später, als diese Erinnerungen sich mir zwanghaft aufdrängten, schien es mir auf einmal, als hätte er etwas anderes gesagt: »Wo ist deine Mutter?« Und mit einem Ausdruck echter Qual, den ich in Wirklichkeit auf seinem Gesicht nie gesehen habe, wiederholte er dann – zumindest in meiner Phantasie: »Wo ist deine Mutter?« Und noch einmal: »Wo ist deine Mutter?«

2

Um ohne Probleme allein leben zu können, muß man wahrscheinlich ein Publikum oder aber eine so hohe Meinung von sich haben, daß man alles, was man tut, als eine Art Zeremonie betrachtet. Da mich nie jemand anteilnehmend fragte: »Was hast du zu Mittag gegessen?« – eine Frage, die ich fast jedem stellte, zu dem ich ein einigermaßen freundschaftliches Verhältnis hatte –, fühlte ich mich zu jenen Familien hingezogen, bei denen die häuslichen Dinge eine so wichtige Rolle spielten, daß sich allein daraus eine überwältigende Fülle von Aktivitäten ergab.

Schon aus diesem einfachen Grund hätten die Livingstones mit ihrem hingebungsvollen Appetit und ihren wohlüberlegten Neuanschaffungen mich angezogen, doch schon längst vorher hatten mich ihre weniger oberflächlichen Eigenschaften gefangengenommen: ihre Bescheidenheit, ihre Liebe zueinander, ihr beispielhafter Familiensinn und ihr grundsätzliches Wohlwollen anderen Menschen gegenüber. So schien es ihnen völlig selbstverständlich, mich in ihre Pläne einzubeziehen. Ihre Gastfreundlichkeit war geradezu biblisch: Fremde, Vaterlose, Witwen und Waisen, die an ihre Türe klopften – alle wurden mit der größten Selbstverständlichkeit aufgenommen. Im Grunde war ihre Melancholie, die keinen für mich ersichtlichen Grund hatte, sondern einfach eine Begleiterscheinung ihres nachdenklichen Wesens war, der Anlaß, daß sie anspruchslose Geselligkeit suchten, als Schutzschild gegen den Rest der Welt mit seinen Bosheiten und hinterhältigen Fallen; denn im Gegensatz zu den meisten anderen Menschen ihres Alters besaßen sie keinerlei Waffen gegen schlechtes Benehmen, nicht gehaltene Versprechen, Enttäuschungen, Grausamkeit und Betrug – das tägliche Brot jener Menschen, die das Leben als erbarmungslosen Dschungel erleben, durch den sie sich verbissen hindurchkämpfen müssen.

Natürlich versuchte ich mich für ihre Gastfreundlichkeit zu revanchieren. Ich lud sie ins Theater, ins Ballett oder in die Oper im Coliseum ein. Allerdings waren diese Abende, glaube ich, kein wirklicher Erfolg; denn die Stücke, die ich auswählte, waren Komödien, die sie sich höflich ansahen, und das Ballett gefiel nur Heather. Doch an unserem schönsten Abend, als wir uns ›La Bohème‹ ansahen, war Heather nicht dabei. Ich sah, daß Oscar und Dorrie sich während des ganzen letzten Aktes innig bei den Händen hielten, und als der Vorhang fiel, trockneten sich beide die Augen. »Wunderschön, liebe Rachel, wirklich wunderschön. Ich weiß gar nicht, wie wir Ihnen danken sollen«, sagte Dorrie und steckte das Taschentuch wieder in ihre Abendtasche. Beide waren festlich gekleidet; Oscar trug einen dunklen Anzug mit blendend weißem Hemd, Dorrie ein blaues Seidenkleid und einen schönen weißen Kaschmirschal. Doch selbst an diesem Abend hielten sie sich an die Devise »Noblesse oblige«: Oscar bestand darauf, uns zu einem luxuriösen Abendessen einzuladen, und Dorrie genoß es, in dem Restaurant die anderen Frauen und ihre Kleider zu begutachten. Natürlich waren den beiden solche abendlichen Zerstreuungen nicht fremd; sie schienen höchstens ein wenig beunruhigt durch meine Gegenwart, als fürchteten sie, mich zu kränken, wenn sie sich nicht genügend amüsierten. In ihrer Freude darüber, daß die Oper sie so gerührt hatte, mischte sich die Erleichterung, daß sie keine falsche Begeisterung zu heucheln brauchten. Sie waren so übertrieben ehrlich, daß sie dabei ohnehin eine klägliche Figur gemacht hätten; aber das wußten sie natürlich nicht. »Es ist sonst nicht meine Art, Komplimente zu machen«, sagte Oscar, »aber das war wirklich ein Hochgenuß. Nicht wahr, mein Schatz?« Dorrie, deren Augen bei der Erinnerung an Mimis Tod schon wieder überflossen, erwiderte: »Das muß ich den Mädchen erzählen. Und Heather wäre so begeistert gewesen! Aber natürlich geht sie fast jeden Abend mit ihren Freunden und Freundinnen aus. Sie vermutlich auch, Rachel«, fügte sie hinzu. Diese letzte Bemerkung war nicht von dem scharfen, prüfenden Blick und dem inquisitorischen Tonfall begleitet, den ihre Schwestern (die »Mädchen«) sich bestimmt nicht hätten verkneifen können. Dorrie war ein völlig argloser Mensch und fand es ganz natürlich, daß junge Menschen ausgehen. In ihren Augen waren wir jung und hatten daher ein Anrecht auf Vergnügen; und sie glaubte – oder zog es vor, zu glauben –, daß die Vergnügungen junger Leute unschuldig sind.

Aber wir waren nicht mehr jung. Heather war siebenundzwanzig und ich zweiunddreißig und wir waren seit Jahren berufstätig und unabhängig. Jung waren wir nur insofern, als wir weder mit größeren Verpflichtungen belastet noch kränklich noch verheiratet waren. Wir paßten nicht einmal zusammen, denn uns verband nichts außer Heathers Eltern. Es kam mir nie in den Sinn, darüber nachzudenken, was Heather in ihrer Wohnung am Portman Square wohl trieb; und sofern ich überhaupt einen Gedanken daran verschwendete, erschien mir ihr Leben aus irgendeinem Grund wenig überzeugend. Ich bemerkte an ihr keine Spur verborgener Erregung oder heimlicher Beziehungen, weder anrüchige Freunde noch gefährliche Bekanntschaften. Ich sah, daß sie ihren Freunden die gleiche selbstverständliche, gelassene Gastfreundschaft entgegenbrachte, die ihre Eltern in Wimbledon pflegten. Aus irgendeinem Grund nahm ich an, ihre Bekannten seien größtenteils weiblichen Geschlechts. In ihrem sanftmütigen Gesichtsausdruck lag etwas Unveränderliches, und das gab ihren Tanten zu denken. Sie hielten dieses anspruchslose Mädchen für irgendwie unfähig; ich dagegen hielt sie für abwesend. Ebenso wie ihre Eltern verspürte sie niemals den leisesten Wunsch, etwas Gefährliches oder Eigenmächtiges zu tun, und sie war auch bar jeder bösen Absicht, jeder Neugier und jeder Spekulation. Sie bewegte sich nicht gerade wie eine Schlafwandlerin durchs Leben, denn ihren kleinen Laden führte sie, glaube ich, recht erfolgreich –, sondern eher wie eine Schwimmerin in einem stillen, geschützten Teich, nur von den gesunden Bewegungen eines perfekt funktionierenden Organismus angetrieben. Ihr Gleichmut irritierte mich, und noch mehr reizte mich die Lebhaftigkeit ihrer angelernten Reaktionen, wenn sie sich mit ihren Tanten unterhielt; gleichzeitig beschämte mich ihre Gleichmütigkeit jedoch ebenso sehr wie ihre angeborene Sanftmut.

Allen dreien war eine gewisse Unbeweglichkeit und Unveränderlichkeit eigen; doch nur bei Heather bereitete einem diese Eigenschaft ein leises Unbehagen, so als stimme mit ihr irgend etwas nicht. Um Oscar und Dorrie machte man sich keine Sorgen; man wußte, daß sie gute, rechtschaffene Menschen waren, und wenn sie auch in diesem Leben etwas schwerfällig waren, bestand doch kein Zweifel daran, daß sie in irgendeiner künftigen Inkarnation den von der Bibel verheißenen Lohn ernten würden. Doch Heathers Benehmen hatte etwas Künstliches, obwohl sie sich dessen nicht bewußt war;

wenn ich über sie nachdachte, hatte ich das Gefühl, als wäre sie ein potentielles Opfer. Nicht unbedingt das Opfer einer Gewalttat, sondern eher eines üblen Streichs. Einmal war ich ihr im Korridor ihres Elternhauses begegnet, wo sie träumerisch auf einem Bein stand – in ihren großen Ohrringen spiegelte sich ein Sonnenstrahl, der durch das Fenster über der Haustür fiel – und scheinbar nichts tat. In Wirklichkeit las sie eine Postkarte, die sie von einer imitierten florentinischen Hochzeitstruhe genommen hatte, doch sie erweckte den Anschein, als sei sie völlig untätig. Und wenn sie ihrer Mutter half, den Tee aus der Küche ins Wohnzimmer zu tragen, hielt sie den Kopf geneigt, und ihr ziemlich langer, weißer Hals ragte aus ihrem schwarzen Pullover, als würde sie zur Exekution geführt. Sie kam einem nicht wie eine Frau vor, sondern fast wie ein besonders bescheidenes und anspruchsloses Tier, ein Kalb vielleicht? Jungkühe werden ja schon von alters her mit Opferungen assoziiert. In Heathers Fall schien das Problem jedoch darin zu bestehen, daß ihr selbst zum Opfer die emotionalen Voraussetzungen fehlten – obwohl ihre wachsamen Tanten sie schon dazu ausersehen hatten. Ihre verheirateten Cousinen Sarah und Georgina arrangierten kleine Partys, auf denen sie Heather verschiedenen jungen Männern vorstellten, die angebliche Bekannte ihrer Ehemänner waren. Zu diesen qualvollen Abenden wurde ich natürlich nie eingeladen, da man befürchtete, ich könnte die Familienverschwörung der Livingstones vergessen und selbst zuschlagen; doch wie ich später erfuhr, spielte Heather die ihr zugedachte Rolle ohnehin nicht. Sie lächelte höflich, aber offensichtlich verwirrt über dieses umständliche und auch ein wenig unanständige Spiel, das ihre Verwandten, angeblich zu ihrem Wohle, ersonnen hatten, verabschiedete sie sich bald und brachte ihre Haltung mit den Worten »Nein danke, ich bin mit meinem eigenen Auto da« unmißverständlich zum Ausdruck. In der Folge wurde weiter über diese schrecklichen Rituale diskutiert; und allmählich begann Heather mir aufrichtig leid zu tun, auch wenn ich einsah, daß ihre Unzugänglichkeit zu einem ernsten Problem für ihre Mutter und ihren Vater werden könnte.

Aber vielleicht war sie glücklich mit ihrer jetzigen Lage? Vielleicht konnte sie jene echte Sanftmut, jene bereits erwähnte Neigung zur Abgeschiedenheit, die sie mit ihren Eltern teilte, mit niemand anderem teilen? Vielleicht lag ihre Schlauheit, an der ich eigentlich nie gezweifelt habe, darin, daß sie diese Tatsache erkannt hatte? Vielleicht war sie sich über ihre Lage im klaren und hatte in aller Ruhe und Reife erkannt, daß sie sich für diese gesellschaftlichen Ereignisse, bei denen jeder darauf bedacht ist, seine Chance wahrzunehmen, nicht eignete; daß die ruhigere Atmosphäre ihres Elternhauses mit seinen ganz und gar arglosen Zeremonien und Gewohnheiten, die Menschen von weniger friedfertigem Temperament so leicht zum Wahnsinn bringen konnten, würdiger und daher angemessener war? Heather erkannte ebenso deutlich wie ich, daß ihre Mutter ihren Schwestern haushoch überlegen war und daß diese Schwestern mit ihrer übertriebenen Sorge um Heathers Wohlergehen nur ihren weitgehend unbewußten Neid maskierten. Sie spürte sogar, daß dieser Besorgnis auch eine gewisse Lüsternheit anhaftete, die Lüsternheit, die manche alternde Frauen empfinden, wenn sie von den sexuellen Odysseen der Jüngeren ausgeschlossen sind. Ihre eigene Einstellung zu Heathers Verstocktheit war auch den Tanten selbst unangenehm und peinlich, denn sie waren im Grunde genommen gutartige Menschen, die ihre gemischten Gefühle selbst nicht genau durchschauten. Ich hatte Mitleid mit diesen harmlosen Frauen, denen ihre niederträchtigen Motive zu Bewußtsein kamen und die so ängstlich bemüht waren, sie zu verbergen, daß sie ihren Kummer über Heathers partnerlose Existenz noch deutlicher zur Schau trugen, um über ihre wahren Gefühle hinwegzutäuschen. Das alles wußte Heather natürlich; ihr starres Lächeln erschien mir nun hintergründiger, nachdem ich es als Waffe erkannt hatte, mit der sie ihre Tugend schützte.

Wahrscheinlich scheiterten wir letzten Endes alle an dem Problem des Stellenwertes und der Bedeutung des Begriffes Tugend. Ich selbst hatte diese Schlacht längst verloren: die kärglichen Reste von Tugend, die mir geblieben waren, taugten nur noch dazu, daß ich die Tugend bei anderen suchte und, wenn ich sie gefunden hatte, unsäglich gerührt und bereit war, zu verteidigen, was ich selbst bereits verwirkt hatte. In dieser Hinsicht war meine seltsame Beziehung zu den Livingstones sehr wertvoll für mich; sie stellten feste Bezugspunkte in einem ins Wanken geratenen Universum dar, da sie sich an Gesetze hielten, die alle anderen gebrochen hatten.

Und letzten Endes betrachtete ich Heather als eine zwar bläßliche, aber dennoch unverkennbar zeitgenössische Verkörperung dieser Gesetze. Ich glaube, sie spürte, daß sie irgendwie gefährdet war oder einer gefährdeten Spezies angehörte; denn manchmal fragte sie mich in ganz einfachen Dingen um Rat, als wollte sie ihre Unwissenheit vor anderen Gleichaltrigen verbergen. Und allmählich wurde mir klar, daß Oscar und Dorrie eine Art Anstandsdame für Heather in mir sahen, deren Unfähigkeit zu ihrer Melancholie vielleicht beitrug, deren Integrität und Unwandelbarkeit sie jedoch schätzten. Selbst die Tanten erkannten an, daß ich einen gewissen Wert hatte – oder besser gesagt eine gewisse Funktion, denn ich bezweifle, daß sie mich wirklich mochten. »Sicherlich lernt Rachel in ihrer Buchhandlung interessante Leute kennen«, sagten sie. »Bestimmt würde Heather sie auch gern kennenlernen – sie war immer schon eine begeisterte Leserin.« Denn sie dachten, ich herrschte über eine Art Boheme, und waren tapfer bereit, mir eine Aufgabe anzuvertrauen, an der sie zu ihrer eigenen Überraschung gescheitert waren.

Doch die Wahrheit sah natürlich etwas anders aus. Ich besaß ein Drittel einer kleinen Buchhandlung in Notting Hill, an der absolut nichts Bohemienhaftes war. Meine Geschäftspartner waren eine nette Frau mittleren Alters namens Eileen Somers und der sanfte, belesene Robin Burt, der den größten Teil der Arbeit hinter den Kulissen erledigte: Ich zog es vor, zu bedienen. Eines unvergeßlichen Nachmittags holte Heather mich von dort ab. Da ich gerade einen Kunden bediente, wandte sie sich jedoch höflich weg, als dürfe es bei einer solchen geschäftlichen Angelegenheit keine Zeugen geben. Sie trug ein schönes braunes Tweedkostüm und sah ungewöhnlich erwachsen und unabhängig aus; doch als ich sie fragte, ob sie irgend etwas gern mitnehmen würde, lächelte sie gleichgültig und wählte ein paar Taschenbücher aus, als wollte sie mir einen Gefallen tun. Sie ließ sie auf dem Rücksitz ihres Autos liegen; eine Woche später lagen sie immer noch dort. Von keinerlei Informationen aus der Außenwelt angekränkelt, blieb Heather allen Plänen und Absichten gegenüber unbestechlich.

Doch ihr verändertes Aussehen machte mich neugierig. Die avantgardistischen schwarzen Gewänder waren verschwunden: Heather war so gekleidet, wie man es von einer gutsituierten jungen Frau erwartete. Zu dem kastanienbraunen Kostüm trug sie einen elfenbeinfarbenen Kaschmirpullover und ein gemustertes Seidentuch, das sie locker um den Hals geschlungen hatte; anstelle eines jagdtaschenähnlichen Beutels trug sie eine Handtasche, und ihre Mokassins hatten die Farbe von Kastanien, die gerade ihre grüne Kapsel gesprengt haben und glänzend zwischen den herabgefallenen Blättern liegen. Natürlich war sie so traumverloren wie immer, und aus ihrem Benehmen ließ sich keinerlei Veränderung ablesen. Doch irgend etwas an ihrer Fahrweise – sie reversierte ziemlich unvorsichtig und machte eine Bemerkung über ein falsch geparktes Auto – trug den Stempel eines neuerwachten Selbstvertrauens. Bisher war Heather stets so gefahren, als kämpften sie und ihr Auto um einen Preis für mustergültiges Benehmen. Sie wusch und pflegte es gewissenhaft, und auf den hellen Sitzen durfte kein Stäubchen liegen. Im Straßenverkehr fuhr sie ruhig und sicher und tat niemals etwas, das andere Autofahrer hätte provozieren können. Doch an jenem Tag fiel mir auf, daß sie nicht ganz so ruhig fuhr wie sonst, und auf dem Rücksitz lagen nicht nur die Taschenbücher, die sie sich widerstrebend in meinem Laden ausgesucht hatte, sondern auch noch ein paar Tragetaschen von Harrods und einige Kleidungsstücke in Plastikhüllen. »Verzeih' die Unordnung«, sagte sie. »Ich hatte keine Zeit nach dem Mittagessen, heimzufahren.« Mir schien, als wäre ihre Gastfreundlichkeit diesmal ein wenig lässiger und beiläufiger als sonst: sie gewährte mir einen flüchtigen Einblick in ein geschäftiges Leben, so wie es Frauen tun, die andere Menschen hauptsächlich als Spiegel ihrer selbst schätzen und denen man dafür zu Dank verpflichtet ist, daß sie einen ein oder zwei Minuten lang an ihrem glorreichen Aufstieg teilhaben lassen. Ich will damit nicht sagen, daß Heather plötzlich vornehme Allüren angenommen hatte oder sich endlich bewußt wurde, daß sie tun konnte, was sie wollte; sie war zu anständig und von zu unauffälliger Wesensart, um sich wie ein Emporkömmling zu benehmen. Aber ich begann zu vermuten, daß ihre Tage zwischen den Wochenenden doch ausgefüllt sein könnten, daß Heather womöglich tatsächlich ein Eigenleben führte, das von dem ihrer Eltern unabhängig war. Dieser Gedanke ließ mich nicht los und hob zugleich meine Stimmung; denn Oscars und Dorries fromme Wünsche, daß ich mich in irgendeiner Weise um Heather kümmern und ihr den Weg in eine strahlende Zukunft weisen würde, hatten mich bereits mit einem leichten Unbehagen erfüllt; ich befürchtete, daß ich Heather eines Tages ganz erben würde, wenn ihre Eltern, einer inneren Stimme gehorchend, zu dem Schluß kamen, daß sie nichts mehr für sie tun konnten. Ich hatte bereits kaum merkliche Anzeichen dafür wahrgenommen – in dem milden, aber leidenschaftslosen Blick, mit dem Oscar sein einziges Kind betrachtete, in dem ruhigen, distanzierten Ausdruck von Dorries Augen, wenn sie Tee einschenkte oder Kuchen austeilte, in dem Lächeln, das immer über ihrem Gesicht lag, wenn das Wohnzimmer voller Gäste war. Ich registrierte vor allem dieses Lächeln – das Lächeln einer Frau, die selbst ihr Bestes tut und angesichts der guten Taten anderer Menschen noch mehr Wärme und Wohlwollen ausstrahlt. Es war ein Lächeln, das schon bei der bloßen Erwähnung einer versäumten Pflicht, einer abgeschobenen Verantwortung oder eines überhörten Hilferufs in Enttäuschung umschlagen konnte.

»Du siehst entzückend aus, Heather«, sagte ich. »Dein neuer Stil gefällt mir. Und auch die Farben finde ich wunderschön.« Sie erwiderte ganz ernst, aber mit einem Anflug professioneller Erfahrung: »Nun ja, Schwarz ist wohl nicht die richtige Farbe für diese Jahreszeit, nicht wahr?« Dabei wandte sie den Kopf zum Fenster, und als ich hinausschaute, sah ich die blühenden Pflaumenbäume, Forsythien und die ersten Narzissen. Alles in diesem Vorort erinnerte einen an die Gärten der Kindheit. Der Wind blies rosarote Blütenblätter über den feuchten Bürgersteig, und durch das Fenster stieg mir der herbe, nach einem langen, kalten Winter säuerliche Geruch der Erde in die Nase. Die Bäume waren noch unbelaubt und das Wetter unbeständig, aber der Nieselregen fiel nicht von einem sich verdüsternden Himmel, und das helle Licht schien lange Abende und ein rasches Erblühen zu versprechen. Ich habe Vororte immer geliebt. Mein ganzes Leben habe ich fernab vom Meer in den Straßen der Großstadt zugebracht, und das war mir auch ganz recht, da ich eine seltsame Angst vor dem Ertrinken hatte. Doch ich sehnte mich danach, eines Tages in einem kleinen Haus mit Garten zu wohnen und Leute zum Tee einzuladen. Mir war bewußt, daß dieser Wunsch eher der eines Kindes als der eines erwachsenen Menschen war, und das überraschte mich, denn soweit ich wußte, benahm ich mich sonst sehr erwachsen. Doch offensichtlich sehnte sich ein Teil von mir danach, in die Vorstadt zurückzukehren und ein Gartentor hinter mir ins Schloß fallen zu hören, wenn ich an einem Sommerabend fortging, um Freunde zu treffen.

Inzwischen hatte ich die Livingstones, und sie hatten mich. Merkwürdigerweise standen Oscar und Dorrie mir näher als Heather, obwohl Heather und ich derselben Generation angehörten und man hätte annehmen können, daß wir vieles gemeinsam hatten. Ursprünglich hatten Oscar und Dorrie mich ja als Freundin für Heather vorgesehen, bis sie schließlich – wortlos selbstverständlich – eingesehen hatten, daß ich mich besser als eine Art älterer Aufsichtsperson für sie eignete. Das war mir nur recht, denn ich liebte Heathers Eltern aufrichtig, während ich für Heather selbst ziemlich wenig empfand. Mit »ziemlich wenig« meine ich eine Mischung aus Langeweile, Ärger, Toleranz und widerstrebender Zuneigung. Mir schien, daß das zur Erfüllung meiner Funktion oder Bestimmung wahrscheinlich ausreichte. Daher war ich amüsiert und erleichtert zugleich, als ich sie in ihrer neuen Aufmachung sah: Sie hatte sich zu ihrem Vorteil verändert und besaß vielleicht ein kleines Geheimnis; dennoch schürzte sie immer noch vorsichtig die Lippen, ehe sie eine Frage beantwortete, und senkte den Kopf, ehe sie einen Entschluß faßte.

Doch im Laufe des Nachmittags kam es mir zunehmend vor, als sei Heather über mich hinausgewachsen oder als bedürfe sie zumindest nicht mehr meiner Obhut. Ganz gegen ihre Gewohnheit ließ sie sich von ihrer Mutter Tee einschenken und inspizierte währenddessen ihre glänzenden Schuhe, wobei sie das rechte Fußgelenk mit kritischem Blick drehte, als wollte sie ihre eigenen Schuhe diesmal aus einer professionelleren Sicht begutachten als sonst. Sie sprach wenig, als warte sie darauf, auf ein Thema angesprochen zu werden, das sie interessierte, statt sich eifrig an jedem beliebigen Gespräch zu beteiligen, das gerade geführt wurde. Selbst als die Tanten kamen – ja, gerade als die Tanten kamen und in ihre üblichen Klagen und Kommentare zu den Neuigkeiten der Woche ausbrachen –, hielt sie sich auf Distanz und schenkte ihnen nur ein kurzes Lächeln, wenn sie ein Thema anschnitten, zu dem sie etwas beitragen sollte oder unter normalen Umständen etwas beigetragen hätte. Ich bemerkte, daß die Tanten – hellhörig und kritisch wie immer – darüber ein wenig konsterniert waren. Sie hatten erwartet, daß sie Heathers Verwandlung – wie auch immer diese aussehen mochte – beiwohnen würden. Doch Heather gab ihnen keinerlei Hinweise darauf, warum sie sich so plötzlich und so auffallend verändert zu haben schien. Ja, wäre das Gespräch nicht durch die angeregte Unterhaltung zwischen Dorrie und ihren Schwestern beziehungsweise Oscar und seinem Bruder hinreichend in Gang gehalten worden, so hätte sogar eine etwas gespannte Atmosphäre geherrscht. Auch als ich Dorries dunkelblaues Seidenkostüm lobte, schwieg Heather. Erst als Dorrie erklärte, sie sei vor dem Kauf unschlüssig gewesen, ob ihr diese Farbe stehen würde (»Ich hoffe, ich habe das Richtige getan«), ließ Heather sich zu dem Einwurf hinreißen: »Du solltest lieber hellere Farben tragen. Du hast zu viele gemusterte Kleider.« Dann vertiefte sie sich neuerlich in die Betrachtung ihres Fußes. Dorrie war natürlich hocherfreut über diese erste Spur von Selbstvertrauen, die ihre normalerweise so fügsame Tochter zeigte. Vielleicht freute sie sich sogar über Heathers Unabhängigkeitserklärung den Tanten gegenüber; denn obwohl sie eine bewundernswert demütige Frau war, blieb ihr nicht verborgen, daß Janet und Rosemary die Überlegenheit von Müttern fühlten, deren Töchter gut verheiratet sind, und sie – Dorrie – in dieser Hinsicht gewissermaßen als Versagerin betrachteten. Nun kamen sie sofort zu dem Schluß, Heather müsse jemanden »kennengelernt« haben. Normalerweise stellten sie zum Abschied immer die halb unschuldige, halb boshafte Frage: »Hast du diese Woche jemand Netten kennengelernt?« Gewöhnlich wich Heather dieser überaus heiklen Frage aus, indem sie antwortete: »Niemand Besonderen«, und das Lächeln, mit dem sie dieses Dementi begleitete, war so entwaffnend wohlwollend, daß nicht viel zu sagen blieb. Doch als Janet diesmal bemerkte: »Du siehst so aus, als hättest du endlich jemand Netten kennengelernt«, erwiderte Heather: »Ich lerne viele nette Leute kennen«, was ihrer Mutter einen Augenblick des Triumphs verschaffte, ehe sie davoneilte, um den Sherry zu holen. Denn Dorrie wußte, daß Hochmut vor dem Fall kommt, und gehörte nicht zu den Leuten, die sich auf einen so dürftigen Beweis wie eine äußerliche Veränderung verließen. Dennoch hatten wir alle den

Eindruck, daß Heather etwas Lobenswertes, wenn auch Rätselhaftes getan hatte. Am rätselhaftesten war, daß sie mit keinem Wort darauf einging. An ihrer Undurchdringlichkeit prallten alle Fragen ab. Es war, als hätte sie still und heimlich jenes Hindernis überwunden, das sie bisher an das Elternhaus gebunden hatte – eine fügsame Tochter, deren Gehorsam und Anhänglichkeit über jeden Zweifel erhaben waren, da es noch nie einen Anlaß gegeben hatte, daran zu zweifeln.

Beim Sherry wandte man sich dem Gesprächsthema »Urlaub« zu. Oscar und Dorrie besaßen eine Wohnung an der spanischen Küste in der Nähe von Puerto Banus und fuhren gewöhnlich Ende April für ein paar Wochen dorthin. Der Abschied von zu Hause widerstrebte ihnen jedoch so sehr, daß sie schon bei dem Gedanken an diese Reise in ihre gewohnte Melancholie verfielen und von ihren energischeren Verwandten, denen viel daran zu liegen schien, daß Oscar und Dorrie diesen Urlaub möglichst rasch hinter sich brachten, zur Abreise gedrängt werden mußten. Mit Vergnügen malte ich mir aus, wie sie dort auf dem Balkon saßen, schweigend irgendwelchen Gedanken nachhingen und dieses Schweigen nur unterbrachen, um eine Tasse Tee zu trinken oder bedächtig eine Mahlzeit zu sich zu nehmen. Erst der Sonnenuntergang, nahm ich an, befreite sie von ihrer Muße, denn auch wenn sie sich manchmal pflichtschuldigst in die Sonne legten, zogen sie es sicher vor, sich hinter die gläsernen Schiebetüren zurückzuziehen, die sie vor der Hitze, dem blendenden Licht und dem Lärm der Autohupen abschirmten. Im befreienden Halbdunkel wandten sie sich dann wohl einander zu und lächelten. Ich stellte mir vor, daß Oscar die Hand nach Dorrie ausstreckte und fragte: »Alles in Ordnung, Liebling?«, als sei wieder ein harter Tag glücklich überstanden. Obwohl sie zwei- oder dreimal im Jahr in diese Wohnung fuhren, glaube ich, daß sie nur in ihren gewohnten Sesseln in Wimbledon wirklich glücklich waren. Sie waren einerseits ängstlich, andererseits den irdischen Dingen zugeneigt, ihre Befürchtungen schienen sie jedoch immer wieder vom Genuß ihres Besitzes abzuhalten.

»Ja, wahrscheinlich reisen wir in ein paar Wochen ab«, sagte Oscar mit einem Seufzer; und als wolle sie ihn trösten, fügte Dorrie hinzu: »Heather liebt die Sonne sehr. Und nachdem sie den ganzen Winter so hart gearbeitet hat, braucht sie das auch.«

Heather räusperte sich bedächtig: »Ich glaube, daß ich diesmal nicht mitkommen werde«, sagte sie. »Es wird sich nicht einrichten lassen, glaube ich.«

Dorrie und ihre Schwestern wandten sich alle zugleich Heather zu. »Aber, Liebling«, begann Dorrie – und sofort fielen ihr die Tanten ins Wort: »Aber du fährst doch immer im Frühjahr mit, Liebes« und »Du bist doch so gerne dort«. Nur Ann, Sams kränkliche Frau, die, ohne es zu wollen, immer ein wenig aus der Reihe tanzte, sagte: »Vielleicht hat Heather dieses Jahr etwas anderes vor.« Diese Bemerkung wurde zwar als etwas aufdringlich empfunden, doch es stand fest, daß niemand das Zimmer verlassen würde, ehe die Ursache von Heathers merkwürdigem Verhalten nicht geklärt war. Und wieder war es Ann, die sich immer so eifrig und gewöhnlich so erfolglos bemühte, mit den anderen mitzuhalten, die sagte: »Ich glaube, Heather hat endlich jemanden kennengelernt.«

»Ja, das habe ich tatsächlich«, sagte Heather gleichgültig. »Kann ich noch etwas Sherry haben, Mama?«

Mit ein wenig zitternder Hand schenkte Dorrie ihrer Tochter ein zweites Glas Sherry ein. Ihr Gesicht drückte Entzükken und Schrecken zugleich aus. Die Tanten dagegen waren fassungslos. Daß es ganz ohne ihr Zutun soweit gekommen war, freute sie gar nicht. Sicherlich dachten sie an jene kleinen Partys, auf denen Heather gesellschaftlich so offensichtlich versagt hatte, was ihnen eine geheime Waffe gegen ihre allzu erfolgreiche Schwester in die Hand gegeben hatte – diese Schwester, die schon in ihrer Jugend so schüchtern und unselbständig gewesen war, daß sie immer geglaubt hatten, sie bevormunden zu müssen.

»Wie schön, Liebes«, sagte Gerald zurückhaltend, denn zweifellos sah er voraus, daß ihn zu Hause endlose Gespräche darüber erwarteten, die ihm seinen Fernsehabend verderben würden.

»Erzähl uns doch etwas von ihm.« Das war Rosemary, Lawrences Frau, die aggressivere der beiden Tanten. Ihr Tonfall verriet, daß sie verletzt war. Es war Gefahr im Verzug, wie immer, wenn gemischte Gefühle an die Oberfläche steigen.

»Oh, du wirst ihn sicherlich bald kennenlernen«, erwiderte Heather, womit sie noch einen weiteren kaum merklichen Sieg errang. »Wir sollten jetzt lieber gehen, Mama, wenn ich Rachel unterwegs noch absetzen soll.«

»Gehst du heute abend aus, Schatz?« fragte Dorrie.

Diese Frage war noch erlaubt; Dorrie stellte sie jede Woche.

»Ja«, war alles, was Heather darauf antwortete.

Und ich, die so beiläufig abgesetzt statt wie sonst nach Hause gebracht werden sollte, begann mir ein wenig überflüssig vorzukommen. Ich glaube, ich sah schon die Zeit kommen, da diese kindlichen Nachmittage – die größte Freude meines allzu erwachsenen Lebens – ohne mich stattfinden würden. Schließlich hatte ich hier nichts mehr zu suchen, denn selbst beim besten Willen konnte ich mich nun nicht mehr in einer geschäftlichen Angelegenheit an Oscar wenden, obwohl er sicherlich geschmeichelt gewesen wäre, wenn ich es getan hätte. Und wenn ich nicht mehr gebraucht wurde, um Heather durchs Leben zu geleiten, unter welchem Vorwand hätte ich ihr dann bei dem, was vor ihr lag, Gesellschaft leisten können? Heathers künftiges Leben hing in keiner Weise von meiner Person ab; das hatte sie mit ihrem heutigen Auftritt und der Heimlichkeit, mit der sie ihren Plan ausgebrütet hatte, deutlich gezeigt. Ein Teil von mir – jener Teil von uns, der niemals erwachsen wird – war traurig, und als ich verstohlen zu Oscar hinüberblickte, sah ich, daß auch er traurig war.

Zuerst hielt ich das für ein erstes Anzeichen seiner gewohnten Melancholie, obwohl diese ihn selten überkam, wenn seine Familie um ihn versammelt war und er ihr seine übereifrige Gastfreundschaft angedeihen lassen konnte. Denn nur der Anblick der Menschen, die er liebte – oder was vielleicht noch wichtiger war: der Menschen, die er kannte und die ihn kannten – vermochten den nach innen gewandten Ausdruck von Oscars Gesicht zu vertreiben. Deshalb begrüßte er mich immer so freundlich – er war erleichtert, daß endlich jemand kam und den Bann brach, der ihn zu umgeben schien. Das erklärte auch seine liebenswürdige Hilfsbereitschaft, die so weit ging, daß er sogar meine Steuererklärungen überprüfte und all die langweiligen Dinge tat, mit denen er sich früher tagtäglich befassen mußte. Es kam mir vor, als fühle er sich nun, da niemand mehr seinen Rat als Steuerberater suchte, noch einsamer, obwohl er von der Liebe seiner Familie umgeben war. Doch seitdem er beruflich nicht mehr aktiv war, fühlte er sich von diesen Familienbanden vielleicht stärker abhängig, als wären sie das einzige, was ihn aufrechterhielt. Ich glaube nicht, daß ich übertreibe. Oscar litt naturgemäß mehr unter der plötzlichen Veränderung seiner Lebensverhältnisse als Dorrie; ich kann mir denken, daß sich unter ihm Abgründe auftaten. Mir wäre niemals eingefallen, ihm eine so persönliche Frage zu stellen, da ich angenommen hatte, daß in der Familie eine Atmosphäre gedämpfter, aber einhelliger Freude herrsche. Um so mehr erschreckte mich der verhärmte Gesichtsausdruck, mit dem Oscar zuerst seine Tochter, dann seine Frau ansah und schließlich aufstand, um Sam – und ausnahmsweise auch sich selbst – noch ein Glas Whisky einzuschenken.

Natürlich wußte ich Bescheid über Väter und Töchter und die Gefühle, die sie einander angeblich entgegenbringen. Die Zurückhaltung, mit der Heather erklärte, sie habe jemanden kennengelernt, war vielleicht von dem Wunsch beeinflußt, ihrem Vater Verlegenheit oder Unbehagen zu ersparen. Sie war, wie gesagt, sehr schlau. Vielleicht gehörte diese monotone, leidenschaftslose Ankündigung zu ihrem bewußten Rollenspiel als vorbildliche Tochter. Wenn das stimmte, war sie zu bewundern. Ja, es war geradezu beispielhaft, wie sie auf einen Streich mit den Tanten fertig geworden war und die Nachricht verkündet hatte, ohne großen Aufruhr zu erregen. Aber warum war die allgemeine Stimmung dann nicht fröhlicher? Schließlich erfüllte sich in diesem großen Moment das, was alle – und vermutlich auch Heather selbst – sich gewünscht hatten, was der Grund für die allgemeine Besorgnis, die kleinen Kriegslisten und die Inanspruchnahme fremder (meiner) Hilfe gewesen war. Ich glaube, die Stimmung war eher gedrückt, weil der Status quo sich so plötzlich, ohne Vorwarnung und ohne jede Mithilfe, verändert hatte, und mehr noch, weil unsere Anwesenheit in diesem Haus, die uns so sehr zur Selbstverständlichkeit geworden war, nun möglicherweise nicht länger notwendig sein würde. Bald würden wir uns in alle Winde zerstreuen, und ein anderer Haushalt würde Oscars und Dorries Aufmerksamkeit – und ohne Zweifel auch ihre Gastfreundschaft an Wochenendnachmittagen beanspruchen.

Es schien, als könnten wir nach Heathers Ankündigung nichts weiter tun, als nach Hause zu gehen. Ich hätte nie gedacht, daß dieser Nachmittag mit so viel Enttäuschung enden würde. Nur Dorrie war glücklich; aus ihrem Lächeln sprach ehrliche Begeisterung. Sie war die Seele dieses Hauses, auf die wir alle angewiesen waren. Wenn sie uns ihre Aufmerksamkeit entzog, würde uns allen etwas fehlen. Und sie würde jetzt viel zu tun haben, denn niemand zweifelte daran, daß eine Hochzeit bevorstand. Irgendwie war in diesem Haus alles andere undenkbar.

Auf der Rückfahrt sprachen wir fast nichs. »Ich freue mich schrecklich«, versuchte ich ein Gespräch in Gang zu bringen, denn Heathers Ruhe und Selbstsicherheit traten nun so deutlich zutage, als stände die Hochzeit unmittelbar bevor. »Lieb von dir«, sagte sie mit einem flüchtigen Lächeln – eine Floskel, die für Heathers Verhältnisse ungewöhnlich geziert klang. »Wie hast du ihn denn kennengelernt?« fuhr ich fort. »Ganz ohne fremde Hilfe«, sagte sie und grinste plötzlich, wie um anzudeuten, daß sie von den Komplotten, die hinter ihrem Rücken geschmiedet worden waren, immer gewußt hatte. »Ich traf ihn im Reisebüro, als ich für meine Eltern die Flugtickets nach Spanien löste. Du wirst ihn wahrscheinlich nächstes Wochenende kennenlernen. Es macht dir doch nichts aus, mit deinem eigenen Auto zu kommen?«

»Deine Eltern werden mir fehlen«, sagte ich ein wenig schüchtern. »Und du natürlich auch. Es war wunderschön, mit euch allen befreundet zu sein.« Denn irgendwie hatte ich das Gefühl, es sei nun an der Zeit, Abschied zu nehmen.

Sie wandte sich mit verblüfftem Gesichtsausdruck zu mir um. »Du denkst doch nicht etwa daran, meine Eltern nicht mehr zu besuchen«, protestierte sie. »Dich haben sie besonders gern. Und wenn ich sie jetzt nicht mehr so oft besuchen kann, werden sie auf deine Gesellschaft noch mehr Wert legen. Und natürlich möchte ich, daß du auch mich besuchen kommst, sobald ich mich eingerichtet habe. Du gehörst doch schon zur Familie.«

Ich fand das sehr anständig von ihr. Während dieser Fahrt revidierte ich meine ursprüngliche Meinung über Heather. Vielleicht rührte dieser Sinneswandel daher, daß ich sie noch nie zuvor so lange – und so direkt – über ein Thema hatte sprechen hören. In mir erwachte ein leichtes, angenehm distanziertes Interesse für eine Zukunft, die bis zu einem gewissen Grad auch mich einschließen würde. Die stillen Vorstadtstraßen wurden von einem schwachen Abendschein erhellt. Vor uns hüpfte ein kleines Mädchen die Straße entlang, einen Fuß auf dem Bürgersteig, den anderen im Rinnstein. Heather hupte, damit das Kind aus dem Weg ging. Irgendwo über uns brummte ein kleines Flugzeug. In den regendurchtränkten Gärten begannen die Grashalme zu sprießen. Die Mandelblüte ging schon dem Ende zu.

»Wie heißt er denn?« fragte ich.

»Michael«, sagte sie und schaltete das Radio ein, damit wir uns die Nachrichten anhören konnten und wenigstens auf diese Weise unseren Verpflichtungen gegenüber der Außenwelt nachkämen.

3

Mein erster Eindruck von Michael Sandberg war, daß dieser Mann mit strahlender Fröhlichkeit gesegnet war oder vielmehr davon verzehrt wurde. Mein zweiter Eindruck war, daß jemand mit so augenfälligem, beispielhaftem Charme nur ein Lügner sein konnte. Er verströmte eine Heiterkeit, die gut zu seinem blonden Haar und seiner schlanken, untadeligen Figur paßte. Er war gleich groß wie Heather, die sich in seiner Gesellschaft still und zurückhaltend verhielt, wie um ihn ins Schweinwerferlicht zu stellen, das ihrer Meinung nach unweigerlich auf ihn fallen mußte. Als ich in der Woche darauf das Wohnzimmer des Hauses in Wimbledon betrat, sah ich ihn im Mittelpunkt einer Schar bewundernder Frauen stehen, denn die Tanten waren seinem Charme auf Anhieb erlegen, und Dorrie blickte anbetend zu ihm auf. Da ich Gelegenheit hatte, ihn einen Augenblick zu beobachten, ehe wir einander vorgestellt wurden, kam ich zu dem Schluß, daß er seine Rolle gekonnt, aber etwas übertrieben spielte. Er erzählte von sich – vermutlich in der Annahme, daß das von ihm erwartet wurde –, und es gelang ihm, alle Fragen abzubiegen, indem er sie im voraus beantwortete. Auf diese Weise konnte er peinliche Situationen vermeiden und brachte dieses ermüdende Vorstellungsritual mit einem gewissen Charme hinter sich. Ich glaube, ich hatte in dem kurzen Augenblick, ehe ich in den Kreis einbezogen wurde, das Gefühl, daß er fast zuviel Charme an den Tag legte und daß der Ausdruck des Entzückens, der immer wieder über seine äußerst beweglichen Gesichtszüge huschte, etwas voreilig, etwas fehl am Platze und – verglichen mit Heathers ruhiger Zurückhaltung – etwas übertrieben war. Ich fand, die beiden wirkten bereits wie ein altes Ehepaar; allerdings wie eines, das außenstehenden Betrachtern auf die Nerven fällt. Bei diesem Paar, so schien es, war der Mann dazu ausersehen, das Kind, den Clown, ja vielleicht sogar den Verbrecher zu spielen, während die Frau dazu berufen war, seinen Übermut – mochte dieser auch die absurdesten Formen annehmen – zu dämpfen, und aufmerksam, nachsichtig und weise wie eine Mutter über ihren Kind-Mann zu wachen.

Dieser plötzliche Eindruck war wohl selbst für meine Verhältnisse übermäßig kritisch. Irgend etwas an der Überschwenglichkeit dieses Mannes stimmte mich unbehaglich, obwohl sie dem Anlaß durchaus angemessen war. Schon seine Bewegungen wirkten übertrieben; seine Kleidungsstücke schienen ihn kaum zusammenhalten zu können. Er war von einer erschreckenden Ruhelosigkeit, wirkte geziert und undurchsichtig und machte dabei, wenn er einmal nichts sagte oder tat – was allerdings selten vorkam –, einen recht konventionellen Eindruck. Er war mittelgroß und untersetzt und trug eine graue Flanellhose, ein weißes Hemd und einen blauen Blazer mit Goldknöpfen, dazu eine teure goldene Uhr und einen Siegelring am kleinen Finger der linken Hand. Das Muster seiner Krawatte war von einer vagen Symbolik, die zu verstehen mir hoffnungslos erschien. Das hervorstechendste Merkmal war sein Haar: auffallend goldblondes, dichtes, welliges Haar, wie man es bei einem Mann, der das Jünglingsalter überschritten hat, selten sieht. Sein Gesicht dagegen war undifferenziert und nur durch sein ständiges Lächeln belebt. Die blaßblauen Augen waren eher klein, aber von erschrekkender Lebhaftigkeit. Ich fragte mich, was mich so unangenehm berührt hatte, als ich ihm zum erstenmal in die Augen sah. Als sich sein Lächeln dann ein wenig normalisierte und nicht mehr alle Umstehenden mit seinem strahlenden Glanz blendete, erkannte ich, daß er eigentlich ein recht liebenswürdiger Mensch war – nicht allzu intelligent, vielleicht auch wenig vornehm und nicht sonderlich erwachsen; aber bemüht, unter schwierigen Umständen sein Bestes zu tun. Er sah aus, als habe er Angst davor, im Mittelpunkt zu stehen, bemühe sich aber trotzdem darum, und das gelang ihm – zumindest an diesem Abend – recht gut. Es war nicht leicht für einen jungen Mann (ich schätzte ihn auf ungefähr dreißig), den neugierigen Fragen einer Schar von Frauen mittleren Alters standzuhalten; aber er tat sein Bestes und stellte alle zufrieden. Heather, die mit unnahbarem Lächeln dasaß und zuschaute, bezog er dabei kaum ein, doch nahm ich an, daß die beiden das vorher so vereinbart hatten.

Er war in Begleitung seines Vaters gekommen; später erfuhr ich, daß seine Mutter schon gestorben war. Der Vater hatte nichts von dem zwiespältigen Glanz seines Sohnes, wirkte jedoch auf seine Weise – wenigstens in meinen Augen –

ebenso unzuverlässig. Er war ein kleiner, gepflegter Mann mit dichtem, silbernem Haar und gedrungenem Körper, der aber immer noch einige Energie ausstrahlte. Michael sprach ihn mit ›Colonel‹ an, und Dorrie tat verwirrt das gleiche, bis man ihr sagte, sie solle ihn Teddy nennen. Der Colonel benahm sich, als wäre er der Manager seines Sohnes, und gab ihm ständig Anweisungen, Heathers Familie über dieses oder jenes Auskunft zu geben, hauptsächlich über ihren Familienbetrieb, der, soweit ich feststellen konnte, etwas mit Immobilien oder Tourismus zu tun hatte. Anfangs war die Sache etwas unklar, doch allmählich stellte sich heraus, daß der Vater eine Kette von Time-sharing-Ferienwohnungen im Ausland verwaltete und damit so erfolgreich war, daß er sich in mehrere Reisebüros eingekauft hatte und als Spezialist auf diesem Gebiet eine Art Monopolstellung einnahm. Wer in Spanien oder Portugal leben wollte, mußte sich offensichtlich an ihn wenden. Daß die Livingstones bereits eine Wohnung in Puerto Banus hatten, hielt ich für einen glücklichen Zufall, der sie enger mit Michael und seinem Vater verbinden würde, doch anscheinend versuchte der Colonel sie schon zu überreden, diese Wohnung zu verkaufen und woanders hinzuziehen. Ich sah, daß Oscar diesen Ratschlag mit einem ebenso unzugänglichen und sphinxähnlichen Gesichtsausdruck abwehrte wie Heather. Doch der Colonel war jedenfalls ein umgänglicher Mensch und ließ sich durch nichts abschrecken. Er war ein ruheloser Mann, der wie ein Wasserfall redete und ständig Zigarren rauchte – ein Typus, der bei Frauen besser ankommt als bei Männern. Doch wenn er auch nichts Gewinnendes an sich hatte – sobald er seinen Sohn anschaute (und das tat er sehr häufig), nahm sein Gesicht einen traurigen, ergebenen Ausdruck an. Dieser Blick flößte mir Vertrauen ein.

Ich sah, daß es Oscar ebenso ging, während Dorrie zu aufgeregt war, um zu ihrer gewohnten ruhigen Überlegtheit zurückzufinden. Sie hatte das Gefühl, nun endlich einmal »das Richtige« getan zu haben. Sie war voll Mitgefühl für die mißliche Lage dieser beiden Männer, die offenbar jahrelang in einem frauenlosen Haushalt zusammengelebt hatten, so daß ihrer Zuneigung etwas Tragisches anhaftete, so als sollten sie einander nun an fremde Menschen verlieren. Ja, das Verhalten von Michael und seinem Vater hatte jenen viktorianisch-rührseligen Beigeschmack, der eigentlich Heather besser angestanden hätte, denn schließlich war sie es, die stets so wohlbehütete Tochter, die nun im Begriff stand, die Geborgenheit ihres Zuhauses und die Obhut ihrer Eltern zu verlassen. Doch die ängstliche Besorgnis des Colonels und die Überschwenglichkeit seines Sohnes schienen darauf hinzudeuten, daß sie verletzlicher waren als Heather; und hier konnte Oscar helfend eingreifen, denn in der Beschaffung jener weltlichen Güter, die Angst und Sorge lindern, war er inzwischen zum Experten geworden. Ich glaube, daß auch Michaels Familie vermögend war, doch wurde dieser Wohlstand, so schien mir, mit jenem Überschwang zur Schau gestellt, der den Glauben an seine Seriosität untergräbt und ihn unecht erscheinen läßt. Der Colonel und sein Sohn machten den Livingstones ein großartiges, unüberzeugendes Angebot nach dem anderen – Ferienhäuser, Villen, die sie ihnen auf unbegrenzte Zeit zur Verfügung stellen könnten, private Badestrände –, aber all das verfehlte seine Wirkung auf Oscar; denn ich sah ihm an, daß er gar nicht daran dachte, seine kleine Ferienwohnung gegen etwas anderes einzutauschen. Sollte er das aber jemals vorhaben, so wäre er durchaus in der Lage, das selbst in die Hand zu nehmen, auch wenn er die Sandbergs damit zweifellos kränken würde. Irgendwie erweckte der Colonel den Eindruck, als habe er sein Vermögen im Fußballtoto gewonnen, während man das bei Oscar nie vermutet hätte. Gleichzeitig dachte der Colonel ständig ans Geschäftemachen und ließ sich keine Gelegenheit entgehen. »Nun ja, jetzt wissen wir also, an wen wir uns wenden müssen«, sagte Gerald oder Lawrence, ganz benommen von den Versuchen des Colonels, jeden zum Übersiedeln zu bewegen, und fügte hinzu: »Vielleicht können Sie uns ein paar Prospekte schicken.« Ich sah, daß sie diesen Mann abwehrten, weil seine Geschwätzigkeit, seine leutselige Art ihnen widerstrebte. Sie waren beide friedliebende, wortkarge Menschen. Oscars Bruder Sam dagegen fand den Colonel offensichtlich amüsant und versprach ihm, in der nächsten Woche mit ihm Mittag zu essen.

Während der Colonel alle umsiedelte, unterhielt sich sein Sohn in ernstem Ton mit den Tanten und natürlich auch mit Dorrie. Sie betrachteten ihn voll Nachsicht, und mir fiel auf, daß er bei diesen einfachen Frauen, die Hochzeiten und Babys über alles liebten, diese für das Wichtigste hielten und eigentlich nur von Hochzeit zu Hochzeit lebten, besonderen

Anklang fand. Dem Stand der Ehe galten ihre größten Sympathien, ihre edelsten Bestrebungen; sie waren in Gedanken schon eifrigst mit den Hochzeitsvorbereitungen beschäftigt, über die sie am Telefon endlos diskutieren würden. Sie erkannten, daß der mutterlose Michael und der verwitwete Colonel ihnen keinen Widerstand entgegensetzen würden; beide schienen dafür zu sein, daß so rasch wie möglich geheiratet wurde. Aber vielleicht mußte bei ihnen alles rasch gehen. Jedenfalls erweckten sie diesen Eindruck.

Michael und sein Vater verstanden sich sehr gut miteinander und hatten etwas Rührendes an sich – wenn es vielleicht auch nur daran lag, daß sie beide ein wenig kindisch waren. Sie berührten einander häufig, was ich für ein gutes Zeichen hielt; Männer, die Angst vor körperlicher Berührung haben, erlernen es meistens niemals richtig. Sie klopften einander auf die Arme und faßten sich sogar an den Händen; und ich sah, daß dieses enge Verhältnis, zu dem man sie nur beglückwünschen konnte, Michaels ganze mutterlose Kindheit hindurch bestanden haben mußte. Inzwischen war mein erster Eindruck ziemlich in den Hintergrund getreten, und ich begrüßte diese Verbindung, obwohl sie mich ein wenig überraschte. Ich fragte mich, was Heather und ihr zukünftiger Mann wohl gemeinsam hatten; denn sie war so still, so schwer aus der Ruhe zu bringen, daß ich mir nicht vorstellen konnte, wie die beiden miteinander auskommen sollten. Soweit ich das beurteilen konnte, fühlten sie sich nicht eben leidenschaftlich zueinander hingezogen, denn die häufigen Händedrücke fanden eher zwischen Michael und seinem Vater als zwischen Michael und Heather statt. Michael strahlte eine sonnige Heiterkeit aus, die irgendwelche unergründlichen Charakterzüge auszuschließen schien; und das war wahrscheinlich ganz gut so, denn trotz ihrer Schlauheit war Heather wohl kein sehr neugieriger Mensch und hätte mit einem komplizierten oder schwierigen Mann vielleicht nicht viel Geduld gehabt. Während ich die beiden beobachtete – aus naheliegenden Gründen konnte ich mich an dem Gespräch ja kaum beteiligen –, erkannte ich, daß Heather sich von dieser ein wenig merkwürdigen Heirat jene Erfüllung erhoffte, die ihre Mutter ihr immer vorgelebt hatte. Sie würde, ohne es zu merken, aus dem Zustand der Jungfräulichkeit in das Matronendasein hinübergleiten, würde in die Fußstapfen ihrer Mutter treten, ihr zum Verwechseln ähnlich werden und in ihrem eigenen Heim sicher ebenfalls der Mittelpunkt des Familienkreises sein – zur vollen Zufriedenheit der Mutter, an deren Beispiel sie sich in allem halten wollte. Und warum nicht? Das Merkwürdige an dieser Verbindung, bei der Sexualität kaum eine Rolle spielte, war, daß sie wahrscheinlich funktionieren würde; doch im Gegensatz zu Dorrie und ihren Schwestern, die volles Vertrauen in diese Verbindung setzten, kam mir diese Heirat nicht ganz echt vor. Ich hatte das Gefühl, daß die beiden einander gleichsam nur für ihre persönlichen Ziele brauchten.

Heather, das war unschwer zu erkennen, bereitete sich schon auf die Rolle der Ehefrau vor. Wie sie da reglos und lächelnd inmitten dieser aufgeregten Versammlung saß, sah sie aus wie die Braut auf einem Breughel-Bild, gerade so als säße sie schon bei ihrem Hochzeitsfrühstück. Sie schien – ebenso wie Michael – keinerlei Zweifel an dieser Ehe zu haben, und das war angesichts der Schnelligkeit und Heimlichkeit, mit der die beiden sich einig geworden waren, überraschend. Doch Heathers Gesichtsausdruck überzeugte uns schließlich alle. Ihr Lächeln war nicht strahlend oder aufgeregt, wie man hätte erwarten können, sondern zufrieden, nach innen gewandt, fast gelangweilt über die Zeremonie, die sich um sie her abspielte. Als sie mich sah, hob sie eine Augenbraue und nickte mit völlig unverändertem Lächeln in meine Richtung. Daraufhin trat ich näher und küßte Dorrie, die sagte: »Oh, Rachel, ist das nicht aufregend? Setzen Sie sich doch. Der Tee ist gleich fertig.« Alles war anders als sonst. Man stellte mich Michael und dem Colonel als »Heathers beste Freundin« vor, was mir ein wenig übertrieben vorkam, doch wie üblich erlag ich der Atmosphäre dieses Hauses und lächelte und nickte ebenfalls, als wäre alles in bester Ordnung. Michael drückte mir kräftig die Hand und sagte: »Ich weiß, wie sehr Heather Sie mag«, was mich gleichfalls überraschte, denn ich konnte mir nicht vorstellen, daß Heather sich jemals in dieser Weise über mich geäußert hatte. Doch dann wurde mir bewußt, daß er das zu jeder Frau gesagt hätte, die behauptete, Heathers Freundin zu sein, selbst wenn er noch nie zuvor etwas von ihr gehört hätte. Ich antwortete natürlich im gleichen herzlichen Ton – teils aus wohlwollender Anerkennung für seine Bemühungen, teils, weil ich es so sehr genoß dazuzugehören und weil die Tatsache, daß man mich als Heathers »beste Freundin« betrachtete, zu garantieren schien, daß ich auch an den künftigen Festlichkeiten teilhaben würde. Der Colonel warf mir einen Blick zu, der nicht ganz unkritisch war. Auch das überraschte mich; doch es war soviel los, daß meine Aufmerksamkeit von anderen Dingen abgelenkt wurde. Ich sah, daß Oscar weit weniger hingerissen war als alle anderen; sein Lächeln war ebenso unnahbar wie das seiner Tochter und deshalb vielleicht ein wenig enttäuschend. Warum war er so traurig? Lag das bloß an seiner unüberwindlichen Zurückhaltung, war er erschöpft von den aufdringlichen Verkaufsstrategien des Colonels, oder war etwas anderes daran schuld – vielleicht etwas, was er über seinen künftigen Schwiegersohn erfahren hatte? Ja, das mußte es sein, denn Michael war offenbar nicht der etablierte Geschäftsmann, den er sich erhofft hätte, sondern nur der Assistent seines Vaters, den er »vertrat«, wenn dieser anderweitig beschäftigt war. Mir war klar, daß dies wahrscheinlich eine eher unstete Lebensweise bedingte, wenn er mehrmals im Jahr nach Spanien oder Portugal reisen mußte –, aber es gab keinen Grund, warum Heather ihn nicht begleiten oder sogar aktiv unterstützen sollte. Sie kannte diese Länder gut und reiste gern. Außerdem hatten Oscar und Dorrie ihr in der Nähe ihrer Ferienwohnung eine eigene kleine Wohnung gekauft, so daß ihr die Unannehmlichkeiten eines Hotelaufenthalts erspart bleiben würden. Ich sah sie schon auf der Terrasse sitzen – oder auf der ihrer Mutter, denn Dorrie würde zweifellos mehr Zeit im Ausland verbringen, wenn ihre Tochter dort war – und gelassen auf die Rückkehr ihres vor Aktivität berstenden Ehemannes warten, der in irgendwelchen Geschäften unterwegs war. Ich konnte fast hören, wie in der heißen Nachmittagssonne das Teegeschirr bereitgestellt wurde, um die häusliche Tradition aufrechtzuerhalten. Das Ganze könnte wunderbar funktionieren, dachte ich.

Im Laufe des Nachmittags erfuhr ich mehr. Für den seltsamen Namen Sandberg war der etwas komplizierte Stammbaum der Familie verantwortlich: Offensichtlich gab es da einen dänischen Großvater sowie eine irische Großmutter oder vielleicht auch zwei, doch das bekam ich nie ganz heraus, und es stand mir sicherlich nicht zu, Fragen zu stellen. Außerdem hatten ihre langen Aufenthalte in Spanien und Portugal dazu geführt, daß sie die Zischlaute etwas undeutlich aussprachen, besonders wenn sie sich miteinander unterhielten. Es war wie ein kleiner Geheimkode zwischen Vater und Sohn, der recht liebenswert wirkte – ebenso wie der besorgte Blick, mit dem der Colonel sein einziges Kind betrachtete. Ihre Verbundenheit war so eng, daß sie sich nur durch witzige Bemerkungen verständigen konnten, zu denen die Tanten etwas verwirrt, aber amüsant mit dem Kopf nickten. An jenem Nachmittag wurde im Hause der Livingstones mehr gelächelt und gelacht als jemals zuvor. Aber das Wesentliche an diesen Witzen schien mir zu sein, daß nicht jeder daran teilhaben konnte. Die Einigkeit zwischen dem Colonel und Michael war ziemlich undurchdringlich. Dennoch steigerte ihr Gelächter die Atmosphäre allgemeinen Wohlwollens und schien – sowohl jetzt als auch für die Zukunft – das Glück aller Beteiligten zu garantieren.

Mir wurde auch klar, daß man mich zur Hochzeit einladen würde und daß man meine Rolle innerhalb dieser Familie durchaus positiv empfand. Nachdem man mich bisher als Werkzeug für Heathers gesellschaftlichen Aufstieg betrachtet hatte, sollte ich nun der Spiegel ihres Ruhmes sein. Das machte mir nicht das geringste aus. Ich hatte keine romantischen Vorstellungen von der Ehe und war auch nicht von Neid verzehrt. Was mich betraf, so war mein Leben ausgewogen und befriedigend, obwohl ich über gewisse Dinge nicht sprach. Dorrie und ihre Schwestern schlossen daraus, daß ich ein Leben in Saus und Braus führte, über das ich diskret und wohlerzogen Schweigen bewahrte, und da ihnen daran gelegen war, Heather als Hauptattraktion in den Vordergrund zu schieben, hatten sie meine Diskretion stets sehr geschätzt. Natürlich war mein Leben kein reines Vergnügen; manchmal war es sogar überhaupt kein Vergnügen, aber ich nehme an, daß es mir entsprach. Ich versuchte, in allem Maß zu halten. Für Exzesse war ich nicht geschaffen.

Daher hatte ich keinerlei Bedenken, meinen Platz in diesem Familienkreis wieder einzunehmen, sondern ließ mich nur zu gern geruhsam dort nieder. Die Rolle, die man mir zugedacht hatte, verlangte mir nicht viel ab – weder Gedankenarbeit noch Kritik. Ich war nur zu gern bereit, an den Feierlichkeiten teilzunehmen, wurde allerdings – so sehr ich mich auch bemühte, ihn zu verscheuchen – den Gedanken nicht los, daß irgend etwas fehlte. Oberflächlich betrachtet war alles in

Ordnung. Dorrie, die von dem Colonel mittlerweile als »meine liebe Dora« angeredet wurde, war so glücklich, daß in ihren Augen immer wieder Tränen schimmerten. Auch die Tanten lächelten beglückt und wandten sich instinktiv öfter als sonst ihren Ehemännern zu – legten ihnen die Hand auf den Arm oder fragten sie mit neu erwachter unbewußter Zärtlichkeit, ob sie mit diesem oder jenem einverstanden seien, während sich die Onkel, froh und erleichtert über die ungewohnte Milde ihrer Frauen, ausnahmsweise nicht damit begnügten, bloß lächelnd mit dem Kopf zu nicken. Selbst die dumme Ann, die, glaube ich, zwar toleriert, aber nicht sehr geschätzt wurde, erregte diesmal keinen Anstoß, obwohl sie pausenlos taktlose Fragen über die Hochzeit stellte – ein Thema, das eindeutig zu ernst und zu wichtig war, um von jemandem angeschnitten zu werden, der sozusagen kein Blutsverwandter war. Oscars Mund hatte sich – ebenso wie der seines Bruders – zu einem Lächeln entspannt, und als die beiden nun wie üblich nebeneinandersaßen, fiel einem ihre Ähnlichkeit deutlich ins Auge. Die Atmosphäre war ausgesprochen festlich, denn man erwartete die verheirateten Cousinen mit ihren Männern, und in der Küche waren schon Champagnerflaschen eingekühlt und winzige Räucherlachshäppchen vorbereitet worden. Soweit ich verstanden hatte, wollten Oscar, Dorrie und der Colonel später noch irgendwohin abendessen gehen, während Heather mit Michael in ihre Wohnung zurückfahren sollte, um zu entscheiden, welche Dinge und Einrichtungsgegenstände sie für ihren gemeinsamen Haushalt noch brauchen würden. Denn natürlich war diese Heirat ein willkommener Anlaß für weitere großzügige Geldausgaben, ja, vielleicht der eigentliche Anlaß, für den der Totogewinn von Anfang an bestimmt gewesen war.

Was ich in dieser Atmosphäre allgemeiner Freude als Mißklang empfand, war ihre innere Hohlheit. Ich konnte mir beim besten Willen nicht vorstellen, daß die beiden einander liebten. Natürlich traute ich Heather zu, daß sie in eine gewisse matronenhafte Gelassenheit hineinwachsen würde, aber vielleicht war dieser Eindruck, der sich mir gewaltsam aufdrängte, etwas voreilig. Ich hatte das beunruhigende Gefühl, daß ihr Mona-Lisa-Lächeln ein bißchen zu friedlich, ein bißchen zu unbeweglich war. Im Laufe meiner Bekanntschaft mit ihr (denn trotz Michaels Beteuerungen war es eher eine

Bekanntschaft als eine Freundschaft) hatte sich erwiesen, daß Heather nicht entflammbar war, aber sicher hätte sie jetzt etwas mehr als ihre übliche Distanziertheit, Höflichkeit und Unschuld zeigen können. Müßte sie inzwischen nicht wenigstens etwas von ihrer Unschuld verloren haben?

Das Problem lag natürlich bei ihrem Verlobten. Mir war klar, daß dieser Michael, dieser Kind-Mann, nicht der Mann war, eine Frau aus dem Schlummer der Jungfräulichkeit zu erwecken – schon gar nicht eine so stille, bedächtige Frau wie Heather. Die Lebhaftigkeit, die er ausstrahlte, war in meinen Augen nicht überzeugend. Ich konnte mich des Gedankens nicht erwehren, daß er gar nicht recht wußte, worauf er sich einließ, sondern eher den Wünschen seines Vaters nachgab als seinen eigenen. Ich erkannte, daß die Unruhe des Colonels, die sich in seinem Redeschwall und seinem Bestreben äußerte, alle zum Umziehen zu bewegen, in Wirklichkeit seinem Sohn galt; und obwohl darin etwas Rührendes lag, erfüllte es mich mit Unbehagen. Warum aber war diese Sorge, die mir eher mütterlich als väterlich vorkam, so deutlich spürbar? Warum ließ der Colonel seinen Sohn niemals aus den Augen – oder, besser gesagt, warum kehrten seine Blicke nach jedem Kompliment, das er Heather oder Dorrie machte, zu Michael zurück? Und warum ließ auch Oscar ihn nicht aus den Augen, während sein einziges Kind, seine heißgeliebte Tochter, sanftmütig neben ihrer Mutter saß und ihre Zukunft bereits diesem Mann anvertraut hatte, der noch nicht ganz erwachsen und doch auch kein richtiger Junge mehr war – diesem Kind-Mann mit dem goldblonden Haar, dem Blazer, der teuren Uhr und dem hingebungsvollen Vater?

Auch die festliche Atmosphäre erinnerte mich ein bißchen zu sehr an Dickens, und zu meiner eigenen Überraschung wünschte ich mir etwas mehr Wirklichkeit in diese Zeremonie hineinzubringen. »Wißt ihr denn, was ihr da tut?« hätte ich am liebsten gefragt. »Wißt ihr, worum es hier geht?« Denn dieses Paar hatte etwas Infantiles, etwas, das mich irritierte, wie mich früher Heathers opferbereite Passivität oft irritiert hatte. Inzwischen war sie zwar so weit aus dieser Passivität erwacht, daß sie das erstaunliche Kunstwerk zustande gebracht hatte, sich zu verloben, doch ich konnte mir nicht vorstellen, daß sie auch ihren übrigen Pflichten mit dem rechten Verständnis nachkommen würde. Denn in dieser Hinsicht hatten meine eigenen, leider recht umfangreichen Erfahrungen eine echte Freundschaft zwischen Heather und mir stets verhindert: Ich wußte, worauf es ankam, und sie wußte es nicht. Jetzt fragte ich mich, ob sie es jemals erlernen würde, und fühlte, daß die Verzweiflung, in die sie mich manchmal versetzte, nicht unbegründet war. Dennoch entwaffnete ihre Güte mich nach wie vor. Auf ihre bedächtige Art war sie immer freundlich und gütig gewesen, wie alle in diesem Haus, so als wäre ihre Güte untrennbar mit ihrer Unschuld verbunden und als könnte ihr wunderbares Gefühl von Wohlwollen und Vertrauen nur in einem Zustand totaler Ahnungslosigkeit voll und ganz zur Entfaltung kommen. Und vielleicht stand Heathers Partnerwahl im Einklang mit jener Familienverschwörung, die der Bewahrung dieser Unschuld diente; sie hatte sich einen Partner ausgesucht, der sie bestimmt nicht in eine fremde Welt voll abgründiger Bosheit und gemeiner Intrigen entführen würde. Vielleicht wappnete sie sich deshalb nun auch mit der gleichen Melancholie wie ihre Eltern, denn sicher hatte sie wohl auch Anlaß zu etwas geheimer Enttäuschung. Schließlich war sie nicht dumm. Unter diesen Voraussetzungen ließe sich die Verbindung von Unschuld und Melancholie aufrechterhalten, und allmählich erkannte ich, daß dies auch gelingen würde.

Als die Cousinen Sarah und Georgina mit ihren Männern auftauchten, kam die Gesellschaft ein wenig in Schwung. Der eine Ehemann war Arzt, der andere Kugelschreiberfabrikant – beide repräsentierten genau den Typus unternehmungslustiger, selbständiger junger Leute, für die Oscar Verständnis hatte. Verglichen mit diesen Musterehemännern wirkte Michaels undifferenzierte Ausstrahlung noch suspekter; doch bei der Erinnerung an die schrecklichen Partys, zu denen man Heather geschleift hatte, war ich einen Augenblick nahe daran, Michael den Vorzug zu geben. Auf jeden Fall mußte man ihr nun gratulieren, und außer mir schienen alle der Ansicht zu sein, daß diese Ehe unter den besten Vorzeichen stand. Die Cousinen waren hübsche, etwas mürrisch dreinblickende junge Frauen, die einander sehr ähnlich sahen. Beide hatten hohe, laute Stimmen und wachsame Augen, und ich erkannte nun, wieso diese Partys immer einen etwas boshaften Beigeschmack gehabt hatten. Sie waren äußerst modisch gekleidet und trippelten auf ihren sehr hohen Absätzen ständig hin und her, so daß neben Michael ein weiteres Element der Ruhelosigkeit in diesen Kreis behäbiger Bürger kam. Bei der Begrüßung dieser Neuankömmlinge erschien Michael fast wie ein Mann, der mit sich selbst tanzt, und seine Hektik steigerte sich noch, als der Champagner hereingebracht wurde. Korken knallten, Toasts wurden ausgebracht. »Auf Michael und Heather!« rief der Colonel, worauf Oscar erwiderte: »Auf Heather und Michael!« Der Colonel behielt das letzte Wort, indem er sein Glas hob und alle um sich scharte, indem er rief: »Auf Oscar und Dora! Unsere neue Familie – unsere neuen und – wie ich hoffe – bereits alten Freunde!« Dann blickte er seinen Sohn an, der hinzufügte: »Auf Hetty!« Natürlich ging er damit zu weit, noch war er ja nicht verheiratet, und die Verunstaltung von Heathers Namen behagte Oscar gar nicht, doch nun war es zu spät, um die Situation noch zu retten, und so griffen wir nach diesem Mißton alle nach unseren Gläsern und leerten sie – zumindest was mich und sicher auch Oscar anbelangte – recht nachdenklich. Danach verabschiedete ich mich taktvoll, damit eine richtige Familienfeier stattfinden konnte, die nicht durch Außenstehende beeinträchtigt wurde. Oder nur durch Michael und den Colonel.

Am nächsten Morgen – einem Sonntag – rief ich Dorrie an, um ihr zu sagen, was für eine reizende Party es gewesen war. Sie war dankbar wie ein Kind für diese Gelegenheit, ihre euphorische Stimmung ausdehnen zu können, und berichtete mir von allen Hochzeitsplänen, die nach meinem Abschied besprochen worden waren. Vielleicht hatten sie gedacht, ich wäre unangenehm berührt gewesen und von der Wehmut einer Brautjungfer erfaßt worden, wenn sie vor mir darüber gesprochen hätten. Natürlich würde es keine Brautjungfern geben. Heather hatte sich mit unerwarteter Entschlossenheit gegen alle Wunschträume von einer aufwendigen Hochzeitsfeier zur Wehr gesetzt, die Dorrie und ihre Schwestern sich in den Kopf gesetzt haben mochten. »Es ist bereits alles geplant, Mama«, soll sie gesagt haben. »Wir veranstalten einen Tanztee.« Kaum hatte Heather diesen Vorschlag gemacht, begann Dorrie auch schon, sich damit anzufreunden. »Und es wird sehr bald sein«, setzte sie stolz hinzu. »Sobald wir eine hübsche Wohnung für Heather gefunden haben. Oscar hat sich in der letzten Woche schon umgesehen und er glaubt, das Ideale gefunden zu haben. Heute nachmittag will er mir die Wohnung zeigen.« Ich sagte, das klänge ja alles phantastisch. »Natürlich werde ich sehr beschäftigt sein«, fuhr sie fort. »Aber Sie werden mich doch trotzdem nicht vergessen, nicht wahr, Rachel? Und Heather auch nicht? Sie hält soviel auf Ihr Urteil, das wissen Sie ja. Und wir erwarten Sie wie üblich nächsten Samstag, liebe Rachel, wenn Sie nichts Besseres vorhaben. Sie kennen ja jetzt den Weg.«

Ich gestattete es mir nicht, mich von dieser merkwürdig leidenschaftslosen Erregung anstecken zu lassen, obwohl gerade diese Atmosphäre gedämpfter Gefühle mich an den Livingstones von vornherein so angezogen hatte. Nun kam es mir so vor, als hätte die würdige Gelassenheit, die ihr Leben früher bestimmt hatte, einer viel banaleren Aktivität Platz gemacht, die ihnen weniger gut stand. Eine betriebsame Dorrie war für mich weniger anziehend als der schüchterne, leise seufzende Inbegriff passiver Häuslichkeit; und Oscar, der begüterte Hausherr, erschien mir weniger überzeugend als der sanfte, traurige Mann, der seine Zeitung zur Seite legte, sich die Krawatte glattstrich und Heather und mich begrüßte, als wären wir noch Kinder. Bei meinem nächsten Besuch am Samstag darauf empfand ich sogar eine etwas wehmütige Sehnsucht nach jener ersten Zeit unserer Freundschaft, als sie noch hermetisch abgeschlossen, von den Überlegungen gewöhnlicher Menschen unberührt und an den Ereignissen und Neuigkeiten der Welt überhaupt nicht interessiert gewesen waren. Das Gefühl der Geborgenheit, das ich in diesem abgeschirmten Bereich empfunden hatte, wich einer gewissen Bedrückung, als ich nun aufgefordert wurde, mir Heathers prächtige Ausstattung anzusehen. Dorrie war von einer wahren Einkaufswut ergriffen worden; sie hatte sich zum Mittagessen mit ihren Schwestern im Capitol Hotel getroffen und anschließend mit ihnen gemeinsam die Geschäfte geplündert; bei Harrods war sie fast täglich gewesen. So sehr mich diese Ansammlung von Kochtöpfen, Porzellangeschirr, Gläsern, Bettwäsche und vor allem die glänzenden Nachthemden und Morgenröcke entsetzten, die Heathers Mutter so liebevoll ausgewählt hatte, mußte ich mir doch eingestehen, daß diesen Vorbereitungen auch etwas zeitlos Gültiges anhaftete, das zu bewahren sich lohnte; und ich stellte mir vor, wie die drei Schwestern sich tagtäglich auf ihre Pilgerfahrt begaben, so einmütig, wie sie es seit ihrer Kindheit – oder, besser gesagt, seit der letzten Hochzeit – nicht mehr gewesen waren. Darin, so meinten sie wohl, bestand die eigentliche Lebensaufgabe einer Frau. Und die Schwestern unterstützten Dorrie nach Kräften, da sie immer das Gefühl gehabt hatten, daß sie ihres Schutzes und Rates am meisten bedurfte. Diese Hochzeit, mit der das letzte Kind von zu Hause fortging, gab ihnen nochmals Gelegenheit, ihren einstigen Status auszukosten; zudem gebührte Dorrie aber auch eine gewisse Hochachtung, denn durch dieses Ereignis erhielt sie eine neue Würde. Die kleine Schwester war erwachsen geworden.

Im Laufe jenes ziemlich turbulenten Nachmittags erfuhr ich, daß man für Heather und Michael eine Wohnung in einem großen Wohnhaus hinter Marble Arch gekauft hatte. Die Wohnung war, kurz bevor die vorherigen Besitzer wegen einer Versetzung ins Ausland gezogen waren, frisch renoviert worden, und man brauchte sie nur noch mit jenem Mobiliar zu füllen, das die Livingstones bevorzugten. Das wurde nun energisch in Angriff genommen. Heather hatte anscheinend keine konkreten Vorstellungen über die Inneneinrichtung, was mich in Anbetracht ihres ausgeprägten Modebewußtseins ein wenig überraschte: Sie kleidete sich mit einem gewissen extravaganten Chic – der durch ihren sanften, fragenden Gesichtsausdruck allerdings sogleich Lügen gestraft wurde. Die Einrichtung ihrer Wohnung überließ sie jedoch bereitwillig ihrer Mutter, und ringsum türmten sich schon Stöße königsblauer Badetücher, Unmengen französischer Porzellantassen und -teller, tomatenrote Kasserollen, elektrische Toaster, Teekessel und sogar Tonvasen und -kübel für die Terrasse. Harrods mußten einen ganzen Konvoi von Lieferwagen hergeschickt haben. Diese Exzesse hatten etwas Herzerfrischendes, obwohl ich das Gefühl hatte, daß sie eher Dorries Mutterliebe als die Bedürfnisse des Kindes selbst befriedigten. Heather schaute nur einmal kurz vorbei, mit dem gewohnt geistesabwesenden Gesichtsausdruck; all das schien sie nicht sehr zu berühren, vielleicht nahm sie es aber auch bloß als selbstverständlich hin – schließlich war sie als behütete Tochter aufgewachsen und mit materiellen Gütern seit langem vertraut. Michael nahm diese Anschaffungen wesentlich wichtiger und inspizierte sie mit ernstem Gesicht, was ihm bei Dorrie große Sympathien einbrachte. Ich überlegte mir, daß diese Heirat eine Menge kosten mußte; doch das schien niemandem etwas auszumachen. Ein wahres Kauffieber, eine fast religiöse Ekstase hatte sich Dorries bemächtigt, und sie ließ sich durch nichts davon ablenken. Als Heather mit dem allseits beliebten Michael im Schlepptau auftauchte, brachte Oscar nur hervor: »Geh und sag deiner Mutter, sie soll sich bitte endlich einmal hinsetzen.« Und als sie dann wiederkam, sagte er in seinem gewohnt leisen, undramatischen Tonfall nur den einen Satz: »Wo ist deine Mutter?«

Die Flitterwochen verbrachten sie in Venedig, im Gritti Palasthotel. Das war der Beitrag des Colonels, der bei dieser Hochzeit meiner Meinung nach um einiges billiger weggekommen war. Seine Villenangebote in Spanien und Portugal hatten sich als unrealistisch oder zumindest vorschnell erwiesen und würden sich nicht ohne lange Diskussionen und Verhandlungen realisieren lassen. Mir schien, daß die ehrliche Bereitschaft der Livingstones, Geld auszugeben, den Colonel beeindruckt hatte und er sich nun gezwungen sah, mit ihnen mitzuhalten. Die unverkäufliche Villa, die er vielleicht schon ins Auge gefaßt hatte, war wieder im Aktenordner verschwunden, und er hatte sich endlich zu einer Ausgabe im erwarteten Rahmen aufgerafft, ja, er arrangierte sogar einen Vollpreisurlaub für die beiden, bei dem er selbst nicht einmal eine Provision oder ähnliches einstrich. Ich kann nicht sagen, warum ich ihn für geizig hielt. Er war es nicht; und er schien gutsituiert zu sein. Sein Vermögen kam mir nur weniger echt und über jeden Zweifel erhaben vor als das der Livingstones; und sowohl seine Einnahmen als auch seine Ausgaben schienen irgendwelchen Beschränkungen unterworfen zu sein. Ich vermutete, daß Michael vielleicht in weniger unbeschwerten Verhältnissen aufgewachsen war als Heather; wahrscheinlich waren ihm die geschäftlichen Berg- und Talfahrten seines Vaters nicht verborgen geblieben – die Spekulationen, die Zeiten des Überflusses und die mageren Jahre. Er begann mir leidzutun.

Aber die Hochzeit war wirklich wunderschön. Ich ging nicht mit zum Standesamt (Heather hatte überraschenderweise eine kirchliche Trauung abgelehnt), sondern kam erst nachher ins Ritz, mit meinen Schuhen in einer Papiertüte wie zu einem Kinderfest. Draußen regnete es in Strömen, doch selbst das störte mich ausnahmsweise nicht, so festlich war die

Atmosphäre, die das Hotel ausstrahlte. Hinter den regenüberströmten Fensterscheiben kam die Schönheit der weißen Blumen nur noch besser zur Geltung, und durch den Wasserschleier hindurch sah ich das Grün des Parks, in dem inzwischen alle Bäume ausgeschlagen hatten. Heather und Michael waren beide weiß und mit Absicht ganz ähnlich gekleidet und machten einen jugendlichen, festlichen Eindruck. Nur Dorrie und ihre Schwestern wurden dem feierlichen Anlaß voll und ganz gerecht: Seidenkleider, große Hüte, leichte Sandalen. Oscar und der Colonel waren im Cut, und der Colonel sah aus wie ein Bantamhahn, als er, die Hände unter den Rockschößen verschränkt, vor dem Eingang zum Saal auf und ab stolzierte. Oscar empfing mich mit einem Lächeln, das beinahe erschöpft wirkte. Er drückte mir die Hand und sagte: »Ach, unsere kleine Rachel. Vielen Dank, daß Sie gekommen sind.« Ich mußte mich abwenden, denn mir waren pötzlich die Tränen in die Augen gestiegen. Dorrie war so glücklich, daß ich bezweifelte, ob sie meine Ankunft überhaupt bemerkt hatte. Ich beschloß, sie nicht zu stören, sondern ihr am nächsten Tag einen langen Brief zu schreiben. Das würde ihr gefallen.

Die Idee, einen Tanztee zu veranstalten, fand bei Heathers Bekannten – jenen geheimnisvollen Freunden, mit denen sie angeblich immer ihre Abende verbracht hatte – großen Anklang. Es waren sehr viele, aber sie unterschieden sich kaum voneinander; sie hätten alle aus ein und derselben Familie stammen können. Schon bald war die Tanzveranstaltung in vollem Gange; und wieder drängte sich mir der Vergleich mit einem Kinderfest auf, als die jungen Leute auf die Tanzfläche strömten, während die Älteren an kleinen Tischen Tee tranken und Kellner mit Tabletts voll köstlichen Gebäcks umhereilten. Wahrscheinlich gab es auch Champagner, der mir jedoch entging. In dem Augenblick, als ich Michael und Heather miteinander tanzen sah, wurde mir zum erstenmal bewußt, daß ihre Partnerschaft vielleicht doch nicht so inhaltslos war, wie ich befürchtet hatte. In ihrem Tanz lag weder Erregung noch Sehnsucht; im Gegenteil, sie wirkten konzentriert, geschäftsmäßig, ja sogar ein wenig besorgt, als sie sich im Foxtrott durch den Tanzsaal drehten. Sie sahen aus wie Kinder, die auf dem Tanzschulparkett tanzen lernen – brave Kinder aus einer anderen Zeit, denen man erlaubt hat, sich zu den Klängen eines Grammophons zu amüsieren. Sie tanzten, konzentriert und ohne miteinander zu sprechen, den ganzen Nachmittag. Als sie schließlich in stillschweigendem Einverständnis beschlossen, an ihren Tisch zurückzukehren, wurden sie von Oscar und Dorrie abgelöst, die zu unser aller Überraschung und Begeisterung einen perfekten Tango aufs Parkett legten. Für mich stand eindeutig fest, welches der beiden Paare das eigentliche Ehepaar war. Dorrie, über deren Gesicht bisweilen eine flüchtige Röte huschte, neigte und drehte sich mit dem zartesten Ausdruck der Verliebtheit, den man sich vorstellen kann, und Oscar blühte zu dem Mann auf, für den ich ihn immer gehalten hatte, mit souverän ausgestreckten Armen und einem noblen Ausdruck heimlichen Stolzes und Vergnügens, wie ich ihn niemals zuvor an ihm gesehen hatte. Die Tanzfläche leerte sich, während sie tanzten, und als Oscar Dorrie zurückbog, lief ein Murmeln der Bewunderung durch die Reihen der jüngeren Paare, die so etwas bisher nur im Fernsehen gesehen hatten. Dorries blaues Seidenkleid schleifte einen Augenblick über den Fußboden, ehe Oscar sie mit einem Schwung wieder aufrichtete, und als nach dem Ende des Tanzes alle applaudierten, lächelten sie beide schüchtern und faßten einander bei den Händen. Es war eine Freude.

Ich mußte vorzeitig gehen. In der Tür drehte ich mich noch einmal um und sah, vor einem verschwommen grünen Hintergrund und regennassen Fenstern, Heather und Michael ganz in Weiß immer noch weitertanzen; entschlossen bewegten sie sich im Quickstep über die Tanzfläche, von der Romantik dieses Anlasses offenbar völlig unberührt. Die Hotelhalle kam mir sehr still vor. Ich wechselte auf der Toilette meine Schuhe, trat auf die regennasse Straße hinaus, unterdrückte ein Schaudern, als ich die spitzen Tropfen auf meinem Kopf fühlte, und stellte mich darauf ein, wie alle anderen Gehaltsempfänger an der Haltestelle auf den Bus zu warten; dabei hatte ich immer noch die Tangomelodie im Ohr und sah die beiden weißgekleideten Kinder zu den Klängen ihres Grammophons tanzen, während der Regen unablässig herabströmte und all die weißen Blüten darin ertranken.

4

Danach wurde es um mich her ziemlich still, Heather und Michael waren in Venedig, und Oscar und Dorrie erholten sich in Spanien von der Hochzeit. In der Buchhandlung gab es viel zu tun, so daß ich abends ziemlich müde war – zu müde, um noch viel zu unternehmen. Als Robin, mein Kollege, mich nach einem hektischen Samstagnachmittag erschöpft meine Sachen zusammenpacken sah, sagte er: »Du brauchst mehr Bewegung.« Ich muß dazu sagen, daß Robin mit dem Leben großartig fertig wird, indem er sich allen möglichen Vereinen anschließt: Fitneßvereinen, Jazzclubs, Amateurtheatergruppen und so weiter. Er geht gern in Weinlokale und entdeckt immer wieder neue – ein sanfter, aber wohlorganisierter Junggeselle Mitte Dreißig, der das Freizeitproblem dadurch gelöst hat, daß er ständig außer Haus ist. Daher ist seine Wohnung auch stets sauber und aufgeräumt, und eine anspruchslose Form der Geselligkeit scheint genau das Richtige für ihn zu sein. Er gehört zu den Männern, die sagen: »Ich bin niemals einsam« (obwohl ich den Verdacht habe, daß er es doch ist) und »London befriedigt alle meine Bedürfnisse«. Im Urlaub bucht er vom Reisebüro arrangierte Kunstreisen nach Italien oder geht mit einer eigens zu diesem Zweck zusammengestellten Gruppe im Lake District wandern. Er behauptet, seine erstaunlich beständige Konzentrations- und Leistungsfähigkeit sei darauf zurückzuführen, daß er morgens regelmäßig joggt und jeden Abend nach Ladenschluß in seinen Fitneßclub schwimmen geht.

Robin ist der einzige Mensch, der meine Angst vor dem Wasser kennt, und er drängt mich ständig, mit ihm schwimmen zu gehen. »Das ist reine Gewohnheitssache«, sagte er, als er mich ermattet im Hinterzimmer der Buchhandlung sitzen sah, »und es hilft ungeheuer. Auch psychisch wirst du hinterher ein ganz anderer Mensch sein. Schau mich an – ich war früher ständig erkältet. Jetzt bin ich hundertprozentig fit.« Er ist zwar immer noch oft erkältet, doch ich unterließ es, darauf hinzuweisen. »Du kannst heute abend mit mir mitkommen«, fuhr er fort. »Es wird kein Mensch da sein. Und ich schau dir auch nicht zu, wenn du das nicht magst. Du brauchst weder zu tauchen noch sonst etwas. Steig einfach ins Wasser und schwimm ein paar Längen. Du wirst ein anderer Mensch sein«, wiederholte er.

Der andere Mensch, der ich bald sein würde (denn wir wollen alle anders sein), begleitete ihn tatsächlich an diesem Abend. Es ist schwer zu beschreiben, wie ich mich fühlte oder was ich empfand. Ich war eine gute Schwimmerin, denn als ich klein war, hatten wir am Meer gelebt, und mein Vater und ich waren bei schönem Wetter fast jeden Morgen geschwommen. Außerdem war es gar nicht das Schwimmen, vor dem ich Angst hatte. Ich glaube, es war eher der Anblick des Wassers und eine unbestimmte, aber intensive Angst, hineingezogen zu werden. Wenn ich mit meinem Vater ins Wasser gegangen war, hatte ich mich völlig sicher gefühlt; doch als ich mich nun in Robins Fitneßclub auszog, hörte ich das eigentümliche Rauschen von heftig aufgewühltem Wasser und begann zu zittern. Am Beckenrand stehend sah ich einen schwachen Dunst über dem Blau des Chlorwassers schweben, und das Kachelmuster unter mir bewegte und veränderte sich; als ich den Fuß ins Wasser tauchte, sah er sofort bleich und wie abgestorben aus. Ein Mann mit Schnorchel und Nasenklemme durchpflügte mit heftigen Bewegungen das Wasser, und ich hatte Angst vor dem Wellengang, den er erzeugte, dem Wirbel und dem Schaum. Das Rauschen hallte unter dem Glasdach wider – ein schaurig hallendes Geräusch, das mich mit Grauen erfüllte. Ich wartete, bis er vorbeigeschwommen war, dann ließ ich mich ins Wasser gleiten und konnte halbwegs ungestört eine Länge schwimmen. Doch er war leider schneller als ich, und schon hörte ich ihn wieder hinter mir. Er schwamm immer wieder an mir vorbei und brachte mich dadurch ins Schaukeln; einmal wühlte er das Wasser so hoch auf, daß ich es in die Nase bekam und in panischer Angst hysterisch hustend an den Rand flüchtete. »Schwimm weiter«, rief Robin. »Gib nicht auf.« Zwei beneidenswert schlanke Mädchen beobachteten mich neugierig, verloren aber schließlich das Interesse und stürzten sich mit einem eleganten Kopfsprung in die Fluten. Dann tauchten sie mit triefend nassem Haar wieder auf, legten sich auf den Rücken und ließen sich treiben. Für sie war das Wasser ein vertrautes Element, das sie zum Spielen einlud; wenn sie untertauchten, breitete sich ihr Haar farnwedelartig aus. Sie beschlossen, auf dem Rücken um die Wette zu schwimmen, und als ich auf einmal von ihren rudernden Armen und dem Mann mit der Taucherbrille eingekreist war, fürchtete ich unterzugehen. Natürlich konnte das nicht passieren, ich war eine zu gute Schwimmerin; doch etwas in mir schien plötzlich nachzugeben. Mir war, als müßte ich kapitulieren und zusammenbrechen. Ich hatte genug. Ich wartete, bis ich wieder freie Bahn hatte, und schwamm an den Rand; als ich aus dem Wasser stieg, zitterten mir die Beine. Noch beim Ankleiden hörte ich das unter dem Glasdach widerhallende dumpfe Dröhnen, die Tatsache, daß dieses Geräusch anderen Genuß bedeutete, tröstete mich nicht. Ich wußte, daß ich meine Angst nicht besiegt hatte, daß ich sie niemals besiegen würde, und beschloß, mich dieser unnötigen Mutprobe nie wieder auszusetzen. Ich würde in Zukunft das Wasser einfach meiden. Ich hatte nicht das Gefühl, irgend etwas beweisen zu müssen. Besser gesagt, ich hatte gerade etwas bewiesen: Meine Angst war immer noch da.

In dieser Nacht schlief ich tief – den Schlaf der Erschöpfung oder der Kapitulation. »Na siehst du«, sagte Robin am nächsten Montag zu mir. »Ich habe dir doch gesagt, daß du es schaffen wirst.« Ich sagte nichts, denn es war ja nicht seine Schuld – es hatte mit ihm überhaupt nichts zu tun. Doch der Zwischenfall hatte mich aus dem Gleichgewicht geworfen, und ich war eine Zeitlang ziemlich nachdenklich.

Nachdenken steht mir nicht. Ich fühle, wie mein Gesicht länger wird und meine Augen tiefer in ihre Höhlen sinken. Mich überkommt beim Denken immer eine Welle der Traurigkeit. Deshalb versuche ich jede Innenschau zu vermeiden. Ich habe vor langer Zeit beschlossen, an der Oberfläche zu leben und dadurch Verstrickungen, Konfrontationen, schwierigen Situationen und Freundschaften, die sich zur Leidenschaft entwickeln, aus dem Wege zu gehen. Ich glaube, mit meiner ziemlich interessanten Arbeit und den Beziehungen, über die ich Stillschweigen bewahre, komme ich ganz gut zurecht. Den Leuten aus meinem Freundeskreis, die dazu nicht in der Lage sind, bringe ich wenig Verständnis entgegen, und am liebsten sind mir vernünftige Regelungen. Ich träume sehr viel; und von meinen Träumen vom Ertrinken einmal abgesehen, liebe und schätze ich diese nächtlichen Stunden, in denen ich in einem anderen Zustand zu sein scheine. Dann kann ich mich selbst ertragen. Tagsüber bin ich stets beschäftigt, immer an der Oberfläche, und auch das ist mir recht. Manchmal lerne ich jemanden kennen, der mir das Gefühl gibt, ich könnte immer so sein wie in meinen nächtlichen Phantasievorstellungen: träumerisch, verwundbar, kindlich. Diese Funktion erfüllten die Livingstones für mich. Nachdem ich die ganze Woche über erwachsen und emanzipiert gewesen war, konnte ich mich wohlig und sicher in die Geborgenheit ihrer liebenswürdigen, unkritischen Gegenwart zurückfallen lassen. Mit ihnen verband mich weder eine wirkliche noch eine geistige Verwandtschaft: sie stellten keinerlei Anforderungen an mich, machten mir keine Vorschläge, wie ich meine Situation verbessern oder mein Leben ändern könnte. Keiner von ihnen riet mir, aus meiner Wohnung über der Buchhandlung auszuziehen, auf Urlaub zu fahren oder irgendwelche anderen energischen und mir wesensfremden Schritte zu unternehmen. Sie fragten mich nicht über meine Gewohnheiten oder Beziehungen aus und erwarteten von mir nicht mehr, als daß ich sie einigermaßen regelmäßig besuchte und an dem Ablauf ihres geräuschlosen und merkwürdig hoffnungslosen Lebens teilnahm. Und dazu war ich nur allzugern bereit. Als Gegenleistung für mein Kommen und mein keineswegs bloß vorgetäuschtes Interesse boten sie mir den bisher unbekannten Reiz eines fixen Bezugspunktes, der mich geradezu magisch anzog – vielleicht, weil es in meiner eigenen Vorstellungswelt absolut keine Fixpunkte gab. Wenn ich bei ihnen war, brauchte ich nicht einmal viel zu sagen, sondern konnte mich zufrieden vom Strom ihrer belanglosen Unterhaltung mittragen lassen, konnte mein Alltags-Ich abstreifen, so daß ich nur noch körperlich anwesend war, und ab und zu erwachen, um mir ihrer anspruchslosen Gegenwart bewußt zu werden. Die Tatsache, daß sie über ihr Innenleben nichts verrieten, machte mir die Gesellschaft noch angenehmer. Ich zweifelte nicht daran, daß ihr Innenleben ebenso kompliziert war wie meines oder das anderer Menschen (nur daß ich mich ganz bewußt entschieden hatte, Komplikationen auszuweichen), aus ihrem abwesenden Gesichtsausdruck schloß ich, daß sie in irgendeinem unterirdischen Bereich lebten, in einen Meerestraum versunken, aus dem sie niemals auftauchten. Ihr schlafwandlerisches Verhalten, das Essen, das immer wie durch Zauberei auf ihrem Tisch erschien, und den materiellen Überfluß, mit dem sie gesegnet waren, faßte ich als Zeichen einer glücklichen Fügung auf. Ich mißgönnte ihnen nichts, ich beneidete sie um nichts, sondern freute mich über das günstige Abkommen, das sie mit dem Schicksal getroffen hatten. Auch ihre Vorstöße in die Außenwelt, von denen sie stets mit einer noch größeren Fülle an Besitztümern zurückkehrten, rührten mich; doch was mich am stärksten zu ihnen hinzog und mich dazu verleitete, die Bekanntschaft mit ihnen zu vertiefen, war der tiefe Frieden und die sichere Geborgenheit ihres Heims – dieses festverwurzelten Zuhauses, in dem es an nichts fehlte. Wenn ich nicht bei ihnen war, dachte ich selten an sie, denn sie nahmen meine Zeit in keiner Weise in Anspruch. Wir telefonierten – wenn man von der aufregenden Zeit nach Heathers Verlobung absieht – so gut wie nie miteinander, denn wir hatten uns nicht viel zu sagen. Ich war einfach in den Familienkreis aufgenommen worden, und meine Daseinsberechtigung bestand darin, daß ich eine unbestimmte Verantwortung für Heather zu tragen hatte, die meiner Ansicht nach nicht die geringste Begabung besaß, sich in dieser grausamen Welt allein durchzusetzen, die immer geistesabwesend, immer hilfsbedürftig war. Doch jetzt sah es so aus, als habe sie einen sicheren Hafen gefunden, und ich begann mich ziemlich traurig zu fragen, ob man mich überhaupt noch brauchen würde.

Um so glücklicher war ich, als ich nach etwa einem Monat einen Anruf von Dorrie erhielt. Sie waren aus Spanien heimgekehrt, und Heather und Michael sollten an diesem Abend aus Venedig zurückkommen. Ob ich am nächsten Tag zum Tee in Heathers Wohnung kommen wolle? Sie sei sicher, daß Heather mich gern wiedersehen würde. »Wir haben Heather sehr vermißt. Und Michael natürlich auch. Ich bringe etwas zum Essen mit – sie wird sicher zu müde sein, um in der nächsten Zeit viel zu machen. Sie werden doch hinfinden, Rachel, nicht wahr? Dann treffen wir uns also gegen vier Uhr dort.«

Aus diesem Gespräch ging für mich eindeutig hervor, daß Dorrie von der Realität der Ehe ihrer Tochter keine Ahnung hatte, daß ihre Gedanken über die Hochzeit nicht hinausgegangen waren. Falls sie überhaupt darüber nachdachte, räumte sie allenfalls ein, daß diese Ehe Heather »ermüdet« haben könnte, so als wäre ihr Ehemann wiederholt über sie hergefallen – was ich übrigens für undenkbar hielt. Ich sah im Geist immer noch den goldblonden Michael im weißen Anzug, seine Braut im weißen Kostüm vor mir, ihre kindische Art zu tanzen, und Michaels gräßlichen Vater; und ich konnte mir nur vorstellen, daß die beiden irgendein merkwürdiges, aber zweifellos für beide befriedigendes Abkommen getroffen hatten, das ihnen die Möglichkeit gab, sich der elterlichen Obhut zu entziehen und Erwachsene zu spielen. Soweit ich sehen konnte, spielten tiefe Gefühle – oder Gefühle überhaupt – dabei keinerlei Rolle. Heathers etwas kuhähnlicher Gesichtsausdruck hatte sich während dieses ganzen Abenteuers überhaupt nicht verändert. Was Michael anbelangt, so hatte sein Vater ihn zur Heirat drängen müssen – als hätte er sich von sich aus niemals dazu aufgerafft. Mittlerweile war ich geneigt, die Besorgnis des Colonels, daß aus dieser großartigen Verbindung nichts werden könnte, wenn er nicht darüber wachte, als teilweise wohl gerechtfertigte Angst zu interpretieren. Er mochte sich wie die besorgte Mutter einer besonders unscheinbaren oder tatsächlich unerträglichen Tochter fühlen, die die ideale Chance, sich dieser Tochter auf ehrenhafte Weise zu entledigen, dahinschwinden sieht. Michael war in meinen Augen nicht ernst zu nehmen. Er war ein Sohn und würde nie ein Ehemann sein. Wußte er überhaupt, wie Ehemänner sind? Was sie tun? Er hatte seinen Vater niemals in der Rolle eines Ehemannes erlebt, denn die Mutter war bei seiner Geburt gestorben. Ich war überzeugt, daß der Colonel seither wohl ein paar kleine Affären gehabt hatte, denn ich erinnerte mich an den Kennerblick, mit dem er mich gemustert hatte; gleichzeitig gab mir irgend etwas die Gewißheit, daß er seinen Sohn durch eine Mischung aus Heimlichtuerei und plumpen, prahlerischen Andeutungen an diesen Affären hatte teilhaben lassen – lachend und mit wissenden Blicken; und daß der Junge dieses Gelächter und diese Blicke mechanisch erwidert, aber erst nach und nach begriffen hatte, was sie eigentlich bedeuteten. Ebenso gewiß wußte ich, daß Michael hinter diesem Antwortlachen nur seine Verzweiflung verbarg und daß es ihn in einem Zustand kindlicher Verwirrung gefangen hielt. Daher konnte ich nur hoffen, daß Heather schlau genug war, um dieser Situation gewachsen zu sein.

Sie hatten miteinander getanzt wie Bruder und Schwester. Das hatte mich schon damals beunruhigt. Es beunruhigte mich auch jetzt noch ein wenig, obwohl ich schon wieder die wohlbekannte Gereiztheit in mir aufsteigen fühlte, die mich immer kurz vor dem Wiedersehen mit Heather befiel, so als machte mich der Anblick ihres sanften Gesichtes sowohl auf sie als auch auf mich selbst zornig. Wenn sie eben dumm oder raffiniert genug war, sich mit diesem seltsam rührenden und doch enttäuschenden Mann auf eine *folie à deux* einzulassen (ob es Dummheit oder Raffinesse war, wurde mir nie ganz klar), so war das ihre Sache. Ich hatte damit nichts zu tun, obwohl ich erkannte, daß sie irgendwann einmal in Schwierigkeiten geraten könnte. Aber ich rief mir in Erinnerung, wie extrem zurückhaltend sie war, wie lakonisch sie ihre Verlobung fast in der Art einer offiziellen Presseerklärung bekanntgegeben hatte, auf welch kompetente Weise sie ihre neugierigen Tanten abgefertigt hatte, und versuchte mir einzureden, daß sie wußte, was sie tat. Ich klammerte mich an diesen Glauben, weil mir die Aufgabe, Heather beim Erwachsenwerden zu helfen und ihre Unerfahrenheit durch meine Erfahrung auszugleichen, nicht gerade verlockend erschien. In gewisser Hinsicht wünschte ich mir, Heather sollte so bleiben, wie sie war, ebenso wie ich mir wünschte, daß Oscar und Dorrie bleiben sollten, wie sie waren – Fixpunkte in einem unbeständigen Universum. Ich wollte einfach, daß alles unverändert weiterging, einen unwandelbaren Hintergrund für die Variationen meines eigenen Lebens bildete. Für mich waren die Livingstones das sichere Land, an dem eine unselige Schwimmerin wie ich sich festklammern konnte.

Wahrscheinlich hat jeder solche kleinen Marotten, stillschweigende Vereinbarungen über abweichende Handlungs- oder Verhaltensweisen. Meine Kollegin Eileen Somers, eine Witwe mit zwei Söhnen, die noch studieren, ist nebenberuflich Fallschirmspringerin. Ihr verstorbener Ehemann war Oberstleutnant bei der Britischen Luftwaffe, und sie hat das Gefühl, auf diese Weise mit ihm in Verbindung zu bleiben. Selbst das konventionellste, alltäglichste Leben ist voller Exzentrizitäten. Und mit welchem Recht hätte ich diese Ehe kritisieren dürfen, die unter den idealsten Umständen und zur geradezu euphorischen Freude der Eltern geschlossen worden war? Denn sowohl Heathers Eltern als auch Michaels Vater hatten allen Grund, sich für ihre Sprößlinge eine gesicherte Existenz zu wünschen. Vielleicht fühlte ich, daß es gewisse Vorbehalte gab, was die Einführung dieser beiden Kinder ins wirkliche Leben betraf; vielleicht war auch der nachdenkliche Blick, mit dem Oscar Michael musterte, der Grund für meine Beunruhigung. Aber letzten Endes ging mich das eigentlich nichts an. Ich übergab Robin und Eileen den Buchladen und machte mich auf den Weg nach Marble Arch, entschlossen, meine Zuschauerrolle zu genießen und mich nicht in persönliche Angelegenheiten einzumischen, in die ich gar nicht einbezogen werden wollte.

Es war ein klarer, windiger Tag Anfang Juni. Bisher war der Sommer nicht sehr schön gewesen. Frische Südwestwinde hatten die Temperatur nie sehr hoch ansteigen lassen, und überall schienen Straßenbauarbeiten im Gange zu sein. Der Wind blies mir den Staub in die Augen, als ich die Bayswater Road entlangging, wo japanische Touristen verständnislos den Trödelkram bestaunten, der vor den eisernen Parkgittern angeboten wurde. Eigentlich waren diese Leute, die dazu verdammt waren, den ganzen Tag in der Stadt herumzulaufen, ungeheuer bemitleidenswert. Ich selbst hatte für Sommerreisen zum Glück nichts übrig. Ich fuhr normalerweise in der stillen Saison nach Weihnachten in Urlaub und gab dadurch Eileen und Robin die Gelegenheit, ihren sommerlichen Aktivitäten zu frönen. Ich verbrachte den Sommer nicht ungern in der Stadt und ging oft abends nach Ladenschluß spazieren. Ich genoß das Gefühl, daß alle fortgefahren waren und London nur noch von Durchreisenden bevölkert wurde. Manchmal unternahm ich sehr lange Spaziergänge durch die Stadt und kehrte erst nach Einbruch der Nacht nach Hause zurück. Dieses Jahr hatte ich das zwar noch nicht getan, aber die Rückkehr der Livingstones bedeutete gewissermaßen, daß ich nun wieder frei war, so als brauchte ich ihr Verwurzeltsein, um mich meiner eigenen Wurzellosigkeit zu vergewissern, um an ihrer Seßhaftigkeit mein Vagabundendasein, an ihrer Bürgerlichkeit meine Bereitschaft zum Abenteuer zu messen. Mag sein, daß ich ein instinktives Bedürfnis nach diesem Kontrast verspürte, als ob die Livingstones und ich nur existierten, damit diese beiden gegensätzlichen Lebensweisen einander ergänzen und voneinander profitieren konnten: Ich in meiner selbstgewählten Ungebundenheit benutzte sie als Maßstab meiner Freiheit, sie wiederum erhielten durch mich Einblick in eine freizügigere Welt. »Rachel ist eine Feministin«, hatte Dorrie einmal stolz gesagt, als sie mich einer der

Tanten vorstellte. Ich glaube, sie hielt mich für sehr mutig. Wahrscheinlich waren sie alle dieser Meinung.

Schließlich stand ich vor dem Wohnblock hinter dem Norfolk Square, in dem Heather lebte. Er sah aus wie aus den dreißiger Jahren, in den Fenstern mit den geschwungenen Metallrahmen spiegelte sich die Abendsonne. Ein Pförtner, der hinter einem kleinen Empfangstischchen saß und den ›Daily Telegraph‹ las, gab mir die Auskunft, daß die Sandbergs im vierten Stock wohnten. Ich ging über einen Art deco-Teppich zu einer Treppe mit Chromgeländer, doch der Pförtner rief mich zurück und deutete auf einen kleinen Fahrstuhl, dessen bronzefarbenen Türen sich auf Knopfdruck schlossen. Ich roch die Zigarre des Colonels, noch ehe ich an Heathers Tür klingelte; er mußte unmittelbar vor mir hinaufgefahren sein. Mir waren die Spuren seiner Anwesenheit zuwider, sie erinnerten mich an die Aufdringlichkeit seines Benehmens. Doch nicht er, sondern Dorrie kam zur Tür, gab mir aufgeregt und glücklich einen Kuß und führte mich in ein nilgrünes Wohnzimmer, wo ich Heather auf einem jener Sofas sitzen sah, deren Armstützen mit Kordeln an der Rückenlehne befestigt sind. Dieses Zimmer konnte nur Dorrie eingerichtet haben. Zu den weiteren Prunkstücken des Raumes zählten ein ovaler Spiegel mit vergoldetem Rahmen, über dem ein Adler thronte (möglicherweise sollte dieses Symbol Michaels männliche Anwesenheit unterstreichen), und mehrere ungewöhnlich tiefe Fauteuils mit Fußschemeln, bezogen mit blaßgrüner Seide: Um die hohen französischen Fenster, von denen eines auf eine Terrasse hinausging, waren üppige Vorhänge aus dem gleichen Stoff drapiert.

Eigentlich war das Zimmer recht hübsch; auf jeden Fall war es luxuriös eingerichtet. Auf einem runden Tischchen vor dem Kamin standen Teller und Tassen aus hauchdünnem Porzellan, die mit kleinen Vögeln bemalt waren. Im Kamin brannte ein Gasfeuer – eine Imitation echter Kohlen –, denn es war wieder recht kühl geworden und man hatte die Fenster bald geschlossen, wahrscheinlich auch in der Absicht, die Weltabgeschiedenheit der hier versammelten Gesellschaft zu unterstreichen. Dorrie wartete offensichtlich schon sehnsüchtig auf den Einbruch der Dunkelheit, damit sie endlich all die Lampen mit den korallenroten und pfirsichfarbenen Schirmen einschalten konnte. Es war das typische Wohnzimmer eines Bürgerkindes, das die Kargheit, die Ärmlichkeit und die Häßlichkeit eines unglücklichen Zuhauses niemals kennengelernt hat. Es war auch ein bißchen altmodisch, als hätten die wechselnden Modeströmungen hier keinen Eingang gefunden, da man ausschließlich auf konventionellen, soliden bürgerlichen Komfort Wert legte. Im Zimmer war es warm, und der Geißblattduft von Dorries Eau de Cologne hing in der Luft. Obwohl ich eben erst gekommen war, war sie bereits aus dem Zimmer gestürzt, und klirrende Geräusche verrieten, daß sie den Tee zubereitete. Ganz offenkundig hatte sie ihre eigenen Rituale nun auf einen zweiten Haushalt übertragen; die Tatsache, daß ihre Tochter die Herrin dieser Wohnung mit der eleganten Einrichtung und der kultivierten Atmosphäre war, schien sie zu ignorieren. Mit Begeisterung spielte sie die Rolle der Gastgeberin, und Heather, zurückhaltend wie immer, freute sich offensichtlich darüber. Tatsächlich verhielt sich Heather so ruhig, daß ich mich schon fragte, ob sie vielleicht schwanger sei. Doch da sie erst seit einem Monat verheiratet waren und ihr Mann nirgends zu sehen war, schloß ich diese Möglichkeit aus. Sie paßte ohnehin nicht zu meiner Theorie.

Wir waren nur zu viert: Oscar, Dorrie, Heather und ich. Die Männer, erklärte Dorrie, hätten irgend etwas Geschäftliches zu besprechen und seien in das Büro des Colonels gegangen: sie würden etwas später kommen. Ich beobachtete Heather über den Rand meiner Teetasse hinweg. Ihr Gesichtsausdruck deutete darauf hin, daß sie ganz die alte war. Ich stellte zwar einige geringfügige Veränderungen an ihr fest, die jedoch ausschließlich dem Einfluß der Italienreise auf ihre stets sehr variable Garderobe zuzuschreiben waren. »Hattest du einen schönen Urlaub?« fragte ich. (Das Wort »Urlaub« erschien mir angemessener als »Flitterwochen«.) »Ja, danke«, erwiderte sie. Ich war ihr dankbar dafür, daß sie sich nicht in Szene setzte, hatte aber das Gefühl, daß ihre Zurückhaltung weniger mit meiner Anwesenheit zusammenhing als mit der ihrer Eltern, ihres Vaters vor allem. Oscar, der sich der Länge nach in einen der tiefen Sessel ausgestreckt hatte, kam mir etwas gealtert, etwas weniger adrett vor als an dem Tag, an dem ich ihn zuletzt gesehen hatte; doch der Schatten der Melancholie war vorübergehend von seinem Gesicht gewichen. Gern kam er der Bitte nach, einen Adapter in eine der Lampenfassungen einzuschrauben, denn die Einrichtung und Versorgung dieses Haushalts schienen Oscars und Dorries einzige Sorge zu sein – als sei ihr Schwiegersohn nicht in der Lage, sich selbst darum zu kümmern, oder besser gesagt, als dürfe er in seiner erhabenen Position mit solchen Kleinigkeiten nicht belästigt werden. Oscar verließ das Zimmer, kehrte jedoch schon nach ein paar Minuten zurück. »Ich muß noch einmal fort, Liebling«, sagte er zu Dorrie. »Irgendein Geschäft wird hoffentlich noch offen sein. Dieser Adapter paßt nicht.« – »Edgware Road«, schlug Heather vom Sofa aus vor. »An der Ecke.« Oscar sah sie an und zögerte eine Sekunde lang. »Ich bin gleich wieder da«, versicherte er Dorrie. Und zu Heather sagte er: »Versuch deine Mutter dazu zu bringen, daß sie sich endlich einmal hinsetzt.« Aber Dorrie war bereits damit beschäftigt, Tassen auf ein Tablett zu stapeln. »Ich geh nur rasch abspülen«, sagte sie. »Wahrscheinlich möchtet ihr beiden Mädchen ohnehin lieber allein sein. Ihr habt euch bestimmt viel zu erzählen!«

Die Tatsache, daß wir uns niemals viel zu erzählen gehabt hatten, war ihr völlig entgangen. Vermutlich dachte sie, daß wir in Heathers Auto, wo wir ungestört waren, angeregte persönliche Gespräche führten, über die sie aus Taktgefühl selbstverständlich keine Fragen stellte. Jedenfalls herrschte, nachdem Dorrie das Zimmer verlassen hatte, Schweigen zwischen uns, und ich begann zu fürchten, daß dieser Nachmittag weniger gut verlaufen würde, als ich erwartet oder vielmehr gehofft hatte. Ich hatte mir eine Wiederbelebung oder Fortsetzung jener selbstverständlichen, fast einlullenden Wärme erhofft, die ich im Hause der Livingstones immer so genossen hatte; statt dessen aber lief alles ein wenig schief. Nur Dorrie schien zu glauben, daß alles in schönster Ordnung war und unter den günstigsten Vorzeichen stand. Heather selbst war anscheinend weniger überwältigt von ihrem Glück, obwohl sie sich ja immer sehr zurückhielt. »Und wie ist es dir in der Zwischenzeit ergangen?« fragte sie mich schließlich mit jenem wohlwollenden Lächeln, das sie von ihrem Vater geerbt hatte. »Oh, mir geht es gut«, sagte ich. »Und wie geht es dir?«

»Gut, gut«, sagte sie.

Die Tatsache, daß sie statt einem zwei Wörter von sich gegeben hatte, hielt ich für ein gutes Zeichen.

»Allerdings freue ich mich nicht darauf, wieder arbeiten zu gehen«, setzte sie hinzu.

»Wirst du das Geschäft denn behalten?« fragte ich ein wenig überrascht.

»Natürlich«, sagte sie und warf mir einen ebenso überraschten Blick zu. »Warum denn nicht?«

»Ich dachte, du hättest jetzt mehr zu Hause zu tun«, sagte ich etwas lahm.

»Ach nein, eigentlich nicht«, erwiderte sie. »Er wird ziemlich viel auf Reisen sein, weißt du. Und Mama hat während unserer Abwesenheit den Tiefkühlschrank vollgefüllt. Ich habe hier kaum etwas zu tun. Ohne das Geschäft wäre ich jedenfalls verloren. Ich habe es ganz gut in Schwung gebracht. Du hast es noch nie gesehen, nicht wahr?«

Ich erinnerte sie daran, daß wir uns normalerweise immer nur im Hause ihrer Eltern trafen, nach dem ich mich jetzt schon wehmütig zurücksehnte.

»Du mußt mich dort unbedingt einmal besuchen. Und hier bist du natürlich auch immer willkommen.«

Wieder lächelte Heather mit jener matten, aber unwiderstehlichen Güte, die ihre Wirkung auf mich nie verfehlte. Ich glaube, es war dieses ihnen allen gemeinsame Lächeln, das mich an die Livingstones band.

Trotzdem war ich ein wenig entmutigt. Heather schien mir plötzlich einer anderen Altersgruppe anzugehören, in der materielle Sicherheit als Selbstverständlichkeit betrachtet wird, romantische Liebe der Vergangenheit angehört und die Arbeit im Mittelpunkt steht – es sah fast so aus, als sei sie wirklich erwachsen geworden. Verglichen mit dieser überraschend selbstsicheren Heather kam ich mir ein bißchen verloren vor – so als müsse ich den Punkt erst noch erreichen, an dem ihr Leben offenbar zur Ruhe gekommen war. Und doch hatte sie sich kaum verändert. Ihr Haar war vielleicht ein wenig voller geworden, und ihre Kleidung – ein ziemlich auffallender, violett gemusterter Rock und ein dünnes, violettes Sweatshirt, beides offenbar in Italien gekauft – war vergleichsweise konventionell. Vielleicht hatte sie etwas mehr Chic und Stil, unterspielte das jedoch sehr dezent – was ich ebenfalls auf den Einfluß Italiens zurückführte. Vielleicht hatte sie tatsächlich ein gewisses Talent für die Modebranche, dachte ich. »Ich habe mir in Italien ein paar wunderbare Sachen gekauft«, setzte sie wie zur Bestätigung meiner Vermutungen hinzu.

Das schien das Ende unserer Unterhaltung zu sein, und ich war recht froh, als Dorrie wieder ins Zimmer kam. »Ich nehme an, Rachel würde sich gern die Wohnung ansehen«, sagte sie zu Heather. Ich erhob mich mit gespielter Bereitwilligkeit, obwohl meine Neugier völlig versiegt war. Ich erinnere mich, daß das Schlafzimmer ein kalt wirkender blauer Raum war, dessen eine Wand von weißen Einbauschränken und einem riesigen, mit einem blaßblauen Satinüberwurf bedeckten Bett eingenommen wurde. Es sah eiskalt und unbenutzt aus, und ich fragte mich, wie Heather es darin aushielt. Nirgendwo lagen Michaels Sachen herum; seine Abwesenheit machte sich immer deutlicher bemerkbar, und doch schien ich die einzige zu sein, der das auffiel. »Reizend«, überwand ich mich zu sagen. »Es muß sehr viel Arbeit gewesen sein, das alles in so kurzer Zeit einzurichten.« »Ach, nein, die Eltern haben sich ja um alles gekümmert«, erwiderte Heather. »Die meisten Sachen wurden erst nach der Hochzeit geliefert. Meine Eltern sind ein paar Tage hiergeblieben, während wir fort waren.«

Ich sagte mir, daß dies ja gar nicht so ungewöhnlich sei, doch die Erinnerung an das eiskalte blaue Schlafzimmer verfolgte mich bis ins Wohnzimmer, und ich ging zum Kamin, um mir die Hände zu wärmen. Irgend etwas war verlorengegangen. Dennoch sagte ich nochmals: »Reizend« – diesmal zu Dorrie. Sie war eben dabei, uns aus einer eckigen Kristallglaskaraffe Sherry einzuschenken. »Hier, bitte, Rachel«, sagte sie und drückte mir ein Glas in die Hand. »Nun erzählen Sie uns doch einmal, was Sie getan haben.«

»Nun ja, wir hatten ziemlich viel zu tun«, begann ich; doch in diesem Augenblick hörte ich die Haustür aufgehen und wieder zufallen; Zigarrengeruch und ein gedämpfter, aber lebhafter Wortschwall kündigten die Ankunft von Michael und dem Colonel an. Ich durfte nicht vergessen, ihn mit Mr. Sandberg anzusprechen, denn er war kein Colonel und war auch nie einer gewesen. Dieser Titel ging auf irgendeinen längst vergessenen Scherz mit dem kleinen Michael zurück. Was diesen jedoch nicht daran hinderte, ihn weiterhin zu benutzen, und in geschäftlicher Hinsicht leistete er ihm vermutlich auch gute Dienste. Nach kurzer Überlegung beschloß ich, ihn doch lieber Colonel zu nennen. Aus irgendeinem Grund wollte ich es mir nicht mit ihm verderben.

Die beiden verbreiteten eine Atmosphäre der Betriebsamkeit und Fröhlichkeit, die mir nahezu professionell vorkam. Es schien für sie lebensnotwendig zu sein, immer zu lachen, als ob ihre Stimmung sonst unweigerlich auf den Nullpunkt sinken würde.

»Hallo, hallo«, rief der Colonel. »Wie nett, Sie zu sehen!«

Ich bezweifle, daß er in diesem Augenblick überhaupt noch wußte, wer ich war; doch seine Augen verengten sich und sein Blick wurde härter, als er mich ansah.

»Du erinnerst dich doch an Rachel, Teddy? Heathers Freundin?« fragte Dorrie.

»Natürlich«, sagte er, behielt meine Hand in der seinen und drückte sie ziemlich fest. »Ich vergesse Gesichter nie.«

»Rachel!« rief Michael, nachdem man ihm dadurch auf die Sprünge geholfen hatte. »Sie sehen phantastisch aus! Wie geht es Ihnen?«

Ich sagte, es gehe mir gut. Das Wohlwollen, das man mir entgegenbrachte, verblüffte mich ebenso wie die Tatsache, daß sich die Atmosphäre durch die Ankunft Michaels und des Colonels entspannt hatte. Mit ihrer routinierten Liebenswürdigkeit nahmen sie Frauen die Befangenheit und gaben ihnen die Möglichkeit, sich ungezwungen zu benehmen, sich gehen zu lassen, ja vielleicht sogar schlechte Laune zu zeigen. Diese Wirkung übten sie jedenfalls auf Heather aus, die seufzte: »Setzt euch doch. Ihr bringt alles in Unordnung.« Sie schien nicht sehr berührt durch die Ankunft ihres Ehemannes, der sich sofort neben sie auf das Sofa fallen ließ und vorsichtig einen Arm auf die Rückenlehne legte. Der Colonel hielt eine Zigarre zwischen die Zähne geklemmt und kämpfte mit dem Korken einer Champagnerflasche, die er mitgebracht hatte.

»O Teddy, was für eine reizende Idee!« rief Dorrie, die nun alle Lampen anschaltete.

»Na ja, ich dachte, die erste Nacht in ihrer neuen Wohnung...«, erklärte er, während der Champagner überschäumte und sich in einen Aschenbecher ergoß, den Dorrie eilig untergehalten hatte.

»Die zweite«, sagte Heather vom Sofa her. »Was ist denn da passiert, meine Liebe?« fragte der Colonel, indem er seine

Zigarre aus dem feuchten Aschenbecher fischte, wo sie stinkend vor sich hin geglimmt hatte, bis Dorrie den Aschenbecher mit einem entschuldigenden Gemurmel hinaustrug.

Wieder hatte ich den Eindruck, daß die Eltern das Heft in der Hand hatten und die Kinder sich unter ihrer Aufsicht befanden. Keinem war das so deutlich anzusehen wie Michael, der überhaupt nur in Anwesenheit seines Vaters zu funktionieren schien. Heather, das spürte ich, könnte eines Tages zu rebellieren beginnen, obwohl auch sie die elterliche Einmischung mit ungeheurer Duldsamkeit ertrug. Ich betrachtete sie, wie sie teilnahmslos auf dem Sofa saß und den Champagner trank, der auf ihre Stimmung keine nennenswerte Wirkung hatte, und ließ meine Blicke dann zu ihrem Mann hinüberschweifen, der sich Erdnüsse und winziges Käsegebäck in den Mund warf wie ein kleines Kind.

»Aber, aber«, sagte der Colonel und zündete sich eine neue Zigarre an. »Iß doch nicht alles auf. Rachel will vielleicht auch etwas haben?«

»Entschuldigung«, sagte Michael, bürstete die Krümel auf den Fußboden und reichte mir den fast leeren Teller. »Wie nett, daß Sie gekommen sind, Rachel«, wiederholte er und zwinkerte mir zu.

Mir war nicht ganz klar, wie er darauf kam, mich als seine Komplizin zu betrachten. Ich stand auf, um mich zu verabschieden, denn ich empfand die Atmosphäre als zwiespältig und ziemlich unbehaglich.

»Sie wollen doch nicht etwa schon gehen?« fragte der Colonel. »Das können wir nicht zulassen.«

Er gehörte zu den Männern, die sich einbilden, sie hätten die Gabe, Frauen umzustimmen, doch damit wurde ich leicht fertig. Männer in diesem Alter wiegen sich gern in dem Glauben, sie seien unwiderstehlich, nicht ahnend, daß ihre Hauptanziehungskraft darin besteht, daß sie materielle Sicherheit zu bieten vermögen. Menschen meiner Generation läßt das kalt. Ich zweifelte nicht daran, daß der Colonel als junger Mann in allen Ballsälen für seinen Charme und seine Wirkung auf Frauen berühmt gewesen war. Er hatte sich große Mühe gegeben, diese Umgangsformen auch seinem Sohn beizubringen, der, soweit ich mich erinnern konnte, noch nie ein ernstes Wort von sich gegeben hatte. Im Hause Sandbergs waren Scherze offenbar das beliebteste Verständigungsmittel.

Manchmal schmerzte mich der Anblick dieses zugrunde gerichteten Kindes, für das ich Michael hielt, oder die Vorstellung, welche Anstrengung es ihn kosten würde, ohne die ständige Aufsicht seines Vaters zu leben. Heather stand meiner Ansicht nach mit den Beinen fester auf der Erde als er, war aber auf ihre Weise ebenso rätselhaft.

Ich küßte Dorrie, die Laute der Enttäuschung von sich gab, schüttelte dem Colonel kräftig die Hand und fragte Heather: »Hättet ihr beide Lust, einmal mit mir Abend zu essen? Ich werde Theaterkarten bestellen. Überlegt euch, was ihr gern sehen möchtet, und sagt mir Bescheid.« Beide zeigten darüber eine so kindliche Freude, daß ich fast gerührt war. Ich fühlte mich zwischen verschiedenen Gefühlen hin und her gerissen – es war eine interessante, aber unbehagliche Mischung aus Langeweile, Traurigkeit und auch Bedauern. Mit plötzlich aufwallendem Mitgefühl erkannte ich, daß es für Heather und Michael nicht leicht sein konnte, sich unter all diesen prüfenden Blicken ungezwungen zu verhalten. Ich nahm den Eltern ihre ständige Anwesenheit daher fast übel, obwohl Heather und Michael selbst Dorrie und den Colonel als völlig selbstverständliche Bestandteile ihres Zusammenlebens zu betrachten schienen. Dem armen Oscar, der wohl immer noch suchend durch die Edgware Road streifte, waren die potentiellen Schwierigkeiten dieser Situation sicher deutlicher bewußt, doch aus Rücksicht auf Dorries Glück brachte er es nicht über sich, sie davon abzuhalten, ihrem einzigen Kind ein neues Zuhause zu schaffen. Vielleicht dachte Dorrie, Heather würde sich ohne sie einsam fühlen. Sie war, wie gesagt, eine sehr naive, unschuldige Frau.

Als ich, die Hand auf dem Chromgeländer, die Treppe hinunterrannte, um so rasch wie möglich von hier wegzukommen, begegnete ich Oscar. Ich erkannte ihn an seinem bedächtigen Schritt, noch ehe ich seine sanften Augen sah, die zu mir aufblickten.

»Gehen Sie schon?« fragte er, schien jedoch nicht überrascht. Obwohl er sich redlich Mühe gab, war er am wenigsten glücklich von allen. »Lassen Sie uns nicht im Stich, Rachel – jetzt, wo Heather fort ist«, sagte er.

Merkwürdig: das hatten Dorrie und er schon mehrmals in verschiedenen Situationen zu mir gesagt. Eigentlich, dachte ich, lag es an ihnen, mich nicht im Stich zu lassen. Aber vermutlich hielten sie mich für einen Verbündeten, eine standhafte, welterfahrene Person, auf deren Hilfe sie im Notfall zählen konnten. Und ich glaube, Oscar sah Heathers Zukunft immer noch mit gewissen Vorbehalten entgegen. Allerdings konnte ich mir nicht vorstellen, welche Rolle ich in dieser Angelegenheit noch spielen sollte, und diesen Nachmittag hatte ich als wirklich enttäuschend, ja sogar etwas beunruhigend empfunden. Dennoch versicherte ich Oscar, sie würden weiterhin so viel von mir haben, wie sie nur ertragen könnten, und erzählte ihm auch, daß ich Heather und Michael eingeladen hatte, einen Abend mit mir zu verbringen. Da verschwand der bekümmerte Ausdruck von seinem Gesicht, und er drückte mir dankbar die Hand. Ich ging, und er blieb mit seinem Adapter und einem Strauß Rosen, dem er nicht hatte widerstehen können, auf der Treppe stehen und blickte mir nach. Den ganzen Abend lang kam mir immer wieder sein geduldiges Gesicht in den Sinn, und seltsamerweise sah ich ihn, mit seinen Rosen in der Hand, wie einen Bittsteller vor der Tür seiner Tochter stehen.

5

Dennoch sah es so aus, als hätte unsere Freundschaft nun ihr natürliches Ende erreicht. Mir kam zu Bewußtsein, daß wir tatsächlich wenig gemeinsam hatten. Ich hatte mich fälschlicherweise der Illusion hingegeben, daß diese Leute für mich vielleicht die Funktion einer Familie erfüllen könnten. Nun erkannte ich, daß sie ausschließlich füreinander existierten. Mich überkam der entsetzliche Gedanke, daß sie, während ich darauf bedacht gewesen war, sie für meine Zwecke in Beschlag zu nehmen, die ganze Zeit über Mitleid mit mir gehabt hatten. Diese Idee war mir seltsamerweise noch nie gekommen – wahrscheinlich, weil sie so aufrichtig freundlich, so taktvoll und zartfühlend waren. Doch nun, da dieser Gedanke in mein Bewußtsein eingedrungen war, wurde ich ihn nicht mehr los. Mein heimliches Privatleben und das, was Dorrie als meinen Feminismus bezeichnete – und zweifellos auch dafür hielt –, konnte bei den Livingstones nur Mitleid erregt haben. Sie waren es gewohnt, die Dinge taktvoll zu beschönigen; und wenn sie meine Tapferkeit lobten, bedauerten sie mich, weil ich so vieles entbehren mußte, das mir selbst kaum fehlte, da ich mich längst damit abgefunden hatte. Jetzt wurde mir klar, daß ich den Verlockungen ihrer Lebensweise nur allzu bereitwillig erlegen war und daß sie das sehr wohl bemerkt hatten. Ich bezweifelte nicht, daß das Arrangement zwischen uns fortbestehen konnte, so lange ich wollte; denn sie hatten mich wirklich ins Herz geschlossen und betrachteten mich nach wie vor als eine Freundin ihrer Tochter, die dieser Tochter beistehen würde, falls einem von ihnen etwas passierte. Sie waren gute, untadelige Menschen, und doch wußte ich, daß sie mich irgendwie als Untergebene betrachteten, die zu gegebener Zeit helfend eingreifen und die Aufsicht über ihre Tochter übernehmen konnte. Das machte mir nichts aus. Wohl aber störte mich die Überlegung, die dahintersteckte. Es war, als wüßten sie, daß meine Emanzipation unweigerlich zu einem lebenslangen Altjungferndasein führen mußte und ich infolgedessen für jede Aufgabe verfügbar, ja sogar dankbar sein würde, die meinem Leben einen Sinn gab.

Diese Vorstellung belustigte mich, obwohl sie natürlich

auch weh tat. Es ließ sich nicht bestreiten, daß ich mehr über die Welt wußte als Heather; doch meiner Ansicht nach brauchte sie nur etwas nachzulernen, um mich einzuholen. Das war ihre Aufgabe, und ich hatte nicht die Absicht, jederzeit verfügbar zu sein, um ihr dabei zu helfen. Bei der Fülle an materiellen Gütern, die ihr zu Gebote standen, brauchte sie sich um die Dinge des täglichen Lebens nicht zu kümmern und hatte kaum etwas anderes zu tun, als ihre Gefühle zu kultivieren; und wenn diese kultivierten Gefühle dann eine gewisse Desillusionierung nach sich zogen, sah ich es nicht als meine Aufgabe an, sie vor den Schlägen des Lebens zu schützen. Daß ihr Ehemann zu wünschen übrigließ, lag für mich auf der Hand; doch andererseits war er vielleicht das Werkzeug, das Mittel, das sie brauchte, um endlich erwachsen zu werden. Ich stellte mir diese zwei Kinder in ihrer etwas überladenen Wohnung vor – die in so eklatantem Gegensatz zu meiner eigenen, bewußt sehr karg möblierten Behausung stand – und beschloß, mich da nicht einzumischen. Ich würde sie zu gegebener Zeit einmal einladen, aber nichts überstürzen. Und falls sie sich bei mir melden sollten, würde ich mich eher kühl verhalten. Unter gar keinen Umständen wollte ich mich ihnen aufdrängen. Und in Anbetracht ihrer merkwürdig trägen, teilnahmslosen Lebenshaltung nahm ich an, daß sie meine Abwesenheit wahrscheinlich gar nicht bemerken würden.

Oscar und Dorrie gegenüber hatte ich eine etwas andere Einstellung. Die Vorstellung, daß meine Zukunftsaussichten ihnen insgeheim vielleicht Mitleid einflößten, verletzte mich und erfüllte mich mit einer gewissen Empörung, die ich rasch in jene Ungeduld umwandelte, die einen überkommt, wenn man erkennt, daß eine Liebesaffäre schiefgegangen ist und man sie daher beenden sollte. An sich fällt es mir nicht schwer, in solchen Fällen die Konsequenzen zu ziehen, was schon einige Leute erfahren haben. Doch trotz aller Bemühungen, mich von ihnen zu lösen, empfand ich immer noch Zuneigung und Respekt für sie; ja, ich verspürte sogar eine wehmütige Sehnsucht nach ihrem Leben, das auf mich wie ein Gemälde wirkte: Sie schienen in einem verlorenen Paradies der Weltfremdheit zu leben, das unendlich weit von allem entfernt war, was ich jemals erlebt oder kennengelernt hatte. Ich ertappte mich dabei, daß ich immer noch an sie dachte und mir ihre Gewohnheiten ausmalte: Ich erinnerte mich an Kleinigkeiten, wie das Muster ihres Teegeschirrs, Dorries Berichte über ihre Einkaufsexpeditionen oder die Sorgfalt, mit der die Tanten sich anläßlich ihrer Samstagnachmittagsbesuche kleideten. Mit Erstaunen dachte ich daran zurück, wie gelassen sie ihren materiellen Besitz vermehrten, als glaubten sie, sie würden ewig leben, während sie einander zugleich mit so nachdenklichem Blick betrachteten, als wüßten sie nur zu gut, daß einer von ihnen als erster sterben würde. Was würde dann geschehen? Würde Heather der Aufgabe gewachsen sein, dem Überlebenden Trost und Kraft zu spenden? Gab es überhaupt jemanden, der dazu in der Lage war? Wer würde diese Eltern behüten und umsorgen, wenn der biblische Tag kam, an dem sich die Zerbrechlichkeit des silbernen Bandes, der goldenen Schale des Lebens erweisen würde? Die Liebe, an der es ihnen niemals gefehlt hatte, umgab sie wie strahlender Sonnenschein. Sie waren nicht geschaffen für das Dunkel, das vielen von uns beschieden ist. Die Liebe hatte sie verletzlich gemacht, sie waren nur noch fähig, einander zu suchen und zu finden. War dieser aus meiner Sicht unweigerlich leidvolle Zustand der Grund, warum ihre Tochter sich bewußt dagegen entschieden hatte, wollte sie dadurch sichergehen, daß Liebesleid, Untreue, Trennungs- oder Abschiedsschmerz ihr erspart blieben? Ich hatte sie immer schon für schlau gehalten; und nun schien mir, als sei sie ganz die Tochter des Vaters. »Wo ist deine Mutter?« glaubte ich Oscar sagen zu hören, und diese Frage hatte eine viel tiefere Bedeutung: Es war, als fürchtete er ständig, der Gegenstand seiner Liebe könnte plötzlich verschwinden und als müßte er sich dann auf eine mystische Reise begeben, um ihn wiederzufinden. Heather dagegen, die durch diese unrealistische und bedeutungslose Eheschließung ihre Kräfte schonte, bereitete sich vielleicht insgeheim darauf vor, im Ernstfall helfend einzuspringen. Denn ich wußte mit Bestimmtheit, daß Dorrie als erste sterben würde.

Um diese Zeit geschah etwas Unangenehmes. Eines Abends, als ich in meiner Wohnung saß und überlegte, ob ich ausgehen oder zu Hause bleiben sollte, klingelte das Telefon. Die meisten meiner Freunde waren verreist, und ich erkannte die Stimme des Anrufers nicht, die betont forsch klang.

»Hallo, liebe Rachel. Ich wollte fragen, wie es Ihnen geht.«

»Verzeihung. Wer spricht, bitte?«

Ich hörte ein leises Lachen am anderen Ende der Leitung. »Tun Sie doch nicht so. Sie können mich doch nicht schon vergessen haben.«

»Verzeihung«, sagte ich noch einmal. »Wer spricht bitte?«

Wieder ein leises Lachen. »Ein Freund von Ihnen. Oder besser gesagt: jemand, der gern Ihr Freund wäre. Sie sehen nämlich aus wie eine junge Dame, die eine sehr gute Freundin sein könnte.«

Da kam mir eine schreckliche Erkenntnis. »Spricht dort Colonel Sandberg?«

Die Stimme wurde noch forscher. »Erraten. Wie wäre es mit einem Drink? Wir könnten uns im Churchill treffen, einverstanden? In einer halben Stunde?«

»Tut mir wirklich sehr leid«, sagte ich ziemlich vorsichtig. »Aber ich bin gerade im Weggehen. Tut mir leid. Auf Wiederhören.«

Ich legte den Hörer auf, nahm meine Tasche und machte einen sehr langen Spaziergang. Erst als es dunkel war, kehrte ich nach Hause zurück. Nach diesem Anruf machte ich es mir zur Gewohnheit, abends fortzugehen – ich wußte, daß er tagsüber nicht anrufen würde –, um ihm Zeit zu geben, seine Netze anderswo auszuwerfen. Es wäre sicher peinlich oder unklug, ihm in nächster Zeit zu begegnen, und das war ein weiterer Grund, mich von den jungen Sandbergs fernzuhalten. Die Situation wurde immer heikler und verwickelter.

Also begann ich an diesen Spätsommerabenden regelmäßig spazierenzugehen. Ich war entrüstet, aber nicht aus moralischen Gründen, sondern weil ich das Gefühl hatte, daß mein Leben vielleicht etwas aus der Bahn geraten war. Wenn ein so schrecklicher Mensch wie der Colonel mir nachstellte, war das ein Zeichen, daß etwas nicht stimmte. Dennoch war ich entschlossen, mich zu verteidigen. Mir schien, daß meine Lebensweise auf ziemlich aufgeklärten Prinzipien beruhte; das heißt, ich legte meinen Gefühlen gewisse Beschränkungen auf. War sehr aufgeschlossen, verachtete die Konventionen, die einem angeblich Sicherheit gewähren, und ging leichten Schrittes weiter, wann immer ich Schwierigkeiten kommen sah. Ich hatte schon sehr früh beschlossen, mich niemals in irgendeine emotionale Abhängigkeit zu begeben, niemals um Liebe zu betteln, niemals anderen die Schuld in die Schuhe zu schieben und mir niemals einzubilden, daß die Liebe jedes Opfer wert ist. Ich halte mich für einen ehrlichen Menschen und bin ziemlich stolz auf meine Aufrichtigkeit. Schließlich habe ich mich im Leben durchsetzen müssen, und das konnte ich nur, indem ich mich auf mich selbst verließ und einen klaren Kopf behielt. Ich verbiete mir die Erinnerung daran, daß das nicht immer leicht war, und gebe niemals, niemals meinen Eltern die Schuld: das ist ein so alter Hut. Ich gehe unbeschwert durchs Leben, frei von Bindungen, die mir Kummer bereiten könnten; und so habe ich mir mein Leben auch fast immer vorgestellt. Ich sage »fast immer«, weil ich manchmal diese merkwürdigen Träume habe. Die Träume selbst sind gar nicht interessant, aber mich beschäftigt die Frage, woher sie kommen. In meinen Träumen trage ich Kinder, sinke lächelnd in liebende Arme, erkämpfe mir den Ausweg aus leeren Zimmern – und immer wieder ertrinke ich. Beim Erwachen bin ich überrascht, manchmal auch von Angst erfüllt, doch dann verbanne ich die Erinnerung an diese Träume, von denen niemand etwas weiß. Träume zu erzählen fällt für mich – ebenso wie den Eltern die Schuld zuzuschieben, sich zu verlieben oder sich lächerlich zu machen – in die Kategorie der verbotenen Dinge.

Und doch hatte dieser schauderhafte Teddy, der mit diesen Dingen offensichtlich noch besser vertraut war als ich, obwohl er zum Glück ziemlich altmodisch war, ein Auge auf mich geworfen. Ich schämte mich beinahe dafür, doch dann erkannte ich, daß er zu den altmodischen Männern gehörte, die emanzipierte Frauen für Freiwild halten und annehmen, daß diese bloß auf eine kleine Geste männlicher Aufmerksamkeit warten, um sich dankbar in das weibliche Urmodell zurückzuverwandeln. Wahrscheinlich bildete er sich ein, mir mit seiner Einladung einen Gefallen zu tun. Wenn ich sie angenommen hätte, hätte er sicher vor mir angegeben, wie er es sein Leben lang getan hatte, um Frauen für sich zu gewinnen, freilich unter dem Vorwand, damit nur mein Bestes zu wünschen. Er würde Frauen immer unter dem Deckmäntelchen selbstloser Motive verführen, und ich zweifelte nicht daran, daß er irgendwann auf dem Pfade der Lust sagen würde: »Braves Mädchen!« Denn da sein Gewissen nicht rein war, war er auf leichte Eroberungen aus, die er dann so drehte, daß er gut dastand. Mit verstohlenem Augenzwinkern würde man ihm allerseits zu seiner neuen Eroberung gratulieren. Ich mußte lachen, als ich dieses Klischee durchschaute, und fragte mich, warum ich so lange dazu gebraucht hatte. Sollte der Colonel nochmals den gleichen Fehler begehen, wußte ich jedenfalls, wie ich darauf zu reagieren hatte.

So ging ich an diesen schwülen Sommerabenden also spazieren; die Bäume waren nun staubbedeckt, Benzingeruch hing in der dumpfen Großstadtluft, und ich fühlte mich geborgen im Gitternetz der Straßen, Plätze und Wege; in meiner landumschlossenen Freiheit schritt ich leichtfüßig dahin, meine Sohlen streiften das graue Pflaster, hin und wieder streckte ich die Hand aus, um ein schmutziges Blatt zu pflükken, und mein Kopf war von Erinnerungen gänzlich unbeschwert. Manchmal legte ich an einem einzigen Abend viele Kilometer zurück und kam eher heiter als erschöpft wieder nach Hause, glücklich darüber, daß mein altes Ich, mein wachsames, aufgeklärtes Ich, noch intakt war. Je länger ich wanderte, desto unbeschwerter fühlte ich mich. Auf die Umgebung achtete ich selten. Meist ging ich mit gesenktem Kopf, die Hände in den Taschen, und hob den Blick nur gelegentlich vor einer Ampel, wenn ich mehr spürte als hörte, wie die massige Gestalt eines Busses herannahte, oder wenn ich durch eine Menschenmenge aufgehalten wurde, die aus einem Kino strömte. Ich genoß diese anonymen Abende und meine ungebundenen Streifzüge; ich genoß es, in einem italienischen Café mit beschlagenen Fenstern eine Kleinigkeit zu essen oder in der seltsamen Atmosphäre von Touristenhotelhallen eine Tasse Kaffee zu trinken. Manchmal kaufte ich in einem jener asiatischen Läden ein, die abends am längsten geöffnet haben und in denen der erschöpfte Besitzer mit dunklen Ringen unter den Augen müde die Hand ausstreckt, um die Waren aus meinem Drahtkorb zu nehmen: ein Spülmittel, ein Päckchen Tee, zwei Grapefruits und ein paar ausländische Zeitungen. Ich zögerte die Heimkehr in meine Wohnung so lange wie möglich hinaus: Erst wenn ich mich die vielen Treppenstufen hinaufschleppte, kam mir zum Bewußtsein, wie weit ich gelaufen war. Doch diese körperliche Anstrengung sicherte mir immer einen guten, traumlosen Schlaf.

Es war ein ruhiger Sommer. Eileen machte Urlaub in der Südtürkei, und Robin und ich teilten uns die Arbeit im Laden. Wir kamen ausgesprochen gut miteinander aus, was zum großen Teil daran lag, daß wir kaum miteinander redeten; die Arbeit war uns so zur Routine geworden, und wir kannten einander schon so lange, daß es nicht mehr viel zu sagen gab. Robins merkwürdige äußere Erscheinung störte mich nicht, obwohl die Kunden ihn häufig für eine Art Hausmeister hielten. Er trug sehr förmliche, aber zerknitterte Anzüge, die aussahen, als gehörten sie jemand anderem; ich vermute, er kaufte sie aus zweiter Hand. Im Winter kam er oft in einem ziemlich kurzen Raglanmantel und einem altmodischen Filzhut ins Geschäft. In diesem Sommer trug er am liebsten ein schwarzes Baumwollhemd und dazu schwarze Hosen mit Bügelfalten und Taschen, die an den Seiten abstanden: um 1952 die Standardkleidung in gewissen Londoner Stadtvierteln. Wo er diese Sachen kaufte, fragte ich ihn nie. Manchmal wunderte ich mich allerdings über sein Haar, das sehr kurz geschnitten und nicht immer gleichmäßig rotbraun getönt war. Die Kragen seiner etwas mitgenommenen Hemden waren ziemlich eng und die Krawattenknoten sehr klein. Doch zu bestimmten Anlässen warf er sich in Schale. Wenn er abends in einen seiner Clubs ging, zog er makellose neue Jeans und ein Polohemd mit Applikation auf der linken Brust an oder ein Leinenjackett, in dessen Brusttasche er eine Sonnenbrille schob. Ich glaube, es machte ihm Spaß, sich tagsüber wie ein armer Angestellter und abends wie ein Lebemann zu kleiden. Manchmal wünschte ich mir, er möge es umgekehrt machen, doch das tat er nie. Ich sah ein, daß er nach seiner abendlichen Schwimmübung in eine andere Haut schlüpfen wollte: Im Bad wusch er den Arbeitstag symbolisch von sich ab, und darunter kam der wahre, echte Robin zum Vorschein, wie nach einer Taufe. Manchmal lief ich ihm auf einem meiner Abendspaziergänge über den Weg, wenn er aus dem Theater heimkam oder sich gerade in einen seiner zahlreichen Clubs begab. Da er nur ein paar Häuser weiter wohnte, war das nicht weiter verwunderlich. Ansonsten hatten wir wenig miteinander zu tun. Hin und wieder drängte er mich, mit ihm schwimmen zu gehen; doch diesen Vorschlag wußte ich stets abzuwehren. Er war niemals überrascht, sondern bedauerte es nur ein wenig, daß ich nicht mitging; ich glaube, er hatte eine sehr positive Einstellung zur Geselligkeit, die er – das spürte ich – mehr brauchte als ich. Er war überhaupt nicht neugierig, was mir sehr angenehm war. Vielleicht kamen wir deshalb so gut miteinander aus: im Grunde wollte keiner über den anderen etwas wissen. Wir akzeptierten einander auf etwas nachdenkliche, beiläufige Weise und schritten wie Träumer durch den Tag. Ab und zu machten wir eine Pause und tranken Tee, den er im Hinterzimmer des Geschäfts zubereitete, und manchmal sprachen wir stundenlang kein Wort miteinander.

Abends wirkte er lebendiger und entschlossener als tagsüber. Einmal lud er mich ein, mit ihm etwas trinken zu gehen, und da ich dachte, wir würden in das Pub an der Ecke gehen, stimmte ich lustlos zu. Er plante jedoch, in eine eben erst eröffnete neue Bar zu gehen: ein merkwürdiges Kellerlokal, das sich auf kunstvolle Cocktails spezialisiert hatte und wo man von Kellnern in kurzen Uniformjacken bedient wurde. Trotz der Enge des Raumes war es wie ein Ozeandampfer hergerichtet. Es fehlte nicht einmal die obligatorische gut angezogene Frau, die etwas angetrunken an der Bar lehnte und den Barmixer ins Gespräch zu ziehen versuchte, obwohl ich vermutete, daß auch sie zum Personal gehörte.

»Kommst du oft hierher?« fragte ich und war mir dabei bewußt, daß diese Floskel sehr gut zur Atmosphäre des Lokals paßte.

»Es ist eben erst eröffnet worden«, erwiderte er. »Aber es wird wahrscheinlich gut gehen. Schau mal dort hinüber.«

Ich sah ein paar bekannte Gesichter – oder zumindest Gesichter, die ich aus den Klatschspalten kannte. Wahrscheinlich kommt dieses Viertel allmählich in Mode – obwohl ich mir nicht vorstellen kann, daß es den Leuten Freude macht, ihre Abende hier unter der Erde zu verbringen. Dankbar trat ich wieder in den dunstigen Sommerabend hinaus und atmete die staubige Luft ein. Robin blieb allein zurück. Weil er sich so fit hielt, ertrug er das Eingesperrtsein wahrscheinlich besser als ich. Ich zog meine seltsam hypnotischen Spaziergänge vor, und in seiner geduldigen, toleranten Art akzeptierte er das. Aber es war nett von ihm gewesen, mich einzuladen. Er lud mich oft ein, etwas mit ihm zu unternehmen, es schien ihm aber nichts auszumachen, wenn ich ablehnte.

So vergingen Tage und Abende, und als es allmählich kühler wurde, fiel mir ein, daß ich die Livingstones schon längere Zeit weder besucht noch angerufen hatte. Ich erinnerte mich an die Vereinbarung mit Heather und Michael, die mir inzwischen, vor allem nach dem Telefonanruf des Colonels, nun nicht mehr so dringlich erschien, und ich verspürte wenig Lust, meine Einladung zu erneuern. Wenn wir uns, wie ich annahm, auseinandergelebt hatten, war es dann überhaupt sinnvoll zu versuchen, die Verbindung wiederherzustellen? Wir hatten keinerlei Gemeinsamkeiten, keinen wirklichen Gesprächsstoff; und außerdem war mir mein eingeschränktes Dasein lieber als ihr peinlich luxuriöses Zusammenleben, das von einer Atmosphäre unausgesprochener Erklärungen umgeben war, oder ihr Einvernehmen, bei dem man nicht genau wußte, ob sich Komplizenschaft oder das Gegenteil dahinter verbarg. In meinen Augen hatte Heather nichts von dem Charme ihrer Eltern, obwohl sie ganz offensichtlich darauf programmiert war, so zu werden wie ihre Mutter; irgendwie hatte ich jedoch das Gefühl, daß dieser Entwicklungsprozeß weniger reizvoll sein würde als die ungebrochene Ausstrahlung der stets ein wenig sorgenvollen Dorrie. Heather würde sich in eine lieblose Dorrie verwandeln, sie würde die Gesten nachahmen, die mich bei Dorrie so sehr anzogen oder angezogen hatten, aber diesen Gesten würde ihre ursprüngliche Anmut fehlen. Durch die Ehe mit diesem Mann würde sie entweder derber werden, oder sie würde ihn ignorieren, was ich für sehr wahrscheinlich hielt, und mit der Zeit gänzlich verstummen – ein Zustand, von dem sie ohnehin nicht weit entfernt war. Überraschen würde mich weder das eine noch das andere. Eigentlich dachte ich mit Schrecken an den Abend, den ich den beiden versprochen hatte; doch dann erinnerte ich mich an den erfreuten Gesichtsausdruck, mit dem sie auf meine Einladung reagiert hatten, und beschloß, mein Versprechen zu halten. Es war ja nur ein einziger Abend zu opfern, danach konnte man die Verbindung ohne Gesichtsverlust lockern. Nach diesem Abend würde man bestimmt nichts mehr von mir erwarten.

Natürlich tat es mir leid, den Kontakt zu ihren Eltern zu verlieren, aber vielleicht lag auch das in der Natur der Dinge. Als ich jedoch bei Heather anrief, kam Dorrie an den Apparat und schien entzückt zu sein, meine Stimme zu hören. Heather und Michael seien noch in Spanien, erzählte sie mir, und sie sehe gemeinsam mit Oscar in der Wohnung nach dem rechten. Ich war überrascht, daß die beiden so lange fortblieben; doch anscheinend hatte Heather bei ihnen in Puerto Banus gewohnt, während Michael an der Küste umhergefahren war, um seinen Tätigkeiten nachzugehen. Offenbar sollte er jetzt die Aufgaben seines Vaters übernehmen, die mir immer rätselhaft gewesen waren. Das empfand ich als ein gutes Zeichen, obwohl es mir ein wenig merkwürdig vorkam, daß Heather ihren Mann nicht begleitete. Aber sie waren beide noch so sehr die Kinder ihrer Eltern, daß es vielleicht gar nicht so merkwürdig war – oder aber nur mir merkwürdig vorkam. Soweit ich feststellen konnte, hatte die Ehe die beiden, oder vielmehr ihre Lebensgewohnheiten, kaum verändert. Aber das ist bei gutbürgerlichen Familien – oder bei Familien, in denen alle ein liebevoll-wachsames Auge aufeinander haben – vielleicht so üblich. Ich habe festgestellt, daß alle Frauen, die erfolgreich, selbstbewußt und weltgewandt sind, in ihrer Kindheit umhegt, umsorgt, geliebt und von ihren Eltern nach Kräften unterstützt wurden. Ich zweifelte nicht daran, daß Dorrie Heathers Speisekammer auch jetzt noch sorgfältig mit Vorräten füllte, ihr Schlafzimmer aufräumte und für frische Blumen sorgte. Sie gehörte zu jenen Frauen, die niemals mit leeren Händen kommen und deren liebevolle Sorge sich auf alle Menschen erstreckt, die sie kennen. Diese überströmende Liebe hielten ihre härteren Schwestern für ein Zeichen der Schwäche und Unreife, und sie sahen ständig voraus, daß Dorrie Dieben, Schmarotzern und Schwindlern zum Opfer fallen würde. Doch ich glaube nicht, daß das je der Fall war, was ihre Schwestern sehr verblüffte. Sie waren es, die bei den Teegesellschaften immer wieder Geschichten von betrügerischen Klempnern, Verkäufern oder Verkehrspolizisten erzählten und in einer Wolke des Mißtrauens durchs Leben gingen. Dorrie dagegen ließ sich durch dergleichen ebensowenig aus der Ruhe bringen wie durch die Warnungen ihrer Schwestern. Ich nehme an, sie hatte einen Schutzengel.

»Rachel!« rief sie. »Wie schön, von Ihnen zu hören! Oscar und ich haben uns schon gefragt, was wohl aus Ihnen geworden ist. Geht es Ihnen gut, liebe Rachel?«

»Danke, sehr gut«, antwortete ich. »Ich wollte nur fragen, ob Heather und Michael einmal Zeit hätten, mit mir abendessen zu gehen.«

»Aber natürlich, das tun sie sicher mit Freude. Wir erwarten sie am Wochenende zurück. Ich werde Heather bitten, Sie zurückzurufen. Ich weiß, wie sehr sie sich freuen würde, Sie wiederzusehen. Wie ist es denn Ihnen ergangen?«

Ich erwiderte, ich hätte nichts zu berichten, doch als mir bewußt wurde, daß das vielleicht bemitleidenswert klingen könnte, erkundigte ich mich, wie sie den Sommer verbracht hatten.

»Nun, wir waren in Spanien, das wissen Sie ja, und wir haben Heather bei uns gehabt, was wir sehr genossen haben. Ich glaube, wir vermissen sie schrecklich. Oscar war richtig niedergeschlagen, obwohl er das niemals zugeben würde. Und Sie haben wir ja leider auch schon so lange nicht mehr gesehen. Wir sind ganz aufeinander angewiesen gewesen und haben uns ziemlich alt gefühlt. Na ja, wahrscheinlich sind wir ja auch schon alt.« Sie lachte traurig, als könnte sie es selbst gar nicht glauben. Ich war ein wenig ungehalten. Heutzutage gibt es keinen Grund, sich vorzeitig alt zu fühlen; außerdem konnte sie nicht viel älter sein als sechzig. Oscar war vielleicht ein paar Jahre älter. Aber wenn man so weitab von den Belangen der Welt lebte wie sie, fielen einem kleine Veränderungen, kleine warnende Anzeichen vermutlich deutlicher auf. Jeder der beiden konzentrierte sich so ausschließlich auf das Wohlbefinden des anderen, daß schon der kleinste Stimmungswechsel mit Schrecken, ja mit wirklicher Angst registriert wurde, denn was sollte der eine anfangen, wenn es mit dem anderen bergab ging? Vielleicht brauchten sie einfach die Gesellschaft eines jungen Menschen. Jetzt schämte ich mich für mein langes Schweigen und fragte, ob ich sie besuchen kommen dürfe. Bei diesen Worten hob sich Dorries Stimmung sofort.

»Kommen Sie doch gleich, liebe Rachel, wenn Sie nichts Besonderes vorhaben. Wir sind den ganzen Abend da. Essen Sie mit uns. Oscar würde sich so freuen, Sie zu sehen. Und wir könnten Ihnen alle Neuigkeiten berichten.«

Denn Neuigkeiten über Heather waren etwas Heiliges und konnten nicht telefonisch mitgeteilt werden. Ich beschloß, Oscar und Dorrie nach Ladenschluß in Heathers Wohnung zu besuchen.

Als ich die Bayswater Road entlangtrottete, spürte ich, wie meine Zuneigung zu den Livingstones wieder auflebte. Bei Dorries schlichter, herzlicher Begrüßung und ihrem Bedauern über mein langes Fernbleiben war mir warm ums Herz geworden. Außerdem brauchte ich Oscars Rat. Eileen hatte vor, in den Ruhestand zu treten, und ich überlegte, ob ich es mir leisten konnte, ihren Anteil an der Buchhandlung aufzukaufen. Es wäre für mich sicher vorteilhaft, die Buchhandlung zu Hälfte zu besitzen; so könnten Robin und ich sie in aller Freundschaft gemeinsam leiten, obwohl ich dann weniger Freizeit hätte. Ich spielte oft mit dem Gedanken, selbst in den Ruhestand zu treten, aber in meinem Alter war das natürlich unmöglich. Trotzdem wäre es schön, frei zu sein. In Wahrheit war Freiheit nicht zu verwirklichen, obwohl ich in meinen Träumen – jenen Träumen, in denen ich liebte und ertrank – manchmal die Illusion der Freiheit genoß, doch mehr als eine Illusion ist Freiheit ja fast nie. Was würde ich mit meiner Freiheit anfangen? Im Grunde, dachte ich, war ich auch jetzt frei und war es immer gewesen. Frei, nach Belieben zu kommen und zu gehen, durch die Straßen zu streifen, mir meine Abenteuer zu suchen. An Freiheit fehlte es mir nicht. Andererseits war es sehr schön, auch einmal von jemandem erwartet zu werden.

Blau lag der Abend über der Stadt, und die Luft war herbstlich kühl. Im Park schien die Kälte vom Boden aufzusteigen, und es roch nach modernden Blättern. Überrascht stellte ich fest, daß das Jahr zur Neige ging. Man erwartet immer, daß der Sommer viel länger dauern wird, und vergißt während der Sommermonate das Gefühl des Frierens. Und doch hatten die Leute, die an mir vorübergingen, nicht mehr jenen aufgeschlossenen Gesichtsausdruck, den sie im Sommer haben; sie hielten die Köpfe gesenkt und bewegten sich zielstrebig voran. Bald würden die Tage kürzer und die Nächte länger werden. Ich begann an die Reise nach Florenz zu denken, die ich nach Weihnachten machen wollte, doch konnte ich diesmal nur wenig Begeisterung dafür aufbringen. Zunehmend empfand ich solche Reisen als merkwürdig sinnlos, was ich für ein schlechtes Zeichen hielt. Früher war ich so gern gereist und hatte bei der Rückkehr meine Freunde stets mit wunderbaren Geschichten ergötzt. Ich erlebte immer irgend etwas Amüsantes. Es gab keinen Grund, warum sich das plötzlich geändert haben sollte. Ich hatte mich nur von der Melancholie dieses Herbstabends, dem symbolischen Sterben des Lichtes, beeinflussen lassen. Eigentlich waren die Düfte des Herbstes – Kastanien und Chrysanthemen – durchaus anregend; und die Luft war frisch und belebend. Ich kaufte ein paar Blumen, deren dichte, schwere weiße Blütenköpfe nach

Pfeffer rochen und eine unwandelbare Kälte auszuströmen schienen, und betrat das Haus, in dem Heather wohnte. Der schwach duftenden Wärme entstieg ein Hauch von Luxus und Trägheit, wenn man von der nächtlichen Straße kam. Keine Menschenseele war zu sehen.

Dorrie öffnete die Tür, und mir schlug der noch köstlichere Duft von etwas in Wein und Kräutern Schmorendem entgegen. Sie war hübsch und rosig und aufrichtig erfreut, mich zu sehen. Oscar stand hinter ihr, das Gesicht zu einem Lächeln verzogen.

»Ach, wie schön!« rief Dorrie und vergrub ihr Gesicht in dem Blumenstrauß. »Das wäre doch nicht nötig gewesen, liebe Rachel. Sie sind wirklich ein Schatz.«

»Dorrie«, sagte ich, »was duftet denn da so wunderbar?«

Ihr Gesicht wurde ernst. »Ich mache gerade einen Rinderschmorbraten zum Einfrieren. Kennen Sie das Rezept, Rachel? Wahrscheinlich wird es Ihnen zu aufwendig sein, so etwas für sich allein zu kochen, aber wenn Sie es doch einmal probieren wollen, dann kaufen Sie wirklich gutes Fleisch. Gehen Sie nicht in einen Supermarkt, sondern zu einem erstklassigen Fleischer.«

»Dorrie, Dorrie«, lachte Oscar. »Das will Rachel doch alles gar nicht wissen. Komm und setz dich hin, mein Schatz. Trinken wir ein Glas Sherry zusammen.«

Sie waren offensichtlich sehr einsam gewesen, dachte ich, als wir in dem üppig ausgestatteten Zimmer, das zu groß für die beiden wirkte, um den Kamin saßen. Die Vorhänge wurden zugezogen, die Lampen angeschaltet. Während ich meinen Sherry trank, fuhr Dorrie mit ihren Instruktionen fort, und Oscar betrachtete sie mit liebevollem Blick. Wieder erlag ich dem Zauber der beiden. Ich blickte Dorrie an, die ihre Aufzählung der Zutaten fortsetzte und dann, da sie nun einmal bei ihrem Lieblingsthema war, noch erlesenere und kompliziertere Gerichte beschrieb. Diese sanfte kleine Frau, deren Erwartungen so bescheiden waren und die so gewissenhaft von ihrem Wohlstand Gebrauch machte, schien mir von ihrem Glück völlig unverdorben zu sein. Ihre Brauen wölbten sich noch genauso zart wie früher über den großen, melancholischen blauen Augen; ihre dichten, silbrig glänzenden Locken trugen immer noch eher den Stempel des Friseurs an der Ecke als den eines eleganten Frisiersalons; der Ehering war nach wie vor ihr einziger Schmuck, und der blaue Pullover und der blaue Rock bezeugten, daß sie in Modefarben unverändert konservativ geblieben war. Mir fiel jedoch etwas auf, das mir ein kaum merkliches Unbehagen einflößte. Sie hatte beim Sitzen die Fußknöchel gekreuzt, und ihre Knie fielen leicht auseinander – so sitzen alte Frauen. Diese Haltung verrät die Kraftlosigkeit einer alternden Frau, so wie beim alternden Mann ein herabhängender, dem Gesetz der Schwerkraft nachgebender Bauch. Vielleicht, dachte ich, waren Dorries Klagen, sie seien ein altes Ehepaar geworden, also doch ernst gemeint. Mir wurde bewußt, daß sie sich schon nach einem Enkelkind sehnten, das ihnen neuen Lebensmut geben würde. Doch vorläufig – zwischen Hochzeit und Taufe sozusagen – befanden sie sich in einer Art Schwebezustand.

»Ich werde Ihnen etwas davon zum Mitnehmen einpakken«, sagte sie. »Stellen Sie es einfach in den Kühlschrank und wärmen Sie es sich morgen abend wieder auf.«

»Gib ihr doch auch ein paar von den Keksen mit, die du gebacken hast«, setzte Oscar hinzu. »Sie reichen aus, um eine ganze Armee zu ernähren. Heather und Michael werden sie niemals aufessen können.«

»Wann kommen sie zurück?« fragte ich, denn ich hatte das Gefühl, daß sie hierhergehörten. Sie waren schon allzu lange fort.

»Am Samstag«, sagten Oscar und Dorrie wie aus einem Munde. Dann blickten sie einander an und lachten.

»Wir hatten einen wunderschönen Sommer«, sagte Dorrie. »Sie war fast drei Wochen bei uns. Aber als sie dann zu Michael fuhr, haben wir sie schrecklich vermißt. Dumm von uns, nicht wahr? Schließlich haben wir sie vor ihrer Heirat auch nicht jeden Tag gesehen. Sie hatte sehr viel Arbeit im Geschäft und mußte zweimal im Jahr zu den großen Modeschauen fahren. Aber da wußten wir immer, wo sie war, was sie tat. Diesmal dagegen hatten wir keine Ahnung, wohin sie fahren und wo sie bleiben wollte. Und mir kam vor, daß sie gar nicht gut aussah.«

»Aber, Schatz, es ging ihr ausgezeichnet. Du machst dir zu viele Sorgen. Schließlich ist sie jetzt verheiratet.«

»Ja, aber sie war so still«, beharrte Dorrie, und legte die Stirn in Falten.

»Aber Heather war doch immer ein sehr stilles Mädchen«, warf ich ein. »Ein ruhiger, eher nachdenklicher Mensch.«

Das schien mir die höflichste Form der Beschreibung für Heathers stures, wenn auch liebenswürdiges Schweigen und ihr wie ferngesteuert wirkendes Lächeln zu sein. Als ich ihr das erstemal begegnete, dachte ich, sie sie taub. Nachdem ich sie dann besser kennengelernt hatte, revidierte ich meine Meinung ein wenig: Ich hielt sie für zurückgeblieben. Doch als sich dann die Gegenbeweise zu häufen begannen – das Geschäft, ihre Kleidung, ihre Fahrweise und die erstaunliche Tatsache ihrer Verlobung und Heirat –, erschien sie mir als ein Mensch mit einem gewissen Tiefgang, schlau, wie schon gesagt, aber auch von bewundernswerter Zurückhaltung; sie war klug und wußte ihr Innenleben vor neugierigen Blicken zu schützen. Letztere Eigenschaft schätze ich: Ich besitze sie auch.

»Und ist sie sehr glücklich?« fragte ich.

Oscar sagte nichts. Dorrie sagte: »Ja, natürlich. Ich habe sie gefragt, und sie hat geantwortet: ›Mach dir keine Sorgen, Mama. Es hat sich nichts geändert.‹ War das nicht lieb von ihr? Sie wollte mir damit sagen, daß sie immer noch unser kleines Mädchen ist.«

Ich blickte Oscar an, dessen Gesicht ausdruckslos war. »Noch einen Schluck Sherry, Rachel?« fragte er. »Oder möchten Sie jetzt lieber etwas essen?«

»Es ist leider nur ein kaltes Abendessen«, sagte Dorrie, zu ihren Pflichten zurückkehrend. »Ein Täßchen Consommé und ein Hähnchensalat. Sie können aber auch ein Stück Melone als Vorspeise haben, wenn Ihnen das lieber ist.«

Wir gingen durch ein angenehm großes Eßzimmer mit einem runden Buchenholztisch, dazu passenden Stühlen und einer blaßblauen Stofftapete. Das Essen war natürlich köstlich, und meine Komplimente waren aufrichtig. Das ermutigte Dorrie, mich mit weiteren Rezepten und Menüvorschlägen zu beglücken, die ich mir leicht selber zubereiten könnte. Es wäre zwecklos gewesen, ihr zu sagen, daß ich lieber auswärts aß: Sie hätte mich nur erstaunt angesehen. Als wir wieder rund um den Kamin saßen – sie hatte eine Schachtel Pralinen in Schälchen aus geschliffenem Glas umgefüllt und sprang gleich wieder auf, um Kaffee zu machen –, fragte ich Oscar wegen der Buchhandlung um Rat. Er strich seine Krawatte glatt und erklärte mir, er müsse sich erst einmal meine

Bücher ansehen, um festzustellen, ob ich mir das leisten könne. Ich solle ihm alle Kontoauszüge aus dem vergangenen Jahr schicken, die er sich dann ansehen würde, um festzustellen, ob ich einen Überbrückungskredit bräuchte. Bei der Aussicht auf diese Tätigkeit hellte sich sein Gesicht auf. »Und wie steht es mit der Wohnung?« fragte er. »Haben Sie sie schon gekauft?« Ich sagte, daß ich die dazu nötige Summe voraussichtlich gegen Ende des Jahres beisammen haben würde und mir die Wohnung selbst zu Weihnachten schenken wolle. »Dann könnten Sie nach einiger Zeit mit dem eingesparten Mietzins Ihre Geschäftspartnerin auszahlen«, sagte er. »Außerdem wäre es eine gute Vermögensanlage, und später einmal könnten Sie die Wohnung wieder verkaufen und sich dafür eine kleine Wohnung im Ausland kaufen. Gönnen Sie sich ein wenig Muße. Sie haben es sich verdient.«

»Oscar«, sagte ich. »Soll das etwa heißen, daß ich mich an Colonel Sandberg wenden soll?«

Er schaute mich an, ich schaute ihn an, und dann lachten wir beide.

»Das, glaube ich, ist etwas, wozu ich Ihnen *nicht* raten würde, Rachel.«

Wir verbrachten einen wunderschönen Abend. Ich erlag von neuem Dorries Herzlichkeit und Oscars Güte. Natürlich mußte ich mir die Hochzeitsfotos ansehen, die ich nicht sehr gelungen fand, obwohl Dorrie und ihre Schwestern darauf entzückend aussahen. Als ich jedoch die beiden weiß gekleideten Puppen sah, fühlte ich mich in ein deutsches Ballett oder eine Oper, etwa von Kurt Weill, versetzt. Selbst neben ihrer Hochzeitstorte standen sie ausdruckslos da, beide mit den gleichen glasig blauen Augen und den gleichen roten Lippen. Die verwischte Figur dahinter war der Colonel, der sich bewegt hatte. Sicher weil er wieder einmal über einen seiner eigenen Witze so lachen mußte. Bei der Abfahrt hatte Heather ein anderes, sehr enges Kostüm angehabt, in dem scheußlichen Pink, das in diesem Jahr so modern war. Sie konnte in diesem Rock wohl nicht sehr bequem gesessen haben, dachte ich. Auf dem letzten Foto lachte Michael so, daß von seinem Gesicht nicht viel mehr zu sehen war als zwei Reihen kindlich wirkender Zähne. Die Sonne blitzte auf dem Chrom des Autos und auf seinem zurückgeworfenen Haar.

»Diese Fotos sind schrecklich, Dorrie«, sagte Oscar. Sie

sah enttäuscht drein, gab jedoch zu, daß sie nicht besonders gut waren. »Den Fotograf hat mir Teddy Sandberg empfohlen. Wahrscheinlich liegen ihm Villen und Time-sharing-Appartements besser. Dinge, die sich nicht bewegen.«

»Ach, Oscar, sei doch nicht so unfreundlich. Ich finde, sie sieht reizend aus.« Dorrie ließ sich nicht davon abbringen, aus ihrer Tasche weitere Fotos hervorzuziehen, die Heather in den verschiedenen Altersstufen zeigten. Ich sah, daß sie als junges Mädchen sehr hübsch gewesen war, und sich damals noch nicht hinter ihr unnahbares Lächeln zurückgezogen hatte. Aber auch jetzt sah sie noch recht gut aus. Der Bubikopf und die baumelnden Jettohrringe umrahmten ein klassisches Gesicht mit einer breiten, glatten Stirn und weit auseinanderliegenden Augen. Aber es hatte etwas Seelenloses, der Gesichtsausdruck war unveränderlich. Auf den letzten Fotos sah sie leblos aus, nicht tot, sondern so, als wäre sie noch nicht zum Leben erwacht. Mir fiel kein angemessener Kommentar zu diesen Fotos ein. Sie hatten mich aus der Fassung gebracht.

»Wie rasch die Zeit vergangen ist!« sagte ich. »Es ist schon fast halb zwölf. Ich habe Sie viel zu lange wachgehalten. Machen Sie sich um mich keine Sorgen. Ich rufe mir ein Taxi.«

»Das werden Sie nicht tun«, sagte Dorrie entrüstet. »Oscar wird Sie nach Hause bringen. Oscar!« Aber er war schon aufgesprungen und suchte nach seinem Schlüsselbund. »Es war so schön, Sie wiederzusehen, liebe Rachel. Lassen Sie uns das nächste Mal nicht so lange warten. Wir haben Sie sehr vermißt. Und wir sind immer für Sie da, falls Sie etwas brauchen.«

Ich küßte Dorrie zum Abschied und sah sie noch im Eingang stehen, bis die Türen des Fahrstuhls sie meinen Blicken entzogen.

Im Auto war Oscar sehr schweigsam. »Dorrie scheint es gutzugehen«, sagte ich. »Recht gut, ja«, antwortete er und verfiel dann wiederum in Schweigen. Mir war ein wenig unbehaglich zumute. Als er vor der Buchhandlung hielt, wandte ich mich ihm zu und sagte: »Es war ein wunderschöner Abend. Herzlichen Dank. Und wenn es Ihnen nichts ausmacht, schicke ich Ihnen meine Kontoauszüge. Ich würde wirklich gern Ihre Meinung hören.« Er seufzte, regte sich aber nicht, und einen Augenblick lang saßen wir schweigend da. Dann seufzte er wieder, wandte sich um und blickte mich an. »Ich mag ihn nicht, Rachel«, sagte er.

»Michael?« fragte ich kühn.

Er nickte. »Ich habe versucht, ihn zu mögen, aber ich kann es einfach nicht. Mit ihm ist irgend etwas... Er sieht mir nie in die Augen. Er ist niemals ernst. Immer lacht er und macht Witze. Viel Lärm um nichts. Und dann dieser Vater, der sich in alles einmischt. Nein, das ist nicht fair: Er mischt sich nicht ein. Er gibt *Ratschläge.* Und ich traue seinen Ratschlägen nicht.«

»Sie brauchen sie ja nicht zu befolgen«, erwiderte ich.

Er seufzte wieder. »Wenn Michael nicht so ein kleiner Junge wäre, brauchte er all diese Ratschläge ja gar nicht. Aber er ist kein richtiger Mann, Rachel. Nie will er zu Hause bleiben. Jeden Abend will er ausgehen. Er behauptet, daß er Kunden besucht, aber ich glaube, er geht nur fort, um sich zu amüsieren. Mir ist aufgefallen, daß er ein wenig zum Schmollen neigt. Aber natürlich läßt Heather ihn fortgehen.«

»Heather ist eine kluge Frau«, sagte ich. »Sie ist sehr schlau.«

»Sie ist zu gut für ihn.«

Ich lachte. »Als Vater müssen Sie das so sehen. Die beiden haben doch eben erst geheiratet. Lassen Sie ihnen ein bißchen Zeit.«

Wieder seufzte Oscar. »Vielleicht haben Sie recht. Aber behalten Sie sie im Auge. Wenn sie mit Ihnen sprechen möchte... Ihrer Mutter würde sie sich nicht anvertrauen. Sie möchte ihr keinen Kummer machen. Die beiden hatten schon immer ein zu inniges Verhältnis zueinander.«

Ich versprach ihm, Heather nächste Woche anzurufen, wonach er bereit zu sein schien, mich gehen zu lassen. Aber ich hatte das Gefühl, daß er noch mehr auf dem Herzen hatte. Ich stieg nur aus, weil ich es in diesem Stadium für unklug gehalten hätte, ihn noch weiter aus sich herausgehen zu lassen. Er würde es später unweigerlich bereuen, daß er sich mir anvertraut hatte. Beim Abschied erwähnte ich nochmals die Papiere und wie sehr ich ihm zu Dank verpflichtet sei. Das schien mir die einzige Möglichkeit, seine Selbstachtung wiederherzustellen. Doch ich glaube nicht, daß er sich schämte; dazu war diese Angelegenheit zu ernst. Ich stieg mit meiner Keksdose und meiner Portion Rinderschmorbraten die Treppen hinauf und dachte, daß meine Aufgabe bei den Livingstones wohl noch nicht ganz beendet war.

6

Ich konnte Heather in der nächsten Woche dann doch nicht anrufen, denn kurz nach dem Abend bei ihren Eltern fiel ich der Grippewelle zum Opfer, die damals gerade umging, und fühlte mich etwa zehn Tage lang wirklich elend. Ich lag in meiner Wohnung über der Buchhandlung im Bett und wartete sehnsüchtig darauf, daß Eileen heraufkam und mir eine Tasse Tee machte. Ich war es nicht gewohnt, krank zu sein, und diese neue Erfahrung schwächte mich an einer ziemlich kritischen Stelle: auf einmal war ich nicht mehr der weibliche Dandy, die unverletzliche, ironisch distanzierte, unbeschwert durchs Leben schreitende und ihre Gefühle schützende Frau, als die ich mich selbst so gern sah. Es war, als sei ich über Nacht mit meiner eigenen Sterblichkeit konfrontiert worden. Selbst als ich schon fieberfrei war und wieder aufstehen konnte, bewegte ich mich vorsichtig und tastend wie eine alte Frau und setzte mich, wenn ich irgendeine ganz einfache Tätigkeit verrichtete, oft mittendrin nieder, wie um zu überlegen, ob es wirklich nötig sei, sie zu Ende zu führen.

Diese Tage der Genesung zählen zu den schlimmsten, die ich jemals erlebt habe. Die Alltagsroutine des gewöhnlichen oder wirklichen Lebens kam mir auf einmal sinnlos vor. Ich erinnere mich, wie ich ganze Nachmittage lang einsam und ergeben in meinem kleinen Wohnzimmer saß, den Staub wahrnahm, den fortzuwischen ich zu schwach war, und von einem Gefühl der Traurigkeit überwältigt wurde, wenn ich die unschönen Ecken und Winkel dieser Wohnung betrachtete, an der ich bisher nicht das geringste auszusetzen gehabt hatte. Der Eisengeruch der zu heißen Zentralheizung stieg mir in die Nase, während ich dasaß und auf den Einbruch der Dunkelheit wartete, um wieder zu Bett gehen zu können. Damals fürchtete ich die Dunkelheit nicht, sondern sehnte sie herbei: Ich liebäugelte mehr als einmal mit dem erlösenden Tod. Der Genesungsprozeß nach dieser harmlosen Erkrankung erfüllte mich mit plötzlichem Abscheu vor meinem Leben. Es war alles unbefriedigend: mein Zuhause, meine Arbeit, meine »Zukunftsaussichten«, die mich zu so mühseligen Konstruktionen zwangen. Ich empfand ein starkes Bedürfnis nach irgendeiner nicht durch eigene Anstrengungen verdienten Belohnung; ganz gegen meinen Willen drängten sich mir Visionen von jenem paradiesischen Ort auf, an den ich niemals gelangen würde. Ein Gefühl des Verdrusses stieg in mir auf, wenn ich über mein Verhalten nachdachte. Ich wußte, daß es, obwohl es mich schützte, nicht richtig war.

In meinem geschwächten Zustand entlockte mir jede Freundlichkeit Tränen der Dankbarkeit. Ungeduldig erwartete ich den Augenblick, in dem nach Geschäftsschluß Robins seltsam kränkliches Gesicht am Treppenabsatz auftauchen würde, und schrieb Einkaufslisten für ihn, da er so freundlich gewesen war, mir diese Gefälligkeit anzubieten. Die Tatsache, daß ich die Lebensmittel, die er mir brachte, gar nicht essen konnte, war nebensächlich; in Wirklichkeit wollte ich nach diesen langen, unnatürlichen Tagen nur irgendein Gesicht sehen – egal, welches. Ich erinnere mich, daß ich, als ich einen von Dorries Keksen essen wollte, in Tränen ausbrach, weil ich mir vorstellte, wie mitleiderregend ich dabei aussehen mußte: Ich sah mich an diesem Keks ersticken, als wäre er das Symbol besserer Tage, und bei dieser Gelegenheit erkannte ich, daß ich energische Schritte unternehmen mußte, um mich von diesem Abgrund loszureißen. Ich mußte wieder diejenige werden, die ich immer gewesen war – obwohl ich diese Person jetzt nicht mehr sein mochte. Aber das Risiko, in Schwermut zu versinken, konnte ich mir nicht leisten: Ich wagte es nicht länger, in diesem geschwächten Zustand zu bleiben. Daher rief ich den Arzt, bat ihn um Vitaminspritzen, ging ihm unendlich auf die Nerven, gewann ein wenig von meiner früheren Härte zurück und begann mich besser zu fühlen. Ich aß jetzt auch wieder und sank nicht mehr so jäh in tiefen Schlaf. Nach ein paar Tagen ging ich ins Geschäft hinunter, und obwohl ich anfangs noch recht wackelig auf den Beinen stand, war ich bald wieder die alte.

Trotzdem fühlte ich mich noch einige Tage lang ziemlich schwach und vermied jede zusätzliche Anstrengung. Ich hatte das Haus seit über zwei Wochen nicht mehr verlassen, und das Wetter – grau und einschläfernd – verlockte mich auch kaum dazu. Seit die Touristen und Besucher fort waren, schien mir eine seltsame Stille über der Stadt zu liegen; wenn ich vor die Tür trat, um etwas frische Luft zu schöpfen, hörte ich das Heulen eines davonfahrenden Autos manchmal in der

Ferne verklingen, ehe das nächste Motorengeräusch folgte. In der Buchhandlung gab es nicht viel zu tun: dort herrschte die Flaute vor dem Weihnachtshochbetrieb, und manchmal saßen wir den ganzen Nachmittag da und lasen, ohne ein einziges Mal gestört zu werden. Obwohl ich an solche Tagesabläufe gewöhnt war, vermißte ich auf einmal die Lebensfreude, vielleicht litt ich noch unter den Nachwirkungen meiner Krankheit, denn ich war so kraftlos, daß es mir schwerfiel, mich zu irgend etwas aufzuraffen. Selbst eine Tasse Tee zu machen, kostete mich schon eine beträchtliche Willensanstrengung. Als ich diesen lästigen Zustand schließlich nicht länger ertragen konnte, ohne ein leises Schamgefühl zu empfinden, ging ich ans Telefon, um endlich den so lange hinausgeschobenen Anruf zu erledigen. Zwar konnte ich mir nichts Schlimmeres vorstellen als einen Theaterbesuch mit Heather und Michael, doch der Gedanke, diese Unannehmlichkeit noch weiter hinauszuzögern, war fast ebenso quälend wie der, sie über sich ergehen zu lassen. Außerdem sahen sie wahrscheinlich gern Musicals. Bereits verärgert, wählte ich Heathers Nummer.

Sie antwortete mit tonloser Stimme, was mich noch mehr ärgerte. Schließlich war ich krank gewesen, nicht sie. Warum rief sie mich nie an? Warum mußte immer ich mich um sie kümmern? Warum waren die allen anderen Menschen selbstverständlichen Gedankengänge ihr so völlig fremd?

»Heather?« sagte ich und legte alle Begeisterung in meine Stimme, die ich aufbringen konnte. »Hallo. Tut mir leid, daß ich mich so lange nicht gemeldet habe. Ich hatte Grippe.«

»Ich auch.« Das Schweigen nach dieser Bemerkung klang endgültig, als sei Heathers Grippe durch keine andere zu überbieten.

Da ich ja wußte, wie lange sie brauchte, um aufzutauen, gab ich mitfühlende Töne von mir und fragte sie nach ihrer Temperatur, ihrer Diät, den Maßnahmen, die der Arzt ihr verordnet hatte – wobei mir die ganze Zeit über bewußt war, daß von ihr nie eine Gegenfrage kam. Ihrer einsilbigen Antworten überdrüssig, erkundigte ich mich nach Michael, Dorrie und Oscar. Irgend etwas hielt mich davon ab, auch nach dem Colonel zu fragen.

»Was machst du denn gerade?« fragte ich nach einer weiteren Gesprächspause. »Liegst du im Bett?«

»Nein«, sagte sie. »Ich muß aufstehen, um die Katze zu füttern. Papa hat mir eine kleine braune Katze gekauft. Ich habe sie Phoebe genannt.«

Darauf konnte ich nur wenig erwidern. »Tja«, sagte ich. »Dann hoffe ich, daß es uns beiden bald wieder besser geht. Ich rufe dich nächste Woche wieder an, ja? Vielleicht hast du dann Lust, mit mir auszugehen.«

»Das ist sehr nett von dir«, sagte sie mit derselben merkwürdig tonlosen Stimme. »Aber ich glaube nicht, daß ich in nächster Zeit Lust haben werde, auszugehen. Möchtest du nicht vielleicht zu mir kommen?«

Doch Heathers Wohnung war nicht das irdische Paradies, als das ich Dorries Haus immer empfunden hatte. Ich dachte – wenn überhaupt – stets mit einem gewissen Gefühl der Bedrückung an Heather; ich stellte mir vor, wie sie, völlig von der Außenwelt abgeschnitten, in ihrem grauenvollen blauen Schlafzimmer lag, die glänzende, eisblaue Satindecke bis zu ihrem blassen Gesicht hochgezogen. Sie hatte eine wunderbare weiße Haut, die sich niemals rötete oder veränderte und durch das Fieber wohl höchstens noch blasser geworden war. Widerwillig verspürte ich Mitleid mit ihr. Ich hatte das Gefühl, daß sie zu Hause glücklicher gewesen wäre. Erst eine halbe Stunde später wurde mir bewußt, was für ein paradoxer Gedanke das war; und doch war er mir ganz instinktiv und unwillkürlich gekommen. Heather war ja zu Hause; sie befand sich in ihrer eigenen Wohnung, selbst wenn diese Wohnung aussah, als wäre sie einer illustrierten Beilage entnommen, ein Gemisch aus etwas veralteten Stilvorstellungen. Die königsblauen Handtücher und das französische Porzellan waren in Gebrauch, auch wenn ich sie vor meinem geistigen Auge immer noch unangetastet in ebenso unberührten Schränken aufgestapelt sah. In dieser Wohnung wurde tatsächlich gelebt, obwohl ich sie mir nur leblos, leer und verlassen vorstellen konnte. Die Ehe schien Heather völlig ausgelaugt zu haben, ganz wie Dorrie befürchtet hatte. Verglichen mit ihrem jetzigen Zustand war sie damals, als sie noch schwarze Gewänder trug und voll Begeisterung über Frauenleiden debattierte, eine ausgesprochen dynamische, ihre angeborene Schüchternheit und Ängstlichkeit aktiv einsetzende Person gewesen.

Sie hätte nie von zu Hause fortgehen sollen, dachte ich. Ihre

Heirat war eine Verstiegenheit gewesen. Nicht alle Frauen sind für die Ehe geschaffen. Manche sind in ihrem ursprünglichen, kindähnlichen Zustand durchaus glücklich, für fleischliche Bedürfnisse entweder unempfindlich oder unfähig, sie richtig zu interpretieren und den Lebensweg einzuschlagen, der zu ihrer Befriedigung führt. Nicht alle Frauen sind sich ihrer biologischen Gegebenheiten bewußt genug, um die Impulse ihres Körpers richtig zu deuten und den Partner zu finden, bei dem sie diesen Impulsen freien Lauf lassen können. Soweit ich feststellen konnte, hatte Heather in beiderlei Hinsicht versagt; denn abgesehen von ihrer physischen Empfindungslosigkeit konnte sie doch kaum annehmen, daß ein Mann wie Michael irgendeine ihrer unausgesprochenen persönlichen Lebensvorstellungen erfüllte. Nein, sie hätte niemals heiraten sollen. Sie hätte bei ihren Eltern in der Vorortvilla bleiben und ihr Leben in dem Zimmer verbringen sollen, das ich einmal gesehen hatte und und das sich so sehr von ihrem jetzigen Schlafzimmer unterschied: einem Mädchenzimmer, wie es heutzutage nur noch wenige Mädchen haben, mit geblümten Tapeten und einem Apfelbaum vor dem Fenster. Ein Zimmer von strahlender Sauberkeit, während ich jenes eisblaue Schlafzimmer wie durch einen grauen Nebel, einen Staubschleier, wahrzunehmen schien: Ich glaubte die französischen Fenster weit offen stehen zu sehen, ein unheilschwangerer Wind wehte Regentropfen auf den Teppich und zerrte ungestüm an den Vorhängen, die sich um Tisch und Stuhlbeine wickelten. In dem gespenstischen Licht sah ich ein Paar einsamer Hausschuhe liegen, von denen einer auf die Seite gekippt war. Das wäre ein möglicher Schauplatz für Heathers Krankheit, dachte ich. Ich hatte auch das Gefühl, daß diese Krankheit sie in ihrer zunehmenden Passivität bestärken würde.

Daher war ich nicht sehr überrascht, als Dorrie anrief und mich dringend bat, ich solle Heather besuchen und sie ein wenig aufheitern. Ich erzählte ihr, daß ich selbst krank gewesen sei, woraufhin mir all die mitfühlende Anteilnahme zuteil wurde, die ich bisher vermißt hatte.

»Warum haben Sie mir denn das nicht gesagt, liebe Rachel. Dann wäre ich zu Ihnen gekommen.«

Ich dankte ihr und dachte dabei, daß ich es ganz gut allein geschafft hatte und weitere Beweise ihrer Güte mich bloß dazu verleitet hätten, mich gehenzulassen. Heather dagegen-

war zweifellos in den Genuß all jener Ermahnungen, sich auszuruhen, gekommen, mit denen besorgte Verwandte ihre jungen Schützlinge zu überhäufen pflegen. Doch es schien ihr deshalb nicht besser zu gehen. Ich dachte an meinen eigenen einsamen Kampf gegen die Krankheit und versuchte, mit mir zufrieden zu sein; doch die Anstrengung war zu groß gewesen: Sie hatte mich nicht nur ermüdet, sondern entkräftet. Nun, da es mir besser ging, versuchte ich, das Ganze zu verdrängen, als wäre es eine Verirrung gewesen, die man am besten rasch vergißt, eine Erfahrung, an der ich niemand anderen teilhaben lassen wollte.

Als Dorrie mich drängte, Heather zu besuchen, willigte ich ziemlich lustlos ein, denn ich war seit meiner Grippe noch nicht draußen gewesen, und die Bayswater Road schien sich endlos vor mir auszudehnen, umlauert von unvorhersehbaren Gefahren. Ich fragte mich auch, warum Dorrie nicht selbst bei Heather war; vermutete jedoch, daß das an Heather lag: Vielleicht fürchtete sie, ihre Mutter könnte sich anstekken, oder aber sie war plötzlich erwachsen geworden und hatte erkannt, wie unnatürlich die ständige Anwesenheit ihrer Mutter war. Ich hielt es für überflüssig, zu fragen, in welcher Weise sich Michael um sie kümmerte. Er gehörte wohl zu jenen Männern, die nervös und witzelnd um die Schlafzimmertür streichen, um dann mit den Worten »Nun will ich dich aber nicht länger stören« zu verschwinden. Sicher würde er später mit einem zeremoniellen Blumenstrauß und einer Flasche Wein wiederkommen, sich rasch ein frisches Hemd anziehen und wieder fortgehen: »Ich lasse dich jetzt allein, damit du dich ein wenig ausruhen kannst. Versuch zu schlafen. Mach dir keine Sorgen um mich; ich esse auswärts.« Und dann würde er verschwinden und Heather ihren einsamen Betrachtungen – oder was immer ihren Geist beschäftigen mochte – überlassen. Bestimmt fühlte sie sich ebenso einsam und hilflos wie ich, als ich in meinem kleinen Wohnzimmer saß und mich fragte, was denn mit mir geschehen sei. Und falls Michael die Grippe selbst bekäme, würde er schreckliche Angst haben und niemanden außer seinem Vater in seine Nähe lassen. Mit einer Mischung aus Mitleid und Widerwillen stellte ich mir wieder einmal seine Kindheit vor, die lautstarke, übertriebene Fürsorge seines Vaters, die zu nichts führte, weil sie einer so übergroßen Besorgnis entsprang. Die

Besorgnis ging abwechselnd vom einen auf den anderen über wie der Schwarze Peter in dem Spiel, das wir früher bei Kinderfesten so gern gespielt hatten. Und wenn der Vater jemals krank werden sollte, welch eine Katastrophe! Ich stellte mir den Ausdruck der Entmutigung auf seinem braungebrannten Gesicht vor, das aus dem Mund ragende Fieberthermometer, die geschlossenen Augen. Und ich stellte mir vor, wie Frauen eines gewissen Alters zu ihm eilten, überzeugt, daß ihre Stunde nun gekommen sei, jedoch außerstande, den jammernden, erbarmungswürdigen kleinen Jungen, der am Fußende des Bettes hockte, zu vertreiben. Armer Michael; es schien sein Schicksal zu sein, immer bei irgendwem – möglicherweise sogar bei allen – Abneigung zu erregen. Es mußte doch im Universum irgendeinen Platz für ihn geben; doch anscheinend fanden nur wenige Leute eine vernünftige Daseinsberechtigung für ihn. Selbst Oscar, dieser gütigste aller Menschen, wußte nichts mit ihm anzufangen.

Also machte ich mich, auf etwas unsicheren Beinen, auf den Weg, erfüllt von jener nervösen Gereiztheit, die ich vor einer Begegnung mit Heather immer empfand, zugleich aber erleichtert bei dem Gedanken, daß mich dieser Besuch – zumindest vorläufig – der Verpflichtung entheben würde, mit den beiden auszugehen. Das Gehen ermüdete mich, und der Anblick von Heather, die mit ausdruckslosem Gesicht traurig auf ihrem Sofa saß und mechanisch eine gepflegte, zartgliedrige braune Burmakatze streichelte, war nicht eben erfrischend. Michael, der mir die Tür geöffnet hatte, setzte sich nicht zu uns. Er verschwand vielmehr, sobald er mich ins Wohnzimmer geführt hatte, um kurz darauf den Kopf bei der Tür hereinzustecken und zu sagen: »Ich laß euch beide jetzt lieber allein. Ihr könnt mich sicherlich nicht gebrauchen.«

Ziemlich erschrocken, als müßte ich nun dableiben, bis mich jemand anderer ablösen kam, sagte ich: »Aber ich kann nicht lange bleiben. Ich muß bald wieder gehen. Es ist das erste Mal seit fast drei Wochen, daß ich das Haus verlassen habe.«

»Unsinn«, wehrte Michael mit einem Augenzwinkern und einem wissenden Lachen ab.

»Doch, wirklich, Michael. Ich war selber krank.«

Sofort wurde sein Gesicht ernst vor übertriebener Anteilnahme.

»Ich weiß, ich weiß. Aber jetzt sehen Sie wieder aus wie das blühende Leben. Und ich bin sicher, ihr habt euch eine Unmenge zu erzählen.« Schon wieder diese Illusion, daß wir tatsächlich miteinander sprachen. »Macht euch doch zum Beispiel einen Tee. Ich komme nicht zu spät zurück, Hetty.« Die letzten Worte waren an die Rückenlehne des Sofas gerichtet.

»Bist du heute abend zu Hause?« fragte Heather, ohne sich umzuwenden.

»Wie bitte? Aber natürlich bin ich zu Hause.« Er lachte schallend. »Ich gehe nur ins Büro hinüber, um zu sehen, ob nicht jemand etwas mit mir zu besprechen hat. Und falls Leute da sind, werde ich versuchen, sie so schnell wie möglich loszuwerden. Sind Sie noch da, wenn ich wiederkomme, Rachel?«

Wahrscheinlich nicht, erwiderte ich.

»Na, dann ruf doch eine deiner Freundinnen an. Oder deine Eltern, wenn du dich einsam fühlst.«

Er konnte es offensichtlich nicht erwarten, endlich fortzukommen, und ausnahmsweise hatte ich Verständnis für ihn, denn die Atmosphäre war getrübt, und Heather zeigte kein Verlangen nach Gesellschaft. Irgend etwas war schiefgegangen, und diesmal war ich geneigt, Heather die Schuld daran zu geben. Wie sie mit der Katze auf dem Schoß dasaß, wirkte sie gelangweilt und unnahbar. Ich dachte, daß man sich mehr Mühe geben sollte, wenn man verheiratet war – selbst wenn man gegen seinen Mann eine Abneigung hatte, wie das bei ihr nun allem Anschein nach der Fall war. Obwohl ich ihr das nicht verdenken konnte, schien mir, daß sie die Möglichkeiten ihres neuen Standes ziemlich rasch erschöpft hatte. Sie mußte doch vorher schon gewußt haben, wie er war? Und selbst wenn sie es eben erst entdeckt hätte, könnte sie sich doch ein wenig verstellen?

Heather seufzte. »Papa hat gesagt, er schaut vielleicht später vorbei.«

Das faßte er als Erlaubnis auf, sich zu entfernen. »Na, dann ist es ja gut.« Er beugte sich über die Sofalehne, als wollte er ihr einen Kuß geben, doch sie wandte das Gesicht ab und neigte sich gleich darauf über die kleine Katze, um sie zu küssen. Michael lachte wieder; anscheinend vermochte nichts seine aufreizend gute Laune zu trüben. Er winkte uns zu, ermahnte uns, schön brav zu sein, und fort war er. Ich erinnere mich, daß er einen blaßgrauen Flanellanzug und ein dunkelblaues Hemd trug und darin aussah, als käme er gerade von einer Reise zurück. Sein Gesicht war immer noch sonnengebräunt und von einem rosigen Schimmer überschattet: Er sah durch und durch gesund aus. Die Konsonanten sprach er immer noch sehr undeutlich aus, seine Gesten waren unverändert emphatisch, und hätte er nicht so volles blondes Haar gehabt, hätte ich ihn für einen Ausländer gehalten – etwa für einen Spanier, das schwarze Schaf der Familie, reich, infantil, nicht ganz ernstzunehmen und nirgends so glücklich und so mit sich selbst im Einklang wie in irgendwelchen Unterhaltungsetablissements. In diesem hohen, im schwindenden Licht kalt wirkenden Raum, wo sich in dem Luftzug, der durch ein schlecht schließendes Fenster drang, die Vorhänge leicht bewegten, war er bestimmt nicht in seinem Element. Ich weigerte mich, ihn mir in diesem blauen Schlafzimmer vorzustellen, obwohl ich natürlich Spekulationen über das Intimleben der beiden angestellt hatte, als ich Michael zum ersten Mal sah. Doch dann hatte ich diesen Gedanken beiseite geschoben, und das tat ich auch jetzt noch. Wahrscheinlich hatte er ein eigenes Zimmer, dachte ich, vielleicht jenes blaßgelbe Gästezimmer, in das ich einen flüchtigen Blick geworfen hatte, als Heather mir die Wohnung zeigte. Nun, wenn das das Problem war, mußten sie wohl eine Lösung gefunden haben. Wieder war ich geneigt, Heather die Schuld zu geben. Alles, was ich von ihr wußte, bestärkte mich in dieser Haltung. Ich war der Meinung, daß sie dieses Element aus ihrem Leben ausgeklammert hatte, weil es ein zu großes Hindernis, eine zu große Gefahr für ihren seltsamen, unausgesprochenen Entschluß gewesen wäre, genau so zu bleiben, wie sie war, und ihre sanfte, friedliche Gefühlswelt zu sehr erschüttert hätte. Darum hatte ich auch angenommen, daß sie sich bewußt diesen Partner ausgewählt hatte, weil er sie nicht in einen anderen Menschen verwandeln und verwundbar machen konnte. Eingedenk ihrer Schlauheit hatte ich das sogar für ein kluges Arrangement gehalten, einen Freibrief für sie, sich ungestört in ihr eigenes Innenleben zurückziehen zu können. Obwohl ich dieses Arrangement im Grunde als grotesk empfand, schien es mir doch von einer fortschrittlichen Denkweise zu zeugen. Nun aber hatte es den Anschein, als sei dieses ganze kunstvolle System zusammengebrochen, obwohl ich nicht begriff, warum, denn offenbar hatte sie ja erreicht, was sie wollte. Wahrscheinlich hatte sie nicht damit gerechnet, daß er immer dasein würde. Bei diesem Gedanken spürte ich wieder die alte Ungeduld ihr gegenüber aufsteigen. Manche Frauen gehen der Liebe aus dem Weg – wie ich es selbst tue –, weil sie ihr nicht trauen. Doch diese Frauen, mich selbst nicht ausgenommen, müssen sich der Tragweite ihrer Entscheidung voll bewußt sein. Heather aber war der Aufgabe, diese Frage logisch zu durchdenken, offensichtlich nicht gewachsen.

Da ich selbst sie sehr wohl durchdacht hatte, betrachtete ich ihren Versuch, sich darum zu drücken, mit einer gewissen Geringschätzung. Ich hatte mich mit meinem Los sehr rasch abgefunden – für mich gab es keine schlaflosen Nächte und auch keine Langeweile mehr. Ich hatte mich unverwundbar gemacht und erkannte, daß ich frei war. Doch Heather, dachte ich, als ich sie immer noch reglos dasitzen und mechanisch die kleine Katze streicheln sah, hatte vor der Freiheit Angst gehabt und deshalb den sicheren Hafen der Ehe angesteuert: die Ehe als Schutz, als Alibi, als Tarnung und auf paradoxe Weise auch als Fortsetzung ihres Jungfrauendaseins. Und an ihrem Gesichtsausdruck war nicht abzulesen, daß sie einen verhängnisvollen Fehler gemacht hatte. Sie war ebenso ruhig, wenn nicht noch ruhiger als sonst, aber wer hatte jemals gewußt, was hinter ihrer Stirn vorging? Ihr Gesicht war unverändert ausdruckslos, der Blick ihrer dunklen Augen unbewegt wie immer. Verdrossen saß sie auf ihrem mittelalterlichen Sofa, in einem graugrünen Kleid, das ihr nicht stand. Sie wird bald die gleichen Farben tragen wie ihre Mutter, dachte ich; demnächst wird auch sie zu bedruckten Seidenstoffen übergehen. Ich überlegte, wie ich die Frage anschneiden sollte, die nun wohl im Raum hing. Bist du glücklich? Ist alles in Ordnung? Würden wir nun endlich jenes Gespräch führen, dem wir bisher immer ausgewichen waren?

Nein, ihre träge Bewegungslosigkeit, ihre Konzentration auf die Katze, die nun ihre liebste Begleiterin zu sein schien, ihre Gleichgültigkeit gegenüber allem, was um sie herum vorging, und die Tatsache, daß sie mir noch keinen Tee angeboten hatte, hielten mich davon ab, ein solches Gespräch zu beginnen. Sie hatte mich noch nicht einmal aufgefordert, mich zu setzen; sie ließ mich einfach da stehen, als wäre ich nur gekommen, um mich nach ihrem Gesundheitszustand zu erkundigen, wie der Abgesandte einer ausländischen Macht, der zu einer Audienz empfangen wird. Auch Michael war unschlüssig von einem Fuß auf den anderen getreten, aber er hatte sich deshalb nicht gesetzt, weil er nicht bleiben wollte. Heather dagegen saß wie angewurzelt an ihrem Platz, unverrückbar, als würde sie hier alle anderen überdauern. Ich glaubte, in dieser Haltung die Macht des Besitzes zu erkennen – die Wohnung war von Oscars Geld gekauft worden und lief auf ihren Namen –, doch das paßte nicht zu ihrem Charakter: Sie war, genau wie ihre Eltern, immer von bedenkenloser Großzügigkeit gewesen. Der schmollende Zug um ihren Mund und ihr brütendes Schweigen ließen mich darauf schließen, daß diese Erstarrung nicht nur materielle Ursachen haben konnte. Auch an ihrer Krankheit konnte es nicht liegen, denn sie war nicht blasser als sonst.

»Heather«, sagte ich, »ist alles in Ordnung? Du bist nicht ganz die alte.«

Sie warf mir einen kurzen Blick zu. »Findest du?« fragte sie wenig hilfreich.

»Vielleicht hat dich die Krankheit so erschöpft«, sagte ich, inzwischen ziemlich verärgert, denn schließlich war ich selbst ja auch krank gewesen. »Oder ist irgend etwas nicht in Ordnung?«

»Nicht in Ordnung?« echote sie. »Was um alles in der Welt sollte denn nicht in Ordnung sein?«

»Bist du unglücklich?« fragte ich, nun schon ziemlich außer mir. »Bist du enttäuscht? Gelangweilt? Bereust du etwas?« Mein wachsender Zorn riß mich zu diesen Fragen hin. »Deine Mutter meint offenbar, daß du Aufheiterung brauchst.« Keine Antwort. Erschöpft ließ ich mich in einen Sessel fallen. »Heather, gibt es irgend etwas, das du mir erzählen möchtest? Etwas, das du deiner Mutter nicht sagen kannst?«

Endlich wandte sie mir jenen milden, unbewegten Blick zu, der schon ihre Tanten und Cousinen zur Verzweiflung gebracht hatte. Mir wurde nun bewußt, daß mein Drängen vielleicht etwas unverschämt gewesen war, obwohl Heather so wenig entgegenkommend war, daß man sich immer verleitet, ja sogar berechtigt fühlte, zu weit zu gehen. Ihr Blick versprach nichts, aber sie ließ ihn ein wenig länger auf mir ruhen, als mir angenehm war. Es schien irgendeine vage Andeutung darin zu liegen, doch war sie nicht nahe genug an der Oberfläche, um mir weiterhelfen zu können. Als mein Zorn sich gelegt hatte, fragte ich mich, ob ich sie vielleicht gekränkt oder zumindest aus dem Gleichgewicht gebracht hatte. Doch dazu war ich schließlich hier; dazu war ich von Anfang an dagewesen. Ich versuchte es noch einmal.

»Vielleicht machst du dir über irgend etwas Sorgen«, sagte ich aufs Geratewohl. Dann kam mir ein Gedanke.

»Du erwartest doch nicht etwa ein Baby?«

Bei diesen Worten lachte sie einmal kurz auf.

»Nun, das ist schließlich kein so abwegiger Gedanke«, sagte ich, schon wieder verärgert. »Vielleicht hast du es der Grippe wegen nicht gemerkt.«

»Oh, ich bin sicher, daß ich es merken würde«, sagte sie mit einem Anflug von Ironie. Sie hob die Katze von ihrem Schoß und strich sich den Rock glatt. »Mach dir keine Sorgen, Rachel. Du hast alle Fragen gestellt, die von dir erwartet wurden. Du hast den Auftrag meiner Mutter erfüllt. Mit mir ist alles in bester Ordnung. Und jetzt wollen wir eine Tasse Tee trinken, ja?« Und sie stand auf und verließ das Zimmer.

Das Geheimnis Heathers ließ sich nicht lösen – wenn es überhaupt ein Geheimnis gab. Ich schaute mich in dem kalten Zimmer um und empfand ein Gefühl der Verlassenheit. In dem grauen Licht, das durch die Fenster sickerte, wirkten die grünen Möbel düster. Wenn ich statt des kleinen weißen Bunkers, den ich als mein Zuhause bezeichnete, ein solches Zimmer gehabt hätte, hätte ich alle Lampen angeknipst, den Kamin angezündet und die Vorhänge zugezogen. Wie immer wußte ich Luxus bei anderen Leuten zu schätzen, ohne selbst danach zu streben. Ich richtete das schreckliche Schlafzimmer im Geiste neu ein und belebte es mit einer rotgemusterten Tapete und leuchtenden Farben. An Heathers Stelle hätte ich mich in die freundliche, von Dorrie liebevoll und sachkundig eingerichtete blaußweiße Küche gesetzt und mit Michael Pläne für eine Spanienreise geschmiedet. Auch wenn er als Ehemann nicht begehrenswert war, konnte er doch bestimmt ein recht brauchbarer Reisebegleiter sein. Ein fröhlicher Begleiter vor allem, denn er besaß jene gute Laune für alle Gelegenheiten, die man fern von zu Hause so gut gebrauchen kann. Mir wurde klar, daß er vielleicht auch unglücklich war, da Heather ihm nicht jene liebevolle Besorgnis entgegenbrachte, mit der sein Vater ihn überhäufte und in der er sich so geborgen gefühlt hatte. Doch da er ohnehin den verborgenen Stempel eines heimlichen persönlichen Unglücks trug – das Unglück eines Kindes in einer von unzuverlässigen Erwachsenen bevölkerten Welt –, empfand er das wohl nicht als Unglück, sondern eher als Unannehmlichkeit, Langeweile, Ruhelosigkeit. Er war nicht böswillig. Was ihm fehlte, war jemand, der ihn anleitete, jemand, der seine Gedanken las und ihn dadurch der Mühe enthob, sie selbst zu lesen. Doch würde er sich an einem Ort, wo die Natur günstige Voraussetzungen bot – Sonne, Wein, ein gutes Klima für menschliche Umgangsformen und gute Laune –, nicht vielleicht von einer besseren Seite zeigen als hier in dieser eleganten Wohnung mit den zu neuen Möbeln und dem düsteren englischen Novemberhimmel vor den Fenstern?

In Heathers letzter Bemerkung hatte ein für sie uncharakteristischer ironischer Unterton mitgeschwungen, der mit den euphorischen Vorstellungen ihrer Mutter unvereinbar war. Arme Dorrie – sie hatte diese Heirat immer als Geschenk eines nachsichtigen Schicksals betrachtet und akzeptiert; sie bemerkte nichts von der Veränderung, die inzwischen eingetreten war, und war überzeugt, daß diese Ehe menschlich unter ebenso günstigen Vorzeichen stand wie materiell. Oscar, der von Anfang an seine Vorbehalte gehabt, sie aber heroisch für sich behalten hatte, würde es sicherlich noch weniger überraschen als mich, daß diese Ehe offenbar bereits am Ende war. Diese Übereinstimmung bereitete mir ein leises Unbehagen, denn ich hatte das Gefühl, daß Heathers Eltern, so bewundernswert ihre Haltung auch war, ihrer Tochter gegenüber doch etwas weniger nachgiebig sein sollten; sie hätten ihre Unfähigkeit, ihren Mann zu ertragen, nicht einfach hinnehmen, sondern sie wegen ihres kindischen Verhaltens zurechtweisen sollen – kurzum: Sie hätten dafür sorgen sollen, daß Heather sich zusammennahm. Sie legte Michael gegenüber ein Desinteresse an den Tag, das an Langeweile grenzte; und doch hätte sie mittlerweile erkennen müssen, daß er mehr von ihr brauchte, vielleicht zu viel – aber nicht so viel, daß es diese niedergeschlagene Miene, diese ausschließliche Konzentration auf die Katze gerechtfertigt hätte. Was er brauchte, war in allererster Linie Schutz und außerdem die Möglichkeit, sich zu amüsieren. Soweit ich sehen konnte, war das kein ausreichender Grund, daß Heather schmollte. Aber natürlich war immer sie die Behütete gewesen, hatte Kind bleiben dürfen, so lange sie wollte, und dann hatte man ihr zu gegebener Zeit die entsprechenden Erwachsenenspielzeuge geschenkt. Sie tat mir leid, zugleich aber ging sie mir auf die Nerven. Es war unmöglich, kein Mitleid mit diesem Geschöpf zu haben, das mit ausdruckslosem Gesicht auf dem Sofa saß, wie in der Wartehalle eines verlassenen Bahnhofs, von dem der Zug, auf den sie wartete, bereits abgefahren war. Doch gleichzeitig hatte ich Lust, sie zu packen und zu schütteln. Weißt du denn nicht, hätte ich am liebsten gesagt, daß viele Frauen dich beneiden würden um dein Zuhause, ja sogar um deinen Mann? Was verlangt man denn schon von dir außer ein bißchen Toleranz? Michael ist vielleicht nicht der aufregendste Mann der Welt, aber wenn man ihm Gelegenheit dazu gäbe, könnte er wahrscheinlich recht liebenswürdig sein. Ich sah jedoch ein, daß es keinen Zweck hätte, so etwas zu sagen, denn eine so verzärtelte junge Frau wie Heather würde auf meine Kritik bloß ungehalten reagieren. Sie sehnte sich vielmehr nach Anteilnahme, die ihr ohne Zweifel auch zuteil wurde, vor allem seitens ihrer Eltern. Ich spürte eine Woge des Widerwillens gegen sie und alle Frauen ihres Schlages in mir hochsteigen – Frauen, die zum Vergnügen arbeiten, aus Standesgründen heiraten und dann auch noch trostbedürftig sind. Dafür gibt es nur einen Entschuldigungsgrund, nämlich unverbesserliche Frivolität. Doch Heather war nicht einmal frivol.

Das Geräusch eines Schlüssels im Schloß ließ mich zusammenzucken: Michael kam zurück, und ich wollte ihm nicht gegenübertreten. Doch es war Oscar, der ins Zimmer trat. Er wirkte noch niedergeschlagener als bei unserer letzten Begegnung. Als er mich begrüßte, trat ein wachsamer Ausdruck in seine Augen – jener Ausdruck, mit dem er Heather immer betrachtete.

»Meine liebe Rachel«, sagte er. »Wie nett, daß Sie gekommen sind.« Er hob die kleine Katze hoch und begann sie zu streicheln, ohne jedoch den Blick von meinem Gesicht abzuwenden. »Und worüber habt ihr beiden euch unterhalten?«

»Eigentlich über gar nichts«, sagte ich. »Ich glaube, wir sind beide noch zu erschöpft von unserer Krankheit. Vielleicht wird eine Tasse Tee uns wieder zum Leben erwecken. Heather ist gerade in der Küche und macht welchen.«

Seine Gegenwart bedrückte mich, als hätte ich meine Pflicht ihm gegenüber versäumt. Doch er lächelte freundlich, schien sich zu entspannen und setzte sich mit der Katze auf dem Schoß in einen Sessel. Das Geräusch von Löffeln, die auf die Teller offenbar nicht gelegt, sondern geworfen wurden, kündigte eine Rückkehr zur Tagesordnung an.

»Ja, diese Grippe ist eine unangenehme Sache. Wahrscheinlich brauchen Sie Urlaub. Sie waren diesen Sommer gar nicht fort, nicht wahr? Sie wissen ja, daß Sie jederzeit in unserer Wohnung in Spanien wohnen können, wenn wir nicht dort sind.«

»Vielleicht sollte Heather fahren«, sagte ich. »Aber was macht sie dann mit ihrem Geschäft?« Wie machte sie das überhaupt mit ihrem Geschäft, fragte ich mich, wenn sie auf Hochzeitsreise fuhr oder andere lange Reisen unternahm?

»Oh, hat sie Ihnen das nicht erzählt? Sie hat einen Geschäftsführer gefunden, einen sehr netten Kerl. Nennt sich Jean-Pierre, stellen Sie sich vor. Aber sonst ist er völlig normal. Sie hat ihn zu ihrem Geschäftspartner gemacht und eine Gesellschaft gegründet – dafür habe ich gesorgt. Dadurch hat sie jetzt viel mehr Freiheit. Und sie hat volles Vertrauen zu ihm. Sie wird sich jetzt nur noch um den Einkauf kümmern.«

»Das ist wirklich eine gute Idee«, sagte ich. »Dann sollte sie vielleicht nach Spanien fahren. Die letzten Sonnentage genießen.«

»Vielleicht tut sie das auch. Aber nächste Woche fliegt sie nach Mailand, um sich die neuen Kollektionen anzusehen. Hat sie Ihnen das nicht erzählt? Und ich habe sie überredet, anschließend ein paar Tage in Venedig zu verbringen. Sie hat doch diese italienische Freundin, Chiara. Ich dachte, ein Wochenende im Gritti könnte ihr Spaß machen.«

Natürlich ist das Leben einfach, wenn man im Geld schwimmt, dachte ich und schämte mich gleich darauf ein wenig, denn wenn ich es mir leisten könnte, hätte ich wahrscheinlich das gleiche getan. Aber der arme Michael schien nicht viel mitzureden zu haben. Ich war verblüfft, wie rasch und mühelos Heather und ihr Vater ihn ausgeschlossen hatten. Ich entdeckte an Oscar ein unkluges, allzu offenkundiges Bestreben, seine Tochter ihrem Mann zu entfremden.

»Und wird Michael auch mitkommen mi den zwei Mädchen?« Ich hatte das Gefühl, das sagen zu müssen, so als brauchte der arme Kerl einen Anwalt, als würden hinter seinem Rücken Pläne geschmiedet, von denen er keine Ahnung hatte.

»Oh, ich glaube, er hat geschäftlich in Spanien zu tun«, erwiderte Oscar geistesabwesend und strich immer noch mit rhythmischen, gleichmäßigen Bewegungen am Rückgrat der Katze entlang. »Ich glaube, sie wollen beide zur selben Zeit verreisen. Ah, da ist sie ja. Wie geht es dir, Liebes?«

In Gegenwart ihres Vaters entspannte sich Heathers Gesichtsausdruck ein wenig. Sie hatte Tee zubereitet, doch der Kuchen sah wie von Dorrie gebacken aus. Sie waren wirklich krankhaft unzertrennlich, dachte ich. Aber vielleicht ist das der Fluch aller glücklichen Familien, ein Fluch, dessen sie sich nicht bewußt sind, den aber alle Außenstehenden zu spüren bekommen. Bestimmt würde Heather sich nie von ihnen lösen können, sich vielleicht niemals lösen wollen. Unvermittelt begann Oscar über meinen Plan zu sprechen, die Wohnung und Eileen Somers' Anteil an der Buchhandlung zu kaufen, was für mich – obwohl es eindeutig eine vernünftige Idee war – einen zähen, langwierigen Kampf bedeuten würde. Ich würde ein Dahrlehen aufnehmen müssen und, soweit ich absehen konnte, den Rest meines Lebens dazu brauchen, es zurückzuzahlen. Doch die Wohnung gefiel mir – zumindest, solange ich sie nicht mit etwas Besserem verglich –, und ich liebte mein Geschäft. Nur in schwachen Momenten, so wie jetzt, wünschte ich mir, mein Leben wäre nicht ganz so vernünftig.

In Gegenwart ihres Vaters verwandelte Heather sich wieder in die hingebungsvolle, ruhige und fügsame Tochter von ehedem. Ihr Gesichtsausdruck war vielleicht – ebenso wie der Oscars – ein wenig verschlossener geworden, doch die beiden schienen beieinander Zufriedenheit und Geborgenheit zu finden. Ich wartete schon fast darauf, daß Oscar sagte: »Wo ist deine Mutter?« Ja, wo war sie eigentlich?

»Wie geht es Dorrie?« fragte ich, neuerlich als Anwalt der Abwesenden.

»Sie ist ein bißchen müde«, antwortete Oscar. Er setzte die Katze auf den Boden und nahm von Heather eine Tasse Tee entgegen. Damit schien auch dieses Thema beendet zu sein.

Ich verabschiedete mich, sobald der Anstand es erlaubte. Ihre komplizenhafte Verbundenheit entmutigte mich. Ich hatte das Gefühl, daß Oscar hier eine Beschützer- oder Trösterrolle spielte, die mir nicht ganz geheuer war. Ich hatte keinerlei Erfahrung mit Beziehungen dieser Art, da mein Vater starb, als ich noch sehr jung war, aber ich konnte mir nicht vorstellen, daß ich mich so verhalten hätte wie Heather. Ich war schon immer der Meinung gewesen, daß Erwachsene sich in dieser Hinsicht souverän im Hintergrund halten sollten, und fand, daß Oscar sich allzusehr in Heathers häuslicher Leben hineinziehen ließ, allzu ängstlich über sie wachte, allzusehr ihr Vertrauter war. Allein bei der Vorstellung wurde mir übel, als würden nun alle Geheimnisse des bösen Michael bloßgelegt. Doch im Grunde war er ein Mensch ohne Geheimnisse, nicht klug genug, sein kindisches Wesen zu verbergen. Obwohl ich ihm gegenüber Abneigung und Mitleid empfand, widerstrebte mir die Vorstellung, daß er hintergangen wurde, gerade weil er so dumm und unschuldig war.

Ich eilte heimwärts, weniger gestärkt als von Empörung vorwärtsgetrieben, aber diese Empörung gab mir etwas von meiner Kraft zurück. Meine willenlose Zustimmung zu all diesen Kriegslisten, meine Rolle als zusätzliche Beschützerin brachten mich allmählich in Wut. Ich sah plötzlich klar voraus, daß diese Situation nicht ewig fortdauern konnte und daß ich, wenn sie mir nicht mehr paßte, entweder gehen oder aber meine Karten auf den Tisch legen mußte. Jedenfalls hatte ich genug von Heather, die meine Geduld nun schon allzulange auf die Probe gestellt hatte. Wenn sie nicht reif genug war, um für ihre eigene Ehe geradezustehen, sollte sie alles daransetzen, sich erst einmal ein wenig gesunden Menschenverstand zu erwerben.

Das Ganze ist eine Geldverschwendung gewesen, dachte ich und überschlug gleichzeitig meine eigenen Einnahmen und Ausgaben. Oscar hatte versprochen, sich meine Geschäftsbücher anzusehen. Diese Romantiker mit ihren aufwendigen Hochzeiten und ihren fürstlichen Aussteuern, die kaum einen Gedanken an die manchmal bitteren Enttäuschungen verschwenden, die sie danach erwarten, so als müßte die Illusion um jeden Preis aufrechterhalten werden, weil kein Paar ohne dieses Beiwerk der Wirklichkeit gewachsen wäre. Diese Überlegungen hatten den nützlichen Nebeneffekt, daß ich mich in meiner Unabhängigkeit, meinem abenteuerlichen Alleingang, meiner illusionslosen Ansicht über das menschliche Leben bestärkt fühlte. Ich würde meine eigenen vernünftigen Pläne weiterverfolgen und, sobald ich zu Hause war, Robin zu einem Drink einladen und unsere künftige Partnerschaft mit ihm besprechen. Soweit ich sehen konnte, würde diese Lösung perfekt funktionieren: es war dazu nicht mehr erforderlich als ein wenig Planung, ein wenig Energie, ein wenig guter Wille. Nach den gegenstandslosen Gesprächen am Nachmittag wandte ich mich erleichtert diesen Aussichten zu.

Robin wollte gerade schwimmen gehen, als ich ins Geschäft zurückkam. Natürlich versuchte er, mich zum Mitgehen zu überreden – das würde er wohl nie aufgeben –, doch er ließ sich bereitwillig von seinem Vorhaben abbringen, als ich ihm erklärte, ich wolle etwas mit ihm besprechen, etwas, das unsere Zukunft betreffe. Ob er nach dem Schwimmen noch auf einen Drink zu mir kommen wolle? Ober sollten wir uns lieber anderswo treffen? Wie wäre es mit dieser merkwürdigen Bar, in die er mich einmal mitgenommen hatte, die mit den Rettungsringen und den Kellnern in Uniformjacken? Die Mauretania?

»Titanic«, verbesserte er mich. »In Ordnung. Treffen wir uns dort gegen sieben.«

Ich war zuerst da und mußte auf ihn warten.

Ich setzte mich an die Bar und bestellte mir einen Fruchtsaft, fürchtete dann aber, das könnte allzu eindeutig wirken oder vielmehr eindeutig wirken, ohne daß ich eindeutige Absichten gehabt hätte, und setzte mich an einen Tisch in der Nähe des Eingangs. Während ich mit dem Rücken zum Raum an der Bar saß, hatte das Lokal sich gefüllt; Gelächter und Zigarettendunst verliehen ihm die Atmosphäre einer alten Stammkneipe, obwohl es erst vor kurzem eröffnet worden war. Gelangweilt beobachtete ich eine gedrängt sitzende Gruppe von Leuten, die offensichtlich irgend etwas feierten – wahrscheinlich einen Geschäftsabschluß, denn es waren lauter Männer. Der Rücken eines Mannes in einem perlgrauen Flanellanzug kam mir irgendwie bekannt vor, doch erst als der Mann sich umdrehte, erkannte ich Michael. Er war übermütig und ausgelassen wie immer und warf ständig laut lachend seine Löwenmähne zurück. Mein Anblick schien ihn nicht im mindesten aus der Fassung zu bringen. Er machte keine Anstalten, an meinen Tisch zu kommen, rückte aber ein wenig von seiner Gruppe ab, hob die Hand und zwinkerte mir wie üblich zu. Dann senkte er die Augen, und da sah ich im hellen Schein eines Lichtspots, daß seine Lider blau geschminkt waren. Als er wieder zu seinen Freunden rückte und neuerlich in lautes Gelächter ausbrach, erkannte ich, daß auch der rosige Glanz seiner Lippen und Wangen nichts mit der spanischen Sonne zu tun hatte, sondern auf näherliegende Hilfsmittel zurückzuführen war.

7

Mein erster Gedanke war, daß Dorrie es niemals erfahren durfte. Die anderen wußten es vermutlich schon. Heather hatte es auf ihre gleichgültige Art und Weise herausgefunden, und sicherlich schwebte das Geheimnis irgendwo in jenem eiskalten Schlafzimmer; ich sah Michael im Geist vor mir, wie er sich im Licht der großen, nach Norden hinausgehenden Fenster für seine abendlichen Ausgänge zurechtmachte, wobei das erbarmungslose, gleichmäßige helle Licht ihn geradezu ermutigte, seiner Erscheinung ein wenig Farbe hinzuzufügen. Sicherlich hatte Heather es ihrem Vater erzählt; denn zweifellos traute sie ihm zu, das Problem zu lösen, den Knoten zu entwirren, ihr diesen so unbequemen Ehemann, bei dem man nicht genau wußte, ob er ein Schwindler war oder nicht, vom Hals zu schaffen. Woher wußte ich es eigentlich? Mir war noch nie ein Mann mit dieser kleinen Abweichung begegnet. Der Colonel hatte es natürlich schon immer gewußt; daher die Besorgnis, die so auffallend an seiner väterlichen Beziehung zu Michael war. Nun hatte ich das Gefühl, daß sein Verhalten vor der Heirat ein Ausdruck von Verzweiflung gewesen war; seine Erleichterung bei der Hochzeit und seine Flirtversuche während Michaels und Heathers Abwesenheit empfand ich als obszön. Aber Dorrie hatte keine Ahnung, da war ich mir ganz sicher. Dorrie bildete sich immer noch ein, daß ihre Tochter glücklich verheiratet war, sich nun an ihr neues Leben »gewöhnte« und von diesen Anstrengungen vielleicht ein wenig »ermüdet« war. Absonderlichkeiten dieser Art hatten keinen Platz in Dorries Weltbild, in dem alles zum besten stand, Geduld stets belohnt wurde und man letzten Endes alles bekam, wenn man nur darauf wartete – und natürlich lohnte es sich, auf das höchste Glück zu warten. Also mußte Dorrie vor dem für sie Unverständlichen ebenso beschützt werden wie vor allem anderen auch. Ich würde keinem von ihnen etwas sagen. Jeder von uns mußte die Bürde dieses Geheimnisses für sich allein tragen.

Ich verließ die Bar, ohne auf Robin zu warten, und nahm mir vor, am nächsten Tag im Geschäft mit ihm zu reden. Ich fühlte mich erniedrigt und peinlich berührt, als habe diese

Enthüllung mich persönlich getroffen. Draußen auf der Straße, wo ich mich sicherer fühlte, errötete ich, als ich an Michaels kindische Ausgelassenheit dachte. Mich kränkte vor allem die Inkonsequenz seines Verhaltens: Es schien ihm gar nichts auszumachen, daß ich ihn entlarvt hatte; er hatte eifrig weitergelächelt und mir zugezwinkert, als wären wir die besten Freunde. Ich fragte mich, ob er vielleicht tatsächlich verrückt war oder ob das eine besondere Raffinesse der Touristikbranche war, ein Versuch, andere davon zu überzeugen, wie günstig sich ein Leben in der Sonne auswirkte. Doch wie immer man es auch erklären mochte – er würde gehen müssen. Das war mir nun völlig klar. Selbst wenn es Heather gelingen sollte, sich mit wahrhaft unerschütterlicher guter Miene zu wappnen, konnte man nicht von ihr erwarten, daß sie eine solche Farce tolerierte. Die Art und Weise, wie diese Heirat arrangiert worden war, hatte etwas seltsam Bedrohliches an sich gehabt, als spielte das Opfer – in diesem Fall Heather – überhaupt keine Rolle; es kam nur darauf an, eine Tarnung für diesen unverbesserlichen kleinen Jungen zu finden, damit er seine kleinen Spielchen unter dem Deckmantel der Schicklichkeit genießen konnte. Ich fragte mich, ob ich, oder einer von uns, irgendwelche Anzeichen übersehen hatte. Doch als ich zurückblickte, konnte ich mich nur an den schrecklichen Eifer erinnern, mit dem diese Angelegenheit betrieben worden war. Und Dorrie war ebenso eifrig darauf bedacht gewesen wie der Colonel; das sah ich nun ganz deutlich. In ihrem Bestreben, ihre Tochter in jenen langersehnten Zustand zu bringen, den sie als das höchste Glück betrachtete, machte es ihr nicht allzuviel aus, daß der Bräutigam von ziemlich minderwertiger Qualität war. Dorrie ließ sich leicht überzeugen: Ihre Einkaufsexpeditionen waren der beste Beweis dafür. Und da sie alle Fehler sich selbst zuschrieb (»Ich hoffe, ich habe das Richtige getan«), würde sie zweifellos jede kleine Befürchtung, die sich vielleicht in ihr regte, unterdrükken, ehe sie ihr überhaupt zum Bewußtsein kam.

Und Oscar konnte es nicht gewußt haben. Die instinktiven Einwände, die er gegen Michael gehabt haben mochte, und sein Widerwille gegen Michael als Mann waren sicherlich sehr vager, allgemeiner Art gewesen, denn sein bisheriges Leben hatte ihn nur auf Probleme vorbereitet, die einfach und logisch waren und sich mit Geduld und guter Laune lösen ließen – Eigenschaften, die zu seinem Beruf gehörten. Männer wie Oscar sprachen nie über Sex, geschweige denn über sexuelle Absonderlichkeiten oder Verirrungen; schon die Vorstellung, solche Themen ans Licht der Öffentlichkeit zu zerren, hätte ihn mit starkem Widerwillen erfüllt. An den Abenden, die wir gemeinsam im Theater verbrachten, war mir sehr rasch klargeworden, daß er sich nur im Reich der edlen Leidenschaften wohl fühlte. Ihn rührte die Vorstellung von der großen, unerfüllbaren Liebe – jener Art Liebe, für die Königreiche geopfert werden und die sich am Ende vielleicht als verhängnisvoll erweist. Mein nachhaltigster Eindruck von jenen Abenden in der Oper war die Innigkeit, mit der er und Dorrie sich bei den Händen hielten, wenn eine solche Liebe verherrlicht wurde – als könne man ihr unter gar keinen Umständen widerstehen oder sie gar ablehnen. Sie waren für ihr Alter merkwürdig romantisch. Bei aller Freude, die Dorrie an Hochzeiten hatte, und all dem Stolz, den sie bei Heathers Verlobung empfand, war es doch die wahre Liebe, die ihrem Leben Halt und ihrem Gesicht einen Ausdruck reifer Erkenntnis gab. Sie war von der Unentrinnbarkeit dieser Liebe überzeugt – trotz aller warnenden Anzeichen.

Der feierliche Ernst, mit dem sie dieses Spektakel romantischer Leidenschaft aufnahmen, hatte mich milde gestimmt und belustigt. Denn für mich war es ein Spektakel, sowohl auf der Bühne als auch im wirklichen Leben: etwas Archaisches und Unkontrollierbares, Beunruhigendes und Verheerendes, und einer solchen Leidenschaft zu erliegen, war für mich ein freiwilliger Schritt zur Selbstzerstörung. Als ich an diese großen opernhaften Gefühle dachte, zitterte ich einen Augenblick lang unwillkürlich, und mir war, als löste ich mich innerlich auf – es war das gleiche Gefühl, das ich auch hatte, wenn ich mich den ertränkenden Fluten meiner Träume hingab. Ich zweifelte nicht daran, daß ich es in Wirklichkeit ebenso grauenvoll empfinden würde wie jenen Aufruhr, jenen heftigen bedrohlichen Wirbel, der mich damals so erschreckt hatte, als ich ein einziges Mal zugestimmt hatte, Robin in seinen Fitneßclub zu begleiten, und in jenes blaue Wasser voller Chemikalien eingetaucht war, als sei ich dazu verurteilt, ihn zufriedenstellen zu müssen. Das war ein Fehler gewesen, den ich nie wieder machen würde.

Ich erkannte, daß ich bei dem, was als nächstes kommen

mußte, keinerlei Rolle zu spielen hatte. Wenn Heather sich entschlossen hatte, nicht mit mir zu sprechen, sich mir nicht anzuvertrauen, gab es für mich keine Möglichkeit, sie wissen zu lassen, daß ich ihr Geheimnis entdeckt hatte. Ich war es ihrem Stolz schuldig, so zu tun, als wisse ich von nichts und sei völlig unbeteiligt. Und ich wußte auch nicht, wie ich ihr hätte behilflich sein können – abgesehen davon, daß ich an ihrem Dilemma Anteil nahm. Um die Wahrheit zu sagen: Ich war genauso ratlos, wie wahrscheinlich sie selbst; man sollte die Ehe annullieren lassen, dachte ich vage; aber ich zweifelte nicht daran, daß der Colonel dieser Maßnahme heftigen Widerstand entgegensetzen würde. Und Michael würde sich natürlich von seinem Vater leiten lassen. Das alles hätte unweigerlich peinliche Unannehmlichkeiten zur Folge, denn viele Leute würden eine Erklärung verlangen. Ich sah schon vor mir, wie Dorries Schwestern wieder die Oberhand gewinnen würden; natürlich wären sie über dieses Unglück aufrichtig entsetzt, würden sich aber insgeheim doch recht leicht damit abfinden, denn das gab ihnen ihre unschuldige kleine Schwester wieder, hilfs- und schutzbedürftig, wie sie es immer gewesen war. Wurden die Hochzeitsgeschenke im Falle einer Annullierung zurückgegeben, oder durfte der Empfänger sie behalten, als brauche oder verdiene er eine Art Trostpreis? Ich sah schon alle möglichen Demütigungen auf die Livingstones zukommen. Und doch konnte man diese Heuchelei nicht aufrechterhalten. Auch wenn Heather den Eindruck erweckte, als gleite alles von ihr ab, konnte man nicht von ihr erwarten, daß sie diese Gemeinheit, diese Beleidigung hinnahm. Ich war um ihretwillen empört. Hielten die Sandbergs sie für so dumm, daß sie nicht merkte, was los war, oder – noch ärger – daß es ihr nichts ausmachte? Ich konnte mir kein roheres Verhalten einer Frau gegenüber vorstellen als diese Gleichgültigkeit, diese gemeine Nichtachtung der Gefühle. Was auch immer Frauen sich von Männern gefallen lassen – Gleichgültigkeit sollten sie niemals dulden. Jede Preisgabe ihrer innersten Geheimnisse ist da besser. Dieser Gedanke überraschte mich, denn normalerweise bin ich eher unversöhnlich; doch ein paar Sekunden lang identifizierte ich mich so völlig mit Heather und ihrer sanften Erziehung, daß ich die Tochter war, die jene Vorortvilla, jenes jungfräuliche Schlafzimmer mit dem Apfelbaum vor dem Fenster verlassen hatte und nun unter trostlosen Umständen in dieser pompösen Wohnung saß, die Hochzeitsgeschenke immer noch unangetastet in den Schränken und die kleine Katze namens Phoebe als einzige Gesellschaft.

Jetzt nahm ich es Heather nicht mehr übel, daß sie sich ihrem Vater anvertraut hatte. Ich hatte Mitleid mit den beiden, die nun in einem Gefühl völliger Aufgelöstheit, Hilflosigkeit und – noch schlimmer – Verlegenheit sein mußten. Mir war klar, daß es für Vater und Tochter nicht gut ist, unter solchen Umständen miteinander umzugehen, und daß das ihre Beziehung für eine Weile – vielleicht für immer – beeinflussen würde. Mir fiel kein Ausweg aus diesem Dilemma ein. Solche Dinge passieren ja in der Regel nicht. Es war geradezu unvorstellbar, unter solchen Umständen seine Unschuld einzubüßen. Und ich sah voraus, daß Heather ihre Unschuld nicht wiedergewinnen würde, wenn ihr nicht etwas völlig Unerwartetes widerfuhr; wenn sie blieb, wie sie war, würde ihr ihr Leben lang ein Makel anhaften. Die Vorstellung, wie sie versuchen würde, ein normales Leben zu führen, wieder in ihr Geschäft zu gehen, obwohl es dort jetzt herzlich wenig für sie zu tun gab, seit sie Jean-Pierre eingestellt hatte, oder die Zeit mit ihrem Ehemann abzusitzen, tat mir weh. Bezeichnenderweise hatte der Colonel begonnen, sich rar zu machen: Ich konnte mir ausmalen, wie er sich wie ein Räuber auf Zehenspitzen vom Schauplatz schlich. Zweifellos würde er zurückkehren, wenn er spürte, daß Schwierigkeiten bevorstanden. Unter »Schwierigkeiten« verstand er zweifellos jeden Versuch der Wiedergutmachung jenes Unrechts, zu dem er beigetragen hatte. Und Michael würde angesichts dieser Schwierigkeiten natürlich eine lächelnde Ahnungslosigkeit zur Schau tragen. Eine der Hauptschwierigkeiten bei Gesprächen mit Michael war es schon immer gewesen, ihn dazu zu bringen, ernst zu sein. Er sprach in Klischees, und zweifellos war es ihm durch irgendeinen psychischen Trick auch gelungen, in Klischees zu denken. Von Michael konnten die Livingstones sich keinerlei Aufklärung oder gar Unterstützung erhoffen; er würde seine undifferenzierte Liebenswürdigkeit so lange beibehalten, bis ihm wirklich die Entlarvung oder – was noch wahrscheinlicher war – die Vertreibung drohte. Dann würde er augenblicklich in hysterische Panik ausbrechen. Sich mit ihm auseinanderzusetzen, wenn er in diesem Zustand war, würde noch schwieriger sein als der Versuch, seine gewohnte strahlende Gleichgültigkeit zu durchbrechen. Und doch empfand ich immer noch einen Anflug von Mitleid für ihn und sein schreckliches Leben. Ich stellte mir sein verängstigtes Gesicht vor, wie ich es in Wirklichkeit nie gesehen hatte – oder nur in jenem nebelhaften Raum, in dem sich alle meine Visionen abspielten. Und ich stellte mir vor, wie er wieder mit dem Colonel zusammenleben und ihn in seinem Lebensstil einengen würde. Die Freundinnen des Colonels würden nicht gerade begeistert darüber sein. Alle würden ihr Gesicht verlieren. Es war nicht zu ertragen. Aber die einzige Alternative bestand darin, so weiterzuleben, als ob nichts geschehen wäre. Auch das war nicht zu ertragen. Es gab keinen Ausweg.

Ich erinnere mich noch, daß das Wetter sich um diese Zeit drastisch verschlechterte, wie wenn es Anteil hätte nehmen wollen. Jeden Morgen beim Erwachen hörte ich das Glucksen des Regenwassers, das durch ein Loch in der Regenrinne in einen mit Blättern verstopften Gully floß; bei dem Geräusch dieser ununterbrochenen, heimtückischen Wasseransammlung, dem Gedanken an die Pfütze, die sich unweigerlich bilden und in die ich würde hineinfassen müssen, überfielen mich die üblichen Angstschauer. Als mein kleiner Hof schließlich schon nahezu überschwemmt war, mußte ich Robin bitten, es zu tun. Ein grauer Nebel feiner Regentropfen verschleierte den Blick auf die Straße, und wir saßen den ganzen Tag bei angeschaltetem Licht in der Buchhandlung. Die wenigen Kunden, die kamen, machten den Boden mit ihren tropfenden Regenschirmen naß. Wir mußten ständig aufwischen und hatte alle Hände voll zu tun, die Ware vor nassen Händen und Ellbogen zu schützen. Dieses Wasser, das mich daran hinderte, das Haus zu verlassen und mich wohl zu fühlen, brachte mich zur Verzweiflung; ich hatte das Gefühl, daß meine Augenlider aufquollen, meine Sicht sich trübte, meine Beine steif wurden und meine Fußgelenke anschwollen, als hätte ich ein körperliches Leiden – eine Allergie gegen dieses pausenlos vom Himmel herabrinnende Wasser, das mich träge und für jede Tätigkeit unfähig machte. Ich beschloß, mir einzureden, dieses Wetter mache alle gesellschaftlichen Aktivitäten unmöglich und alle Menschen seien in dieser Situation so unbeweglich wie ich. So gelang es mir, das schlechte Gewissen zu beruhigen, das mich plagte, weil ich nichts von mir hören ließ. Ich wußte, daß mein Mitgefühl für Heather mich eigentlich dazu veranlassen sollte, irgend etwas zu unternehmen, vielleicht eine Einladung auszusprechen, selbst wenn Heather sie – wie zu erwarten war – mit düsterem Gesicht zurückweisen würde; doch fiel mir beim besten Willen nicht ein, wie ich ihr behilflich sein konnte, solange die Wahrheit unerforscht zwischen uns lag; und ich hatte nicht die Geduld, zu warten, bis sich ihre Angst in meiner Gegenwart legte. Ich war immer ein wenig grob mit ihr, als könne ich sie auf diese Weise beleben, doch es gelang mir nie. Vermutlich fehlte es mir an Sanftmut; vielleicht tat sich recht daran, mir nicht zu trauen. Mir war elend zumute, als ich dieser Wahrheit ins Gesicht sah. Ich hatte das Gefühl, die Freundschaft eines Menschen unter Vorspiegelung falscher Tatsachen angenommen zu haben. Und doch war ich nicht überzeugt davon, daß Heather mich je wirklich als ihre Freundin betrachtet hatte. Irgendwie war ich fast sicher, daß sie mich nicht mochte. Ich glaube, sie verurteilte mich, hielt mich für oberflächlich und zu selbstgefällig. Obwohl ich mich ihr nie anvertraut habe, bin ich ziemlich sicher, daß sie eine ganze Menge über mich wußte; und das, was sie wußte, begeisterte sie nicht. Heather war schlau und behielt ihre Meinung für sich. In vielerlei Hinsicht wäre sie eine sehr verantwortungsbewußte Erwachsene gewesen, wenn ihr das Schicksal erlaubt hätte, erwachsen zu werden. Ich wußte, daß ich mich früher oder später zu irgendeiner Geste aufraffen mußte, wenn auch nur, um meine eigene Besorgnis und den Ärger, den ich ihretwegen empfand, zu besänftigen, doch ich schob es immer wieder auf, bis das Wetter sich besserte; dieser ständige Wasserschleier machte es mir unmöglich, einen klaren Gedanken zu fassen, und beraubte mich jeder Antriebskraft. Ich war immer froh, wenn die Nacht kam und mich von der Verpflichtung befreite, irgend etwas anzupacken. Jetzt wäre es wohl ohnehin kaum mehr passend gewesen, die beiden ins Theater einzuladen.

Das Wetter brachte alle meine Aktivitäten zum Stillstand. Ich ging von Abend zu Abend früher ins Bett. Es war, als reiste ich zurück in die Kindheit. Ich hatte ein unstillbares Bedürfnis nach Schlaf, und mir war bewußt, daß ich viel träumte; obwohl ich meine Träume beim Erwachen immer schon vergaß – sie waren auch ohne jede Bedeutung für mich und für niemanden sonst von Interesse. Auf dem Grund der schwindenden Erinnerung, so als ob einige Fetzen meines letzten Traums sich nicht so rasch von mir trennen könnten, sah ich einmal die beiden weißgekleideten Figuren Heathers und Michaels auf der Hochzeit tanzen, ich sah, wie Oscar mit einem Ruf des Entsetzens aufschreckte, und ich sah den Colonel erleichtert lachen. Keines dieser Bilder gefiel mir. Und sie stiegen völlig unwillkürlich in mir auf, als das Ergebnis jener nebelhaften Nachtstunden, in denen mir überhaupt nicht bewußt war, daß ich irgend etwas sah. Morgens war ich stets gereizt und verstört. Ich schob mein Gespräch mit Robin über die Partnerschaft immer wieder hinaus, zögerte mit dem Kauf der Wohnung. Alles, was von mir verlangt wurde, war ein wenig Entschlossenheit; und doch schien eine merkwürdige, kränkliche Vorsicht mich zu lähmen. Eine Zeitlang hatte ich Angst vor jeglicher Bewegung. Ich nehme an, daß eine allgemeine Verwirrung mich daran hinderte, irgendeine Initiative zu ergreifen. Ich wußte, was ich tun sollte, und zwar in mehreren Richtungen, dennoch konnte ich mich zu keinem Schritt aufraffen.

Eines Nachmittags, als wir lustlos im Geschäft saßen – Eileen war fortgegangen, um ihre Weihnachtseinkäufe zu erledigen –, wurde mir klar, daß das nächste Jahr katastrophal werden würde, wenn das Geschäft nicht bald besser ging. Das erschreckte mich und gab mir ein wenig von meiner alten Tatkraft zurück. Ich fragte Robin, ob er einen Augenblick Zeit für mich habe und was er davon halten würde, mich als Geschäftspartnerin zu haben. Sein Gesicht hellte sich auf, und er sagte, er nehme an, daß ich das schon immer vorgehabt hätte. Ich erklärte ihm, daß die Wohnung für mich von vorrangiger Wichtigkeit war und daß er unter Umständen warten müßte, bis ich diese Angelegenheit geregelt hätte. Ja, vielleicht würde ich mir sogar Geld von ihm leihen müssen, um Eileen ihren Anteil an dem Geschäft abkaufen zu können; und obwohl ich selbstverständlich bereit war, Zinsen für dieses Darlehen zu zahlen, müßte er vielleicht eine Zeitlang warten, bis wir geregelte Geschäftsbeziehungen haben würden. Er schien keinerlei Einwände dagegen zu haben, obwohl ich das Gefühl hatte, ihn vielleicht auszunutzen. Ich weiß nicht, warum ich dieses Gefühl hatte: Oscar hatte mir geraten, mit der Bank zu sprechen, doch die Vorstellung, die Bank noch um ein weiteres Darlehen bitten zu müssen, war mir zuwider, und ich hatte

Vertrauen zu Robin, der keinerlei widrige Pläne hatte, sich abseits von mir in irgendeiner Richtung zu verbessern. Ja, er erklärte sich so ohne weiteres mit meinem Vorschlag einverstanden, daß ich darauf bestand, einen offiziellen Vertrag zu schließen; es mußte irgendein Dokument aufgesetzt, irgendeine Kalkulation angestellt werden, damit er sich zufrieden fühlte und ich mir weniger wie eine Abenteurerin vorkam. Ich nahm an, daß diese Angelegenheit mich wieder mit Oscar zusammenführen würde – eine Richtung, die ich im Augenblick nicht unbedingt einschlagen wollte, und so schob ich auch diese Angelegenheit auf, was mein Gefühl des Unbehagens und der Unsicherheit nur noch verstärkte.

Auch meine Einstellung zu meiner Wohnung änderte sich in jener Zeit ein wenig. Wenn ich abends nach oben ging und sie mir ansah, gab mir das kein Gefühl des Trostes oder der Erleichterung. Die kahlen weißen Wände und die geschwungenen, metallenen Fensterrahmen begannen mich zu stören. Durch die Heizung, die ich ständig voll aufgedreht hatte, um die eindringende Feuchtigkeit zu bekämpfen, roch die Luft staubig und spannte meine Gesichtshaut. Zunehmend empfand ich diese kleine Betonhöhle als unschön, obwohl sie mir bisher immer vollkommen genügt hatte. Ich sah voraus, wie ich in diesem weißen Wohnzimmer allmählich alt werden würde, und diese Vorstellung behagte mir nicht. Natürlich konnte ich die Wohnung renovieren, damit sie ein wenig einladender wirkte; aber ich hatte keinerlei Ideen zu ihrer Verschönerung. Sie war mir immer ganz passend erschienen, und zwar hauptsächlich, weil sie mich in Ruhe ließ und keine Fühler der Wärme oder Zuneigung nach mir ausstreckte, die mich dort gehalten hätten. Es war – das erkannte ich jetzt – eher eine Wohnung, die man möglichst oft verläßt, als eine, in der man bleibt: ein Hilfsmittel, in dem man ißt und schläft, die passende Behausung für eine berufstätige Frau, die sich in erster Linie für ihre Arbeit interessiert. Doch dieses Bild mißfiel mir; es schien meine anderen Interessen herabzusetzen, zu bloßen Freizeitvergnügungen zu degradieren, während sie für mich immer eine ziemlich zentrale Rolle gespielt hatten. Diese weißen Wände waren stumme Zeugen vieler Begegnungen gewesen; dennoch enthielten sie sich jedes Kommentars, und schon diese Zurückhaltung empfand ich als unfreundlich. Das deutsche Wort »Unheimlich«, das ich einmal in einem psychiatrischen Fachbuch in meinem Geschäft gelesen hatte, kam mir in den Sinn, als ich an der Schwelle meines Schlafzimmers stand. Lustlos begann ich darüber nachzudenken, ob es vielleicht besser wirken würde, wenn ich das Bett näher ans Fenster heranzog, statt es wie ein gestrandetes Schiff mitten im Zimmer stehen zu lassen. Doch gleich darauf wurde mir klar, daß ich dann auch alle anderen Möbel umstellen müßte und dazu wieder Robins Hilfe brauchen würde. Irgend etwas hielt mich davon ab, ihn um diese eigentlich zumutbare Gefälligkeit zu bitten: Ich war in jeder Hinsicht zaghaft und entschlußlos und ließ zu guter Letzt das Zimmer genau so, wie es war.

Mit äußerster Willensanstrengung gelang es mir, meinen Vermieter anzurufen und ihm mitzuteilen, daß ich bereit sei, die Wohnung zu kaufen, und daß ich sehr gern den Vertrag unterschreiben und ihm den Scheck übergeben würde, wenn er Zeit hätte, nächste Woche irgendwann bei mir hereinzuschauen. Danach zog ich mich wieder nach oben zurück und betrachtete die Wohnung mit teilnahmslosem Gesicht, als wunderte ich mich darüber, daß sie mir jemals etwas bedeutet hatte. Die Vorstellung, den Rest meines Lebens hier zu verbringen, erschreckte mich. Während ich noch über diese Aussicht nachdachte, hörte ich Robins Schritte auf der Treppe, und als ich mich umwandte, sah ich, wie er den Kopf durch die Tür steckte, die ich offengelassen hatte.

»Eine hübsche Wohnung«, sagte er. »Aber vielleicht solltest du die Wände in einer anderen Farbe streichen lassen.«

Gemeinsam betrachteten wir das Wohnzimmer, das im Schimmer der Regentropfen, die an die Fensterscheiben prasselten, aussah, als stehe es unter Wasser, und konnten uns keine Verbesserung vorstellen, durch die es größer oder schöner wirken würde. Ich erinnerte mich an jene schrecklichen Tage der Genesung, an denen ich dort saß, ohne mich zu regen, ohne zu denken, mich an meine verstorbenen Eltern erinnerte und beinahe unbewußt die jämmerliche Haltung einnahm, in der meine Mutter in ihren letzten Tagen dagesessen hatte. Diese Vorstellung erfüllte mich noch immer mit dem gleichen Schrecken wie damals. Ich hatte nur noch düstere Gedanken. Wieder gab ich dem Wetter die Schuld, da ich mir nicht eingestehen wollte, daß mich ein allgemeines Gefühl der Trostlosigkeit erfaßt hatte.

»Kauf dir ein paar Kupferstiche«, sagte Robin. »Oder Poster, wen du gerade ein bißchen knapp bei Kasse bist. Übrigens – unten ist jemand, der dich sprechen möchte. Eine Mrs. Livingstone. Wir kennen sie nicht. Sie sieht nicht wie eine Kundin aus.«

Dorrie! Geradezu lächerlich dankbar für die Unterbrechung eilte ich die Treppe hinunter. Selbst wenn sie gekommen war, um mich wegen Heather um irgendeinen Rat zu bitten – worauf ich ganz und gar unvorbereitet war –, hellte meine Stimmung sich bei dem Gedanken auf, sie zu sehen, ohne diese Begegnung auf irgendeine Art und Weise selbst herbeigeführt zu haben. Sie stand mitten im Geschäft und sah sich mit Interesse und ein wenig Ehrfurcht um. Sie trug einen eleganten schwarzen Satinregenmantel, der an den Schultern dunkle Flecken vom Regen hatte, und ein Kopftuch mit einem Muster aus Pferdezaumzeug. In der Hand hielt sie einige Pakete und einen tropfenden Regenschirm. Ihre Erscheinung schien auf unbestimmte Weise an Eleganz eingebüßt zu haben, was ich ebenfalls auf das Wetter zurückführte. Wer konnte bei diesem Regen schon elegant aussehen?

»Liebe Rachel«, sagte sie, und ihr Gesicht hellte sich auf, als ich auf sie zuging, um sie zu umarmen. »Ich hoffe, es macht Ihnen nichts aus, daß ich einfach so bei Ihnen hereinschaue. Ich war zum Mittagessen mit den Mädchen verabredet; anschließend mußte ich ein paar Sachen in Heathers Wohnung bringen – und da habe ich gedacht, ich könnte eigentlich auf dem Weg nach Hause bei Ihnen vorbeischauen. Wir haben uns schon so lange nicht gesehen. Wahrscheinlich haben Sie jetzt, wo Heather von zu Hause fort ist, keine Lust mehr, uns besuchen zu kommen. Wir haben uns schon gefragt, wie es Ihnen wohl geht.«

»Aber Dorrie«, protestierte ich, »Sie wissen doch, daß ich immer gern zu Ihnen komme. Ich wollte Oscar ohnehin schon wegen einer Angelegenheit anrufen, in der er mich freundlicherweise berät.«

»Dann ist es ja gut«, lachte sie. »Und hier arbeiten Sie also? Das ist ja wunderschön, liebe Rachel. Sie haben es wirklich weit gebracht.«

»Sie müssen unbedingt heraufkommen und eine Tasse Tee mit mir trinken«, sagte ich in bestimmtem Ton, »und diese nassen Sachen ausziehen. Ich werde Wasser aufsetzen. Kommen Sie mir einfach nach.«

»Ich hatte gehofft, daß Sie das sagen würden«, gestand sie. Und entschuldigend setzte sie hinzu: »Ich habe ein paar Stück Kuchen mitgebracht.« Sie reichte mir eine weiße Pappschachtel. »Ich hoffe, ich habe das Richtige getan.«

»Rachel«, flüsterte sie mir zu, als sie hinter mir die Treppe hinaufging. »Dieser junge Mann sieht sehr nett aus. Und er war so reizend zu mir. Ist das Ihr Partner?«

»Ja«, sagte ich. »Das ist Robin. Wir verstehen uns sehr gut miteinander.«

»Das freut mich so sehr für Sie, liebe Rachel.«

»Oh, Dorrie«, lachte ich. »Wir sind Geschäftspartner, sonst nichts. Wir kennen uns schon seit Jahren. Eigentlich haben sich sogar schon unsere Väter gekannt – zumindest auf dem Papier. Unsere Väter waren beide Buchhändler.«

»Sie wären sicher sehr stolz auf euch«, sagte Dorrie. »Und das ist also Ihre Wohnung? Sie ist sehr hübsch. So schön hell.«

Ich schaltete alle Lampen und auch das Gasfeuer im Kamin an, obwohl es sehr warm war. Ich begriff wirklich nicht, wie Dorrie dieses Wohnzimmer gefallen konnte, das so ganz anders war als ihr eigenes. Aber sie erzählte mir, daß Oscar und sie nach ihrer Heirat in einer ebensolchen kleinen Wohnung gelebt und sich erst allmählich das Geld für das Haus in Wimbledon zusammengespart hatten. Alles andere, die Ausstattung, war erst später hinzugekommen. Und sie erzählte mir, daß sie in ihrer kleinen weißen Wohnung sehr glücklich gewesen waren und daß es sie freue, so etwas ähnliches wieder zu sehen. Sie wünschte mir, daß ich ebenso glücklich werden möge, wie sie es gewesen waren. Ihrer Ansicht nach war die Wohnung ein gutes Omen. Sie war sicher, daß ich glücklich werden würde.

Da ich die Welt ihrer Gedanken kannte, sagte ich nichts, sondern half ihr schweigend aus dem Regenmantel und hängte ihn zum Trocknen in die Küche. Sie behielt das Kopftuch auf: »Nein, meine Liebe, meine Frisur ist so unordentlich.« Ich öffnete die Pappschachtel und legte die Kuchen auf den hübschesten Teller, den ich finden konnte; und als dann auch noch der Tee vor uns stand, begann mir meine Wohnung schon besser zu gefallen, ich sah sie plötzlich in einem freundlicheren Licht.

Der Kuchen war – wie vorauszusehen – köstlich; doch mir fiel auf, daß Dorrie ihr Stück nur mit der Gabel zerbröckelte und mit den Krümeln spielte. Sie trank dankbar ihren Tee, aber ihre Lippen zitterten dabei ein wenig. Ich beobachtete sie. Oscar hatte ihr doch bestimmt nicht erzählt, was ich schon wußte? Er konnte doch sicherlich nicht die richtigen Worte finden, um sie aufzuklären?

»Dorrie«, sagte ich vorsichtig. »Ist irgend etwas nicht in Ordnung?«

Sie zuckte ein wenig zusammen; dann legte sie die Gabel hin und schob ihren Teller von sich.

»Aber nein, liebe Rachel«, sagte sie. »Wahrscheinlich vermisse ich Heather nur ein wenig. Sie ist in Mailand, um sich die Kollektionen anzusehen. Und Oscar hat erwähnt, daß sie dann noch ein Wochenende in Venedig mit ihrer Freundin Chiara verbringen wird. Chiara wohnt in Venedig oder stammt aus Venedig – ich weiß es nicht mehr genau. Oscar hat sie beide zu einem Wochenende im Gritti eingeladen. Ich finde, das ist eine reizende Idee. Sie werden beide so ermüdet sein.« Aber ihre Hand zitterte leicht, als sie die Tasse niedersetzte.

»Eigentlich«, fuhr sie fort, »bin ich ganz froh, daß sie fort ist. Ich werde einmal bei mir nach dem Rechten sehen lassen, während sie Urlaub macht. Nur ein paar Tage in der Klinik. Wenn sie zurückkommt, ist alles schon vorüber.«

Mir wurde plötzlich kalt. »Was ist denn los?« fragte ich, so munter und beiläufig wie möglich.

»Nur diese dumme kleine Geschwulst.« Sie band ihr Kopftuch auf und hielt mir ein entzündetes Ohrläppchen hin. »Ich bin sicher, es ist nichts. Aber Oscar regt sich so auf. Und schließlich kann es nicht schaden, wenn ich sie entfernen lasse, nicht wahr? Deshalb hat Oscar darauf bestanden, daß ich in die London Clinic gehe. Morgen nachmittag.«

Sie lehnte sich zurück und lachte ein wenig unsicher.

»Und Sie erzählen Heather nichts davon?« fragte ich.

»Nein, warum sollte ich sie beunruhigen? Sie ist in letzter Zeit ein bißchen nervös. Um die Wahrheit zu sagen, Rachel: Ich habe mich schon gefragt, ob nicht vielleicht ein Baby unterwegs ist.« Sie lachte wieder; diesmal klang es sehr erfreut. »Natürlich wären wir alle sehr glücklich darüber. Der Colonel sicherlich auch.« Sie senkte die Augenlider und versuchte ein Stückchen von dem Kuchen zu essen; doch es gelang ihr nicht. »Sie werden ihr doch nichts von meiner Vermutung sagen, Rachel? Sie hat noch nicht mit mir darüber gesprochen. Oscar meint, ich phantasiere; aber ich glaube, ich habe recht.«

Ich bemühte mich, den Schrecken zu verbergen, den ich bei diesen Worten empfand, und wahrscheinlich gelang es mir, denn sie sagte: »Ich sehe, Sie sind gar nicht überrascht. Ich glaube, sie wird eine gute Mutter werden, Sie nicht auch, Rachel? Und Michael wird ein so lustiger Vater sein. Manchmal denke ich, er ist selbst noch ein kleiner Junge. Aber jetzt darf ich Sie nicht länger aufhalten.« Sie band das Kopftuch wieder zu. Ich wußte nicht, was ich sagen sollte.

»Ich komme Sie in der Klinik besuchen, ja?« Meine Stimme klang für mich selbst merkwürdig, doch für Dorrie offensichtlich nicht.

»Das ist natürlich nicht nötig, liebe Rachel. Aber es wäre sehr lieb. Wissen Sie, für uns sind Sie fast wie eine Tochter. Und Sie sind so vernünftig. Es ist sicherlich ein Glück für Heather, Sie zur Freundin zu haben.«

Nach vielen Beteuerungen, ich solle mir ihretwegen keine Umstände machen, es sei reizend gewesen, mich und meine Wohnung zu sehen, und sie freue sich sehr, daß alles so gut laufe, verließ sie mich. Ich ließ mich schwer in einen Sessel fallen. Ich muß eine ganze Weile so gesessen haben. Im Zimmer wurde es allmählich dunkler, denn ich hatte instinktiv die Lampen ausgeschaltet, nachdem Dorrie gegangen war. Das nächste, was ich wahrnahm, war ein Klopfen an der Tür. Das war Robin, der kam, um mir mitzuteilen, daß er das Geschäft schließen würde.

»Eine nette Frau«, sagte er. »Alles in Ordnung? Du siehst ein bißchen blaß aus.«

Ich versicherte ihm, daß es mir gutgehe, und sagte ihm, er solle am nächsten Tag später kommen; ich würde am Vormittag dasein, am Nachmittag aber vielleicht nicht. Wenn Eileen Geschenke für ihre Familie kaufen mußte, war sie nur sporadisch anwesend. Weder Robin noch ich hatten nennenswerte Angehörige; er hatte nur einmal eine verheiratete Schwester in Shropshire erwähnt, mit der er nicht allzu gut auskam. Wir konnten also jederzeit im Geschäft sein.

Der Abend war schrecklich. Meine Gedanken schweiften immer wieder von den Livingstones und ihren Problemen ab, obwohl ich wußte, daß diese Probleme mich wieder einholen und meine größte Aufmerksamkeit erfordern würden, sobald ich aus jener merkwürdigen Trance erwachte, die mich überkommen hatte. Eine Zeitlang wanderte ich im Zimmer hin und her, blieb ab und zu am Fenster stehen, klopfte mit den Händen auf die zu heiße Zentralheizung und starrte trostlos auf die im Regen verschwimmenden Straßenlaternen hinaus. Da ich hoffte, mich besser zu fühlen, wenn ich meine Tagesgestalt abgeworfen hatte, zog ich mich im Schlafzimmer um. Dann ging ich ziellos und unglücklich wieder ins Wohnzimmer und setzte mich in meinen gewohnten Sessel. Ich hatte keinen Hunger, und das war auch ganz gut so, denn ich hatte vergessen, etwas zum Essen einzukaufen. Ich nahm ein Buch von dem Stapel, der auf dem Tisch neben meinem Ellbogen lag, und las: »Da ich seit dem Jahre 1814 keine ernsthaftere Beschäftigung habe, schreibe ich, so wie man nach dem Abendessen eine Zigarre raucht – um mir die Zeit zu vertreiben.« Ich legte das Buch wieder beiseite, entmutigt durch diese dandyhafte Haltung, die auf so unmögliche Weise verfeinert war, daß sie für mich immer unerreichbar bleiben wüde. Dieser leere Abend beunruhigte mich, und ich wünschte mir, ich hätte Robin zugeredet, mir Gesellschaft zu leisten: Ein paar Rühreier hätte ich auf jeden Fall machen können. Mein Leben erschien mir inhaltslos, meine Anwesenheit nicht erwähnenswert. Morgen früh würde ich all die Rollen auf mich nehmen müssen, die ich zu spielen hatte: Ich mußte mich als gute Freundin, Stütze und Trösterin bereithalten und muntere, ermutigende Klischees von mir geben. Ich mußte die abwesende Heather ersetzen – ohne einen Anspruch auf ihre Wichtigkeit und Einmaligkeit zu erheben. Und wenn die arme Heather dann von ihrem wirklichkeitsfremden Urlaub zurückkehrte, mußte ich ihr klarmachen, daß sie ihre eigenen Probleme vorläufig beiseite schieben, die Ängste ihrer Mutter zerstreuen und ihr gleichzeitig die törichte Illusion rauben mußte, die sich vielleicht in ihrem Kopf festgesetzt hatte. Und ob es mir behagte oder nicht: Ich mußte mich mit Oscar ausführlich über meine vermehrte Beteiligung an dem kleinen Geschäft unterhalten. Plötzlich wünschte ich, daß es mir ganz allein gehören möge, ohne Eileen und Robin, und daß ich in völliger Stille und Ungestörtheit dort schalten und walten könne. Und eines Tages, dachte ich, wenn alles wieder seinen gewohnten Gang nahm, würde ich einen Entschluß fassen, meine Koffer packen, ein Schild mit der Aufschrift »GESCHLOSSEN« an die Tür hängen und einfach verschwinden. Man würde mich nicht vermissen. Dorrie würde vielleicht sagen: »Was ist denn aus Rachel geworden? Sie läßt in letzter Zeit ja gar nichts mehr von sich hören«; doch mit der Zeit würde auch sie nicht mehr nach mir fragen.

Ich wußte, was mich in diesen Gemütszustand versetzt hatte. Der Anblick der Krankheit mit der dazugehörigen Mischung aus Schrecken und erkünstelter Fröhlichkeit hatte mich mit seinen kalten Händen gepackt. Ich stellte mir die umfangreichen Vorbereitungen vor, die Dorrie jetzt traf; wie sie prächtige Nachthemden einpackte – als könnten diese feinen Stoffe von dem Blut, das sicherlich fließen würde, nicht befleckt werden –; wie sie den letzten Termin beim Friseur vereinbarte, um auch ja Haltung zu bewahren; wie sie Mahlzeiten zubereitete, die hastig aufgewärmt und an einer Ecke des Küchentischs verzehrt werden würden – für ihn, der dann das Geschirr und vielleicht auch den größten Teil des Essens stehenlassen würde, um möglichst rasch wieder ins Krankenhaus zu fahren. Ich stellte mir vor, welch ungeheurer Mut erforderlich war, um die obligatorischen scherzhaften Bemerkungen zu machen; den Augenblick des Zitterns, wenn die Besucher gingen und ihr nichts weiter zu tun blieb, als die Karten mit den Genesungswünschen zu lesen; den heimlichen Sturz in Ängste, die nicht geteilt werden durften. Ich hatte das alles einmal durchgemacht; und obwohl es mir lächerlich erschien, diese bedrückende Last von Erinnerungen auf eine Frau zu übertragen, die sich lediglich einer kleinen kosmetischen Operation unterziehen würde, wußte ich, daß ich es in den nächsten Tagen nicht ganz leicht haben würde. Einen Moment lang spürte ich, wie meine alte Gereiztheit zurückkehrte, als ich an Heather dachte, die nach Herzenslust in der Weltgeschichte herumreisen konnte und sich jetzt im Gritti Palasthotel amüsierte: Warum sollte ihr diese Prüfung erspart werden, wo es doch eigentlich am naheliegendsten war, daß sie als Tochter sie auf sich nahm? Mein alter Überdruß bei dem Gedanken an Heather – jene behütete Sorte Mensch, deren Gefühle, ja sogar deren Unwissenheit man um jeden Preis schützen mußte –, gab mir ein wenig von der Energie zurück, die ich während der langen Stunden dieses nicht enden wollenden Tages anscheinend verloren hatte. Doch dann erinnerte ich mich daran, daß Heathers eigene Prüfung gerade erst begonnen hatte; und die war so ungewöhnlich, daß man von ihr nicht erwarten konnte, sie allein durchzustehen. Wenn ihre Mitstreiter dabei nicht in bester Verfassung waren, würde sie die Situation wohl kaum meistern.

Doch meine vorherrschende Empfindung war leider mein alter Zynismus. Diese Leute hatten es trotz all ihrer Nöte ja so gut! Selbst diese Nöte gehörten einer besonderen Kategorie an: Es waren nur ein paar kleine Korrekturen erforderlich, und schon bewegten sie sich wieder in ihren gewohnten Bahnen, ohne einen schmerzlichen Verlust erlitten oder Schaden an irgendeinem lebenswichtigen Organ genommen zu haben. Und immer wurden geeignete Maßnahmen zu ihrem Schutz getroffen: Man würde einen Erholungsurlaub planen, ein Platz an der Sonne würde auf sie warten. Ein Mitgefühl, das nicht durch diese realistische Einstellung relativiert wurde, war fehl am Platz. Auch hier sah ich wieder den Fluch der glücklichen Familien, in denen jeder nur um die eigenen Angehörigen besorgt ist und in deren Gesellschaft den Außenstehenden ein Gefühl der Einsamkeit und Verlassenheit befällt. Doch ein weiterer Fluch dieser glücklichen Familien schien mir die ständige Angst zu sein, einen der Angehörigen zu verlieren, durch einen Unfall, der einem Kind oder Ehemann oder einer Mutter zustoßen mochte, völlig vernichtet zu werden. Das Leben glücklich vereinter Menschen war keineswegs immer ruhig. Ja, eigentlich war ständig alles ungewiß: Menschen, die allein leben, brauchen nur ihre eigene Sterblichkeit zu fürchten.

Und ich hatte jetzt das Gefühl, schon wieder meine eigene zu spüren. Der Schatten der Krankheit verdunkelte mein kleines Zimmer, brachte mir all die Krankheiten zum Bewußtsein, die ich bis jetzt durchlitten und überlebt hatte, zerrte Erinnerungen ans Tageslicht, die ich verdrängt, aber nicht ausgelöscht hatte und die nur darauf zu warten schienen, wieder von mir Besitz zu ergreifen. Der Gedanke an den Tod meiner Mutter und meines Vaters, den ich längst aus meinem Gedächtnis ausradiert hatte, ließ mich wieder erschreckt zusammenfahren. Wieder rannte ich ins Schlafzimmer, öffnete den Kleiderschrank, wählte rein gefühlsmäßig einen schlichten, aber vorteilhaften Pullover und einen ebensolchen Rock, schminkte mich und machte mich zum Ausgehen zurecht. Das ist etwas, was ich hin und wieder brauche. Ich habe meine eigenen Methoden, mit solchen zermürbenden Zuständen und Anwandlungen von Ruhelosigkeit fertigzuwerden, die mich belauern. Ich lege mir jene unerschütterliche gute Laune zu, die ich einst auch der armen Heather verschrieben hatte; ich zwinge mich zur Fröhlichkeit. Ich gehe aus, suche mir Gefährten, nehme sie mit nach Hause. Ich lebe an der Oberfläche, haste vorwärts, bin ausschließlich an die Gegenwart gebunden und werfe nur hin und wieder einen wachsamen Blick in die Zukunft. Keine bürgerlichen Gefühle, keine edlen Leidenschaften existieren für mich. Die Oberfläche – nur die Oberfläche.

Doch irgendwo in meinem Gedächtnis – denn das Gedächtnis umfaßt die Vergangenheit und alles, was man bisher gewesen ist – hatte ich immer noch die zärtlichen Gefühle meiner Kindheit bewahrt, und diese Gefühle brachte ich den Livingstones entgegen. Irgendwie konnte ich ihnen all das Vertrauen, all die Liebe schenken (wenn dieses Wort nicht zu sentimental ist), die ich einst als Kind empfunden hatte und die wahrscheinlich irgendwo auf dem Weg, den ich seitdem zurückgelegt hatte, verlorengegangen war. Ich würde die mir zugedachte Rolle spielen. Bei den Livingstones würde ich immer meine Rolle spielen. Doch um das tun zu können, mußte ich vielleicht meine eigene Überlebensstrategie entwickeln. Als ich den Gürtel des Regenmantels eng um meine Taille schlang, blickte ich mich noch einmal in meinem kleinen Zimmer um. Es wirkte scheu und bescheiden, wie dies bei leeren Zimmern, in denen Licht brennt, häufig der Fall ist. Obwohl es ohne Liebe geschaffen worden war, blieb das Zimmer doch nach wie vor mein Zeuge. Die Kaffeetasse auf dem Tisch und der immer noch halb geöffnet auf der Sessellehne liegende Stendhal hatten ihr unbestechliches Eigenleben, und ihr feierlicher Ernst war wie ein Vorwurf an mich. Doch für den heutigen Tag war mein Bedarf an Ernst gedeckt. Die höchste Ironie bestand für mich darin, daß mir in dem kleinen Drama der Livingstones die Rolle der klugen Jungfrau zugedacht war. Ich lachte, löschte die Lichter und ging in die Nacht hinaus.

8

In dieser Nacht schlief ich wie ein Stein. Als ich erwachte, spürte ich, daß der Regen und Dunst der vergangenen Tage verschwunden war und dem ersten Winterfrost Platz gemacht hatte. Es war Ende November; unsere Hochsaison lief gerade an. Nun würden vier Wochen fieberhafter Aktivität kommen, gefolgt von einer totalen Flaute nach Neujahr, wenn alle Leute ihr Geld beim Ausverkauf ausgaben. Um diese Zeit fuhr ich normalerweise weg, doch dieses Jahr war ich zu knapp bei Kasse. Ich hatte zwar stets einen Notgroschen für solche Fälle auf Lager, aber momentan wollte ich es nicht riskieren, ihn auszugeben: Wenn alles gut ging und wir ein einträgliches Weihnachtsgeschäft hatten, würde ich zu Ostern verreisen. Eine gewisse Vorsicht – und nicht nur des Geldes wegen – veranlaßte mich dazu, in erreichbarer Nähe zu bleiben, falls ich gebraucht würde. Oder vielleicht lag es daran, daß ich meiner Art des Reisens nun allmählich überdrüssig wurde. Ich war nicht geneigt, die Last auf mich zu nehmen, meinen Freunden und Bekannten amüsante Urlaubsanekdoten zu liefern, nur um sie davon zu überzeugen, daß ich es mir noch leisten konnte. Bei meinen Freundinnen spielte das Konkurrenzdenken eine ziemlich große Rolle; sie umgaben all ihre Tätigkeiten mit einer Aura des Erfolgs. Ich nehme an, die meisten Frauen sind so; zumindest machen die meisten Frauen, die ich kenne, diesen Eindruck. Ihrer angestrengten Selbstdarstellung liegt das Bestreben zugrunde, andere von ihrer großen Fertigkeit im Spiel der Liebe, ihren weiblichen Reizen, ihrem Wissen, ihrem Sachverstand zu überzeugen. Die Gesellschaft solcher Frauen wirkt daher nicht immer beruhigend. Ihre Antworten sind stets überwältigend geistreich, großartige Auftritte werden inszeniert, Annäherungsversuche verschmäht oder zurückgewiesen, ein Anspruch auf wechselnde Liebhaber wird als rechtmäßig vorausgesetzt. Wie Circe verwandeln solche Frauen Männer in Schweine. Ich mache es ja auch so: denn es ist der beste Selbstschutz. Zwar ist es ziemlich langweilig; aber die einzige Alternative dazu scheint etwas äußerst Anstrengendes, Anspruchsvolles zu sein, worauf ich nicht eingestellt bin und wozu ich ohnehin keine Zeit hätte. Und eine weitere Alternative ist natürlich das Schicksal der armen Heather: eine pompöse, sinnlose Hochzeit, keine Liebe und viele Peinlichkeiten.

Trotz ihres augenblicklichen Fiaskos hatte Heather eine Art hartnäckigen Anstands, dachte ich. Meines Wissens hatte sie noch nie jemanden gekränkt, und würde es wahrscheinlich auch kaum jemals tun. Mich hatte sie sicherlich niemals verletzt, hatte nie versucht, mich auszuspielen, nie Andeutungen fallenlassen oder taktlose Fragen gestellt. Solche Diskretion ist bei Frauen selten – zumindest bei den Frauen, die ich kenne und zu meinen Freundinnen zähle. In den Wochen vor ihrer Hochzeit, als Geschenke und Neuanschaffungen förmlich auf sie herabregneten, hatte sie niemals damit angegeben. Während sie auf ihrer Hochzeitsfeier gerade unermüdlich getanzt hatte, hatte sie dennoch meine Ankunft bemerkt, mir zugewinkt, auf einen Tisch gewiesen und mir bedeutet, daß sie sich später, wenn die Musik aufhörte, zu mir setzen würde. Das hatte ich sehr nett von ihr gefunden – vor allem wenn man bedenkt, daß wir niemals etwas gemeinsam gehabt hatten und eigentlich keine echten Freundinnen waren. Ihr oberstes Prinzip schien die Vorsicht zu sein, obwohl diese Vorsicht sie erst vor kurzem schmählich in die Irre geleitet hatte; und ihr sanftes Naturell schloß jede aggressive Handlung von vornherein aus. Es war nur schwierig, großes Interesse für sie aufzubringen, ebenso wie es ihr schwerzufallen schien, sich für irgendeinen anderen Menschen zu interessieren. Doch letzten Endes bezweifelte ich nicht, daß sie eine gewisse innere Stärke besaß. Wie diese sich äußern würde, wußte ich noch nicht; doch es würden sich zweifellos Gelegenheiten dazu ergeben. Gelegenheiten gibt es immer. Vielleicht war ihre Abwesenheit zu diesem Zeitpunkt ein Zeichen von Stärke; obwohl ich fand, daß sie genügend Andeutungen ihrer Mutter verstanden haben sollte, um diesen Besuch in Mailand – oder jedenfalls ihr Wochenende in Venedig – zu verschieben. Selbst darin erkannte ich etwas von jener Beharrlichkeit und Entschlossenheit, die mich vermuten ließ, daß Heather ihre eigenen Interessen am meisten am Herzen lagen.

Als ich an jenem Abend kurz nach sechs Uhr in der London Clinic ankam, lag Dorrie in einem züchtigen weißen Nachthemd im Bett, und ihre beiden Schwestern saßen anklagend an ihrer Seite. In dieser Familie wurde der Glaube an die Fähigkeiten der Ärzte großgeschrieben, und man schien allgemein der Ansicht zu sein, daß Dorrie sich regelmäßig hätte durchuntersuchen lassen sollen, um sicherzugehen, daß alles in Ordnung sei. Ihr jetziges Leiden, versicherten die Schwestern ihr wahrscheinlich gerade, hatte sie sich einzig und allein selbst zuzuschreiben. Sie hatte es sich durch die Anstrengungen der Hochzeitsvorbereitung und der ständigen Betreuung von Heathers Wohnung zugezogen. Als Dorrie beteuerte, es gehe ihr ausgezeichnet, gaben sie verächtliche, erbitterte Töne von sich. In meinen Augen sah Dorrie wirklich recht gut aus, obwohl sie einen wehrlosen, preisgegebenen Eindruck machte wie jeder, der im Bett liegt, während die anderen völlig angezogen sind und ihren gewohnten Tätigkeiten nachgehen. Sie lag in einem kleinen Zimmer, das bereits üppig mit Blumen und Obstkörben ausgestattet war. Alle Lampen brannten, was auf mich ebenso ermüdend wirkte wie die Gespräche. Dorrie mußte viele Fragen beantworten, viele Befürchtungen zerstreuen. Angesichts der Besorgnis, die Janet und Rosemary mit bemerkenswertem Mangel an Taktgefühl zum Ausdruck brachten, kam ihre ganze Fähigkeit zur Unterwerfung wieder zum Vorschein. Sie beruhigte die Schwestern, obwohl es eigentlich deren Aufgabe gewesen wäre, Dorrie zu beruhigen: Sie müsse nur ein paar Tage ruhen, versicherte sie ihnen, und es sei wirklich nur eine winzig kleine Operation; natürlich müßten gewisse Tests durchgeführt werden, aber das sei reine Routinesache. Und die Ruhe würde ihr sicherlich guttun. Darüber schienen sie sich glücklicherweise alle einig zu sein. Sie glaubten fest an die positive Wirkung der Ruhe, legten sich jeden Nachmittag hin, um sich dann mit einem Seufzer zu erheben und sich wieder mit neuen Kräften zu echauffieren. Ich hielt diesen Moment für ebenso gut geeignet wie einen anderen, um mich bemerkbar zu machen.

»Rachel«, rief Dorrie entzückt. »Wie reizend, daß Sie gekommen sind. Sie erinnern sich doch noch an die Mädchen?«

Die Mädchen erschienen gleicherweise begeistert. Sie gaben ein erfreutes Gemurmel von sich, standen auf und stellten die Stühle, die um das Bett herumstanden, um. Das war es, was ich an ihnen so liebgewonnen hatte: die liebe Art, mit der sie einen willkommen hießen. Ich beugte mich über Dorrie, um sie zu küssen, und roch ihren Geißblattduft, der sich mit dem Geruch frischer Bettwäsche vermischt hatte. Sie war sorgfältig geschminkt, und auch die Mädchen hatten sich sorgfältig gekleidet, als wollten sie damit ein Gegengewicht zu dem Schrecken schaffen, den sie nur zu offensichtlich empfanden. Ich schien die einzige der Anwesenden zu sein, die bereit war, diese kleine Episode mit Gleichmut hinzunehmen, obwohl ich mir wünschte, Heather möge dasein – und wenn auch nur, um mich abzulösen, damit ich mich wieder meinen dringlicheren Pflichten im Geschäft widmen konnte. Es sah so aus, als würde ich so lange für sie einspringen müssen, bis sie zurückzukehren geruhte. Wieder empfand ich einen Anflug meiner alten Gereiztheit, obwohl jetzt sicherlich nicht der geeignete Augenblick war, mich meinen eigenen Gefühlen zuzuwenden. Auf jeden Fall schien man sich allgemein darüber einig zu sein, daß mein ruhiger Gleichmut, mein Stoizismus, wenn man so will, und meine Randposition – weit von ihren intimeren Belangen entfernt – ihnen zustatten kam: daß es genau das war, was man in dieser Krankenhausumgebung brauchte – zumal die Atmosphäre in diesem Fall von so nervöser Fröhlichkeit war. Man fand ein Plätzchen für mich zwischen den beiden Schwestern, und als ich mein kleines Anemonensträußchen auf Dorries Überdecke legte, lobten sie wieder mit freudigen Ausrufen meine Aufmerksamkeit, mein Talent, stets das Passende zu finden. Ich glaube, sie waren erleichtert, daß ich da war.

»Na, Dorrie«, sagte ich so unbekümmert wie möglich. »Wann kümmern die Ärzte sich um Ihr Ohr? Sicher werden Sie hinterher wie van Gogh aussehen. Sie sollten anfangen zu malen.«

»Sie hat sehr hübsche Aquarelle gemalt, ehe sie heiratete«,berichtete Janet. »Ein Jammer, dieses Talent verkümmern zu lassen.«

»Oh, als ich verheiratet war, hatte ich Wichtigeres zu tun«, lachte Dorrie. »Und so besonders gut war ich auch gar nicht. Ich malte immer Blumen«, erzählte sie mir. »Mutter hatte einen Garten voller Rosen, und ich versuchte sie alle zu malen.«

»Ich habe immer noch zwei Bilder von ihr.« Das war Rosemary, ihr Gesicht wurde weich, als sie sich dieser Erinnerung hingab. »Sie hängen in dem Zimmer, das früher Sarah gehörte.

Eigentlich kommen sie dort gar nicht richtig zur Geltung. Das Zimmer benutzt ja jetzt keiner mehr. Aber sie sehen rechts und links vom Fenster so hübsch aus. Dort drin steht übrigens auch Mutters Schlafzimmerkommode. Ich glaube, ich werde das Bett herausnehmen und ein kleines Wohnzimmer aus dem Raum machen. Was meinst du, Dorrie? Ich weiß nicht, warum ich das nicht schon längst getan habe. Schließlich ist es nicht sehr wahrscheinlich, daß sie wieder zurückkommt, nicht wahr?«

Es sah so aus, als würde sich nun gleich eine allgemeine Trauer über den Weggang von Töchtern in dem kleinen Krankenzimmer ausbreiten. Ich griff hastig nach der Speisekarte, die auf dem Nachttisch lag.

»Ente à l'orange«, sinnierte ich. »Seezunge Parisienne. Gibt es Patienten, die das alles essen können?«

»Aber ja, liebe Rachel«, sagte Rosemary mit der Autorität der Sachkundigen. »Leute mit gebrochenen Beinen.«

»Was haben Sie bestellt?« fragte ich Dorrie.

Sie schloß kurz die Augen, als werde sie bei dem Gedanken an Essen bewußtlos. »Gemüsesuppe«, sagte sie. »Und ein Omelett. Ich dachte, ich esse heute abend lieber etwas Leichtes.«

In diesem Augenblick kam mir der Gedanke, daß sie vielleicht wirklich krank war. Daß Dorrie, die mit so unerschöpflicher Geduld neue Gericht erfand, bei der Vorstellung von Essen Widerwillen empfand, gab mir zu denken. Ich begann mir ernstere Gedanken über ihren Zustand zu machen, als ich es bisher getan hatte. Die Angst, die so offensichtlich in den Köpfen ihrer Schwestern herumspukte, war in dem heißen kleinen Zimmer nun wieder ganz deutlich zu spüren. Und doch waren keine äußeren Anzeichen der Erregung, der Besorgnis zu erkennen. Keine Krankenschwester kam herein, es hing noch keine Tafel mit der Fieberkurve am Fußende des Bettes, und keinerlei Geräte deuteten auf die Anwesenheit von Ärzten und Chirurgen hin. Es war ein ganz gewöhnliches kleines Zimmer mit einem Bett, ein paar Stühlen und einer sinnlos grellen Lampe, die Dorrie direkt ins Gesicht schien. Während Rosemary eine kleine Portion Räucherlachs auspackte, die sie ihrer Schwester mitgebracht hatte, warf ich einen verstohlenen Blick auf Dorries Ohr. Das Ohrläppchen war rot, aber nicht angeschwollen; ich konnte keine sichtbare Geschwulst erkennen. Vielleicht war inmitten der Rötung eine abgegrenzte weiße Verhärtung zu erkennen, aber es war nichts, was die Form des Ohrläppchens verzerrt hätte. Und wenn ein umfangreicherer Eingriff erforderlich wäre, dachte ich, läge Dorrie jetzt sicherlich im Krankenhaus und nicht an diesem bedrückend ruhigen Ort, wo Patienten hinter Türen lagen, die Karten mit der Aufschrift »Lord X« und »Lady Y« trugen und wo die Speisekarte so erlesen war. Dennoch begann ich mich nach Oscar zu sehnen; er wußte sicherlich mehr darüber, was hier vorging, als jeder von uns.

»Wie geht es Oscar?« fragte ich.

»Er wird jeden Augenblick hier sein, liebe Rachel.« Dorrie lächelte, als lösche der Gedanke an ihren Mann all ihre Sorgen aus. »Er ist nur kurz fortgegangen, um eine neue Batterie für mein kleines Radio zu kaufen.«

Armer Oscar, dachte ich; er scheint ewig dazu verdammt zu sein, in unbekanntem, feindlichem Gelände nach Elektrogeschäften Ausschau zu halten. Dann hörte ich das Rasseln von Rädern auf dem Gang, die Tür ging auf, und ein Dienstmädchen mit einem Abendbrottablett erschien. Sofort standen Janet und Rosemary auf, die eine, um die Kopfkissen zu ordnen, die andere, um das Aufstellen des Krankentisches zu beaufsichtigen. Es wurde sogar ein für mich unerträglicher Versuch unternommen, Dorrie in ihrem Bett aufzurichten, als sei sie nicht in der Lage, sich selbst aufzusetzen. So mußten sie in ihrer weit zurückliegenden Kindheit abwechselnd mit Puppen und mit ihrer kleinen Schwester gespielt und geschäftig jene wichtigen Aufgaben erfüllt haben, bei denen sie die Erwachsenen so oft beobachtet hatten. Ich glaube, sie hätten Dorrie sogar die Suppe in den Mund gelöffelt, wenn sie es zugelassen hätte. Ich sah, daß Dorrie sie bis zum letzten Tropfen würde aufessen müssen, während die Schwestern, deren Gesichter von Sorge gezeichnet waren und in deren Augen ein weicher Ausdruck der Liebe lag, darauf warteten, daß ihr Appetit wiederkehrte.

Mit Freude stellte ich fest, daß diese kleine Zeremonie erfolgreich durchgeführt wurde. Dorrie aß die Suppe und die Hälfte des Omeletts auf, obwohl ihre Hand nur mit dem Brötchen spielte und es zu kleinen Stücken zerpflückte und ihre Lippen leicht zitterten. Aber wer wäre hier nicht nervös, fragte ich mich, während ich mit dem Rücken zur Zentralheizung dasaß und mein Fuß sich verkrampfte. Und ich bezweifelte, ob Dorrie in den letzten paar Jahren überhaupt jemals von zu Hause fort gewesen war, wenn man von ihren kurzen Urlauben in Spanien absah; zumindest hatte sie bestimmt nie in einem fremden Bett geschlafen, und das allein. Wenn sie zitterte, dann sicherlich aus Angst vor der bevorstehenden Nacht. Einfachen Frauen – und damit schloß ich auch ihre Schwestern ein – gab die Aussicht, allein sein zu müssen, immer ein Gefühl der Schutzlosigkeit; sie brachten häufig ihren Schrecken über nächtliche Geräusche zum Ausdruck und mißtrauten allen Fremden in ihrer Straße, in ihrem Umkreis. Es blieb meiner – und natürlich auch Heathers – Generation überlassen, dem Risiko oder der Gefahr gegenüber eine gewisse Dickfelligkeit an den Tag zu legen, die vielleicht nicht ganz echt war. Natürlich haben wir Frauen es inzwischen weit gebracht: Man kann uns jetzt nachts getrost allein lassen. Aber manchmal scheint mir der Preis, den wir dafür zahlen müssen, zu hoch zu sein. Wir können zu jeder Tages- und Nachtzeit freundlich einem Fremden die Tür öffnen, mit obszönen Telefonanrufen fertigwerden und kaputte Sicherungen austauschen. Es ist mir noch nie eingefallen zu wünschen, jemand anderer möge die Tür abschließen, damit ich inzwischen die Pflanzen gießen oder noch ein letztes heißes Getränk zubereiten kann. Es ist mir deshalb noch nie eingefallen, weil es für mich eine Selbstverständlichkeit ist, all diese Dinge zu tun. Aber Dorrie und ihre Schwestern gehörten noch zu der behüteten Sorte Frau; sie durften Angst, Sorge und Kummer unbeschadet zum Ausdruck bringen. Ich sah, daß Dorrie, obwohl sie am jüngsten war, die stärkste der drei Schwestern war. Sie war so daran gewöhnt, die Einwände anderer Menschen aufzunehmen, daß es ihr niemals eingefallen wäre, eigene Vorbehalte zu äußern; und vielleicht hatte sie es dadurch besser – auf jeden Fall war es wohl dadurch einfacher, mit ihr zusammenzuleben. Und vielleicht würde sie diese Prüfung besser bestehen, als es ihren Schwestern gelungen wäre. Natürlich liest man immer wieder diese schrecklichen Ratschläge, daß man, da aufgestaute Ängste verhängnisvoll sind, schreien, kreischen, Gegenstände an die Wand werfen, »seinen Gefühlen freien Lauf lassen« soll (wann? wo?), um gewisse Zustände zu vermeiden, über die nachzudenken ich mich weigerte. Schließlich standen sie mir früher oder später auch selbst bevor.

Als Oscar hereinkam, versuchte Rosemary gerade, Dorrie zum Verzehr des Räucherlachses zu überreden. »Also gut, dann nehmen Sie ihn mit, Rachel«, sagte sie schließlich mit enttäuschter Stimme zu mir. »Essen Sie ihn zum Abendbrot. Haben Sie Schwarzbrot zu Hause?« Das war ein weiterer Zug, den ich an ihnen schätzte: ihre teilnahmsvolle Sorge um meine nächste Mahlzeit. Oscar beugte sich über das Bett und küßte Dorrie auf den Mund. Sie blickte zu ihm auf, als hätte er mit diesem Kuß all ihre Ängste beschwichtigt. »Es ist alles in Ordnung, Mädchen«, sagte er zu den Schwestern. »Ich bleibe jetzt bei ihr. Ach, Rachel ist ja auch hier. Freut mich, Sie zu sehen, meine Liebe.« Er beachtete mich stets und gab mir das Gefühl, gebraucht zu werden. Doch seine Worte schienen das Zeichen für uns zu sein, uns zu entfernen; und an der Art, wie Dorrie sich an seiner Hand festklammerte, war zu erkennen, daß die beiden nun miteinander allein sein wollten. Sie wirkten immer noch wie ein hingebungsvolles, nein, wie ein verliebtes Paar. Der Kuß, den Oscar Dorrie auf die Lippen gedrückt hatte, war leidenschaftlich gewesen und hatte uns alle ausgeschlossen. Wir erhoben uns diskret von unseren Stühlen, als wollten wir nicht Zeugen ihrer innigen Verbundenheit sein. Der nun ganz ruhigen, gelassenen Dorrie wurden Abschiedsküsse auf die Stirn gedrückt. Halstücher und Handschuhe wurden zusammengesucht und die Stühle wieder zurück an die Wand gestellt. Es war Oscar gelungen, die grausame, grelle Lampe so zu drehen, daß sie nicht mehr direkt auf das Bett schien; und nun stand er da und wartete darauf, daß wir gingen. Das Zimmer wirkte jetzt plötzlich vertraut, bewohnbar. »Bis morgen«, sagte Janet, die angesichts der Tragweite der bevorstehenden Trennung in gedrückter Stimmung war. »Falls du noch etwas brauchst – ich bin heute abend bei Rose.« – »Wir rufen später noch an, um dir gute Nacht zu sagen«, versprach Rosemary und flüsterte mir hinter Janets Rükken fast lautlos zu: »Sie macht sich solche Sorgen. Es ist besser, ihr vor dem Schlafengehen noch einmal gut zuzureden.« Ich wartete höflich vor der Tür, damit die beiden sich noch ein paar Minuten lang gemeinsam Sorgen machen konnten.

»Sie scheint ganz wohlauf zu sein«, sagte Janet mit trauriger Stimme, als die Schwestern schließlich zu mir herauskamen. Rosemarys Mundwinkel zeigten nach unten; sie ähnelte kaum mehr der streitlustigen Frau, die sie normalerweise war.

»Ich glaube, Sie machen sich beide mehr Sorgen als Dorrie selbst«, ermutigte ich sie. »Und jetzt werde ich Sie zu einer Tasse heißen Kaffee ausführen. Ich glaube, das wird uns allen guttun.«

Diese Aussicht munterte sie auf, und wir verbrachten eine recht angenehme halbe Stunde in einem Café in der Marylebone High Street. Ich gab mich sorglos und unerschütterlich; doch ich glaubte selbst nicht recht an die Rolle, die ich ihnen vorspielte. Als ich sie zu ihrem Auto begleitete, küßte Rosemary mich auf die Wange und drückte mir das feuchte Paket mit dem Räucherlachs in die Hand. »Es war so schön, daß Sie gekommen sind, Rachel«, sagte Janet. »Treffen wir Sie wieder?«

»O ja, ich denke, ich werde morgen vorbeischauen«, erwiderte ich. »Wenn wir im Geschäft nicht zuviel zu tun haben.« Ich winkte ihnen lässig zu und ließ sie auf der dunklen Straße zurück. Ich konnte mir kaum vorstellen, wie sie den Rest des Abends verbringen würden.

An den nächsten Tagen befanden wir uns alle in Bereitschaft. Die Operation wurde aus irgendeinem Grund verschoben; es schien sich nichts zu tun, und allmählich entspannte sich die Atmosphäre. Wenn ich in dem Krankenzimmer saß, gelang es mir manchmal fast, mir einzureden, daß wir uns wieder in dem Wohnzimmer in Wimbledon befanden – vor allem, wenn die Ehemänner dazukamen oder wenn Oscars Bruder Sam vorbeischaute und die kalte Straßenluft und einen schwachen Zigarrengeruch mit ins Zimmer brachte. Oscar sprach sehr wenig; er saß einfach nur da und lächelte leicht, als habe die erzwungene Abgeschiedenheit dieser seltsamen Tage ihn und Dorrie in ihren ursprünglichen Liebestraum zurückversetzt. Und wenn er seinem Bruder kaum merklich zunickte, standen wir alle gehorsam auf, verabschiedeten uns und versprachen einander, uns am nächsten Tag wieder dort zu treffen. Doch als es schon so aussah, als werde das für immer und ewig so weitergehen, hörten wir, daß die Operation für den Morgen des übernächsten Tages angesetzt war. Die Besorgnis wuchs. Dorrie, die ihre Hand in Oscars Hand gelegt hatte, machte zwar einen recht zuversichtlichen Eindruck; doch mir fiel auf, daß sie etwas Tee oder Kaffee verschüttet hatte: Auf ihrer rosa Bettjacke war ein kleiner, blaßbrauner Fleck zu sehen. Dieser Fleck erzählte eine andere

Geschichte als ihr warmes, ermüdetes Lächeln. Als ich ihr einen Gutenachtkuß gab und ihr versprach, sie am nächsten Tag wieder zu besuchen, richtete sie sich im Bett auf und legte die Arme um mich.

»Liebe kleine Rachel«, sagte sie. »Kommen Sie gut nach Hause.«

All das belastete meine Nerven ein wenig. Obwohl ich es beinahe als erholsam empfand, an diesen tranceähnlichen, aber geselligen Versammlungen rund um Dorries Bett teilzunehmen, begann ich mich doch allmählich zu fragen, wie lange ich wohl durchhalten würde, wenn diese Besuche sich auf unbegrenzte Dauer fortsetzten. Und vor allem fragte ich mich, wie lange es wohl noch dauern würde, bis Heather heimkam. Meiner Berechnung nach mußte ihr Wochenende in Venedig inzwischen vorüber sein, obwohl sie natürlich keinen Grund kannte, weshalb sie sich mit der Rückreise hätte beeilen sollen. Es erschien mir immer widersinniger, daß man ihr nichts von Dorries Operation erzählt hatte und daß ich hier ihren Platz einnahm. Ich kam mir vor wie ein Reservespieler in einem wichtigen Fußballspiel: Man akzeptierte mich als Notwendigkeit, aber mit Bedauern. Allerdings muß ich sagen, daß niemand dieses Bedauern zum Ausdruck brachte: Ich glaube, sie freuten sich alle aufrichtig darüber, daß ich da war. Seltsamerweise wurde Heathers Name nicht erwähnt – das wäre wohl taktlos gewesen. Daraus schloß ich, daß über die Gründe für Heathers Abwesenheit gewisse Uneinigkeit geherrscht hatte. Janet oder Rosemary – wahrscheinlich Rosemary – hatte sich sehr mißbilligend darüber geäußert, daß Heather nicht da war, und Dorrie hatte ihre Tochter natürlich verteidigt. Ich konnte mir vorstellen, daß Rosemarys Anschuldigungen sie sehr bestürzt und aufgeregt hatten, daß ihr Tränen in die Augen gestiegen waren; daß dann Oscar eingeschritten war und Rosemary gezwungenermaßen den Rückzug angetreten hatte. Danach wurde Heathers Name nicht mehr erwähnt, obwohl die Traurigkeit, die in der Luft lag, mit ihr zusammenhing, mit ihrer – in diesem Falle sowohl körperlichen als auch geistigen – Abwesenheit, ihrer Ahnungslosigkeit. In Anbetracht dessen, was er wußte, müssen diese Tage in der Klinik für Oscar eine große Belastung gewesen sein; doch er gab nicht einmal einen Seufzer von sich. Selbst in seiner Befangenheit war er noch höflich. Es schien eine merkwürdige Fügung über diesen beiden Menschen zu schweben, die sich bei den Händen hielten wie Liebende, wie Kinder, und so vollkommen aufeinander eingestimmt waren, daß sie sogar im gleichen Rhythmus atmeten. Wenn Oscar da war, aß Dorrie, und nicht etwa nur, um ihm einen Gefallen zu tun; Oscar war der erste, dem auffiel, daß sie müde war, noch ehe sie selbst es bemerkte; Oscar gab uns das Zeichen, uns zu verabschieden. Doch obwohl ich deutlich sah, daß die beiden einander noch nie zuvor näher gewesen waren, hatte ich das Gefühl, daß Heather eigentlich hätte dasein müssen.

Es gab noch einen Grund, weshalb ich mich nach ihrer Rückkehr sehnte. Oscar und Dorrie wirkten wie ein dem Untergang geweihtes Liebespaar, und für einen Menschen mit meiner skeptischen Einstellung war ihre Leidenschaft zu nackt und unverhohlen. Ich hatte das Gefühl, daß sie sie nur innerhalb der Familie zum Ausdruck bringen sollten, obwohl ich Angst bekam, wenn ich daran dachte, welche Auswirkungen das wohl auf Heathers naive, unrealistische Lebenseinstellung haben mochte. Ich hatte auch das Gefühl, daß die auffällige Abwesenheit Michaels sich unweigerlich bald herumsprechen würde; und ich wollte nicht in die Lage geraten, neugierige Fragen abwehren oder mich mit einer Wolke höflicher Ahnungslosigkeit umgeben zu müssen, wenn dieses Thema zur Sprache kam. Allmählich war mir klar geworden, daß man nicht mit seinem Wiederauftauchen rechnete; wenn sein Name fiel, verzogen Janet und Rosemary das Gesicht zur gleichen angeekelten Grimasse, und Sam überraschte mich sogar einmal mit der Äußerung: »Wie konntet ihr nur? Ich meine, wie konntet ihr ihn jemals ernst nehmen?« Die Geschichte war durchgesickert oder besser gesagt: Eine ziemlich bereinigte Version davon war verbreitet worden; es war nicht so, daß alle alles wußten, sondern eher so, daß jeder etwas wußte. Der arme Michael, den seine neuen Verwandten nur allzu bereitwillig als eine Art Lückenbüßer akzeptiert hatten, wurde jetzt für entbehrlich gehalten. Ja, ihre ursprüngliche Leutseligkeit hatte sich ganz plötzlich in eine Art überdrüssige Ungeduld verwandelt; so, als hätten sie einen Gegenstand gekauft, den sie für notwendig hielten, und könnten ihn nun, nachdem sie festgestellt hatten, daß er fehlerhaft war, nicht schnell genug in den Laden zurückbringen. Michael, das war vorauszusehen, würde wieder in die Obhut seines Vaters zurückkehren.

Als mir klar wurde, daß man sich auf diese Haltung geeinigt hatte und daß sie ausnahmslos von allen Mitgliedern der Familie geteilt wurde, war ich schockiert. Einen Idioten zu heiraten, ist eine Sache; ihn schon nach so kurzer Probezeit wieder als unbrauchbar zu verabschieden, eine andere. Dieses Verhalten schien mir charakteristisch für die Reichen und von einem überraschenden Zynismus zu sein, den ich den Livingstones eigentlich nicht zugetraut hatte. Doch nach einigem Nachdenken erkannte ich, daß die Angst sie dazu getrieben hatte. Dorries kleine Unpäßlichkeit hatte sie daran erinnert, daß Heathers Platz an der Seite ihrer Mutter war. Ja, das erneute – oder vielleicht dauernde – Blühen der Liebe zwischen Oscar und Dorrie schien sie nach Hause zurückzurufen, als hätte eine geringere Empfindung oder ein bloßer Schein in ihrem Lebensplan keinen Platz. Unter der Ruhe und Gelassenheit, die sie einander in jenen Tagen in der Klinik aufdrängten, verbarg sich die Sehnsucht nach Heather, das wußte ich. Und wenn das Ende dieser Zeit heranrückte, mußten sie ihre Tochter zurückbekommen: Ihre Verbindung, die von Anfang an eine Vernunftehe gewesen war, war nun unvernünftig geworden und mußte so rasch wie möglich rückgängig gemacht werden. Ich sah das als Notlösung an und vielleicht war es sogar ein kluger Schritt. Denn das, was Oscar und ich wußten – und ich bin sicher, daß wir beide die einzigen in diesem Zimmer waren, die wirklich wußten, was nicht stimmte –, konnte niemals in der Öffentlichkeit bekannt gemacht werden. Das hätte keiner von ihnen ertragen.

Ich verschwendete noch einen letzten Gedanken an Michael und seinen vor Temperament überschäumenden Vater; doch selbst ich hielt es für besser, wenn uns keine Gelegenheit mehr vergönnt war, die beiden näher kennenzulernen. Ich sah sie endlos an der spanischen Küste hin und her fahren und die Ausstattung von Time-sharing-Ferienwohnungen ausprobieren: Ich stellte mir vor, wie sie auf billigen Matratzen auf und ab federten, in halb möblierten Zimmern saßen, gereizt nach lethargischen spanischen Bediensteten telefonierten, wütend den Hörer niederknallten und ihre leutselige Freundlichkeit erst dann wieder aufsetzten, wenn die Aussicht bestand, eine neue Bekanntschaft zu schließen. Ich glaube, sie waren in ihrer Tätigkeit ungeheuer erfolgreich; zumindest würden sie nie finanzielle Probleme haben. Doch ihre hochtourige Zugänglichkeit würde mit der Zeit sicherlich abnehmen, und an ihre Stelle würde das müde Lächeln zweier professioneller Komödianten treten. Oder vielleicht würde eher der Vater diese Haltung einnehmen; den Sohn würde man nachsichtig gewähren lassen, als wäre er wirklich ein wenig zurückgeblieben, während er sich in Wirklichkeit für seine verpatzte Kindheit zu rächen suchte und seinem Vater immer neue Bußen auferlegte. Und der Vater würde feststellen, daß die alte Sorge, die er nun anderen Menschen weitergegeben zu haben glaubte, nach wie vor auf ihm lastete: Er würde kläglich und zynisch werden und sich seine Vergnügungen suchen, wann und wo er nur konnte. Seine Damen würden vor Ärger lautstarke Szenen machen, wenn er in regelmäßigen Abständen fluchtartig nach Hause eilte, um sich um seinen Sohn zu kümmern: Sie würden so tun, als seien sie über diese enge Bindung erstaunt, ihm Namen von Psychiatern nennen und sich schließlich damit abfinden – denn der Colonel pflegte sich Frauen auszusuchen, bei denen die Wahrscheinlichkeit, daß sie noch viel erleben würden, ziemlich gering war. Die Tatsache, daß wir ihn alle nicht mochten, schien mir den Eindruck seiner recht fadenscheinigen Wirkung noch zu verstärken. Er war das eigentliche Opfer dieser unglückseligen Affäre; denn es war nicht sehr wahrscheinlich, daß er es noch einmal mit der gleichen Lösung versuchen würde. Im Grunde genommen war er ein zum Scheitern verurteilter Mann.

Aber vielleicht waren wir alle zum Scheitern verurteilt. Am Tag, bevor Dorrie operiert werden sollte, saßen wir rund um ihr Bett und wußten plötzlich nichts mehr zu sagen; uns fielen auch keine gegenseitigen Komplimente mehr ein. Die Spannung verschärfte sich immer mehr, und Oscar und Dorrie hielten sich zum Trost stumm bei den Händen. Es lag eine Atmosphäre der Trauer und gleichzeitig der Ungeduld im Zimmer, ein Verlangen, zu gähnen, nervös mit den Beinen zu zappeln, laut zu sprechen, ja sogar zu essen. Die Luft wurde allmählich immer abgestandener; sie duftete zwar immer noch nach Dorries Geißblattparfüm, war aber inzwischen verbraucht, und vermischt mit dem Geruch ihres Mittagessens und der Bettwäsche. Ich fand es unerträglich. »Dorrie«, sagte ich. »Würden Sie nicht gern ein bißchen auf dem Gang auf und ab gehen? Es ist sicher nicht gut für Sie, die ganze Zeit im Bett zu liegen.« Sie wandte den Kopf, um mich anzuschauen (waren ihre Augen größer und lagen tiefer in den Höhlen als sonst?); dann blickte sie über meine Schulter hinweg zur Tür, die sich in diesem Augenblick öffnete und Heather einließ.

Das überglückliche Lächeln, das schlagartig Dorries Gesicht veränderte, verriet mir, was geschehen war, noch ehe ich Heather gesehen hatte. Ein allgemeines Murmeln der Anerkennung ging durch den Raum, als sei gerade der Vorhang hochgegangen und habe den Blick auf ein atemberaubendes Schauspiel freigegeben. Bravo, dachte ich vielleicht ein wenig bissig: Die verlorene Tochter kehrt heim.

»Hallo, Mama«, sagte sie. »Was machst du denn für Sachen? Oh, ist das heiß hier!« Sie ging ans andere Ende des Zimmers und öffnete ein Fenster – was bisher keiner von uns gewagt hatte.

Im Gegensatz zu uns, die wir alle inzwischen schon ein wenig kränklich wirkten, sah Heather blendend aus. Sie hatte ihr kastanienbraunes Kostüm an und trug ein kleines, offensichtlich in Italien gekauftes Täschchen an einem langen Lederriemen über der Brust wie eine Patronentasche. Irgendwie war sie verändert, oder rührte dieser Eindruck nur daher, daß sie aus der weiten Welt in dieses kleine Zimmer gekommen war? Sie wirkte selbstsicher, nüchtern und sachlich, und es schien sie kein bißchen zu beunruhigen, daß wir alle wie stumm rund um Dorries Bett saßen – oder sie verstellte sich sehr gut.

»Liebling, Liebling«, rief Dorrie und streckte die Arme nach ihr aus. »Ist alles in Ordnung? Frierst du nicht? Wie konntest du nur ohne Mantel kommen, Liebling?«

»Natürlich ist alles in Ordnung«, erwiderte Heather mit ihrer üblich monotonen Stimme, die aber diesmal einen etwas herzhafteren Klang hatte, was ihr eine gewisse Autorität gab. »Und mit dir ist auch alles in Ordnung. Zumindest ab morgen.«

»Ja, Liebes, natürlich ist alles in Ordnung.« Sie sah auch tatsächlich danach aus, sah aus, als sei ihre Gesundheit ganz plötzlich zurückgekehrt. »Oh, ich kann es gar nicht erwarten, bis ich das alles endlich hinter mir habe und wieder zu Hause sein darf. Läute bitte, Oscar. Wir wollen eine Tasse Tee trinken.«

»Oh, mach dir keine Mühe, Papa. Ich werde schon jemanden finden.« Heather nickte mir kaum merklich zu, und ich folgte ihr zur Tür.

»So ist's recht, Liebling«, sagte Dorrie. »Plaudert ihr zwei Mädchen nur miteinander. Ach, jetzt geht es mir schon so viel besser. Ich wußte doch, daß sie kommen würde.«

Als die Tür hinter mir ins Schloß fiel, hörte ich noch, wie die anderen sich gegenseitig beteuerten, daß sie es natürlich auch gewußt hatten. Heather hatte sich wahrlich den geschicktesten Zeitpunkt für ihre Rückkehr ausgesucht. Ich folgte ihr den Korridor entlang, sah, wie sie wie aus dem Nichts eine Krankenschwester herbeiwinkte und Tee bestellte, als trage sie für alles die Verantwortung.

»Das ist ja großartig«, sagte ich. »Woher wußtest du es denn?«

»Papa hat mich im Gritti angerufen. Dort kannst du mich übrigens immer erreichen oder eine Nachricht für mich hinterlassen. Ich schaue fast jeden Tag herein.«

»Warum sollte ich dich denn dort erreichen wollen?« fragte ich einigermaßen überrascht. »Du bist doch jetzt wieder zu Hause.«

»Ja, aber ich fahre wieder zurück. Sobald das alles vorüber ist. Sobald sie hier herauskommt.«

Wir standen in einem langen großen Korridor mit sinnlos greller Neonbeleuchtung. Vom hinteren Ende her war das Rasseln von Rädern zu hören; dann erschien ein Dienstmädchen mit einem Teewagen, auf dem klirrende Tassen standen.

»Du fährst zurück?« fragte ich. »Aber das geht doch nicht. Dein Platz ist doch sicher hier.«

»Ich weiß es nicht«, sagte Heather. »Die Sache ist die – ich habe jemanden kennengelernt. Komm, man wird sich wundern, warum wir uns hier aufhalten.«

Verblüfft betrachtete ich ihren wohlgeformten Rücken. Sofort stieg Empörung in mir auf, obwohl ich wußte, daß wir den Schein der Höflichkeit aufrechterhalten mußten, solange dieses kleine Abenteuer noch nicht abgeschlossen war.

»Einen Augenblick«, sagte ich, als ich sie vor der Tür wieder einholte. »Was ist mit Michael?« Ich stellte fest, daß meine Stimme in ein wütendes Flüstern übergegangen war.

»Oh, er ist weg«, erwiderte sie in völlig normalem Tonfall. »Ich habe ihm gesagt, daß ich ihn verlasse, und er schien nicht überrascht zu sein. Ich werde die Wohnung zum Verkauf anbieten.«

Heathers Auftritt hatte eine elektrisierende Wirkung auf alle Anwesenden gehabt. Man hatte ihr Komplimente gemacht und ihr zu ihrem guten Aussehen gratuliert, als sei sie eine königliche Besucherin, die den Menschen schon allein durch den Zauber ihrer Anwesenheit Wohltaten erwies. Man hatte sich anerkennend über ihre Kleidung geäußert und sie aufgefordert, zu erzählen, was man in dieser Saison in Italien trug. Wieder einmal hatte sie alle Aufmerksamkeit auf sich gezogen, wie damals, als sie ohne die geringste Veränderung in ihrem Tonfall oder ihrem Verhalten zu zeigen zugab, daß ihr Leben eine entscheidende Wendung genommen hatte. Jetzt erkannte ich, daß in Wirklichkeit sie alle Entscheidungen getroffen hatte, und fragte mich, ob sich nun wohl das gleiche Phänomen wiederholen würde. Ich sah wie in einem lähmenden Traum vor mir, daß ich vielleicht für immer hierbleiben mußte, damit Heather ihre Pläne in Italien ausführen konnte. Abgesehen davon, daß ich nicht das geringste Verlangen danach hatte, mich zu opfern, sah ich auch keinen Grund, Heathers Urteilsvermögen in diesem Fall mehr zu trauen als im vorherigen, in welchem sich ihr Irrtum so niederschmetternd bewiesen hatte. Ich war geneigt, das jetzige Objekt ihrer Aufmerksamkeit für ebenso unwürdig zu halten wie das vorige. Er war vielleicht nicht gerade ein Gondoliere – für eine so ungewöhnliche Beziehung war sie zu seriös und zu unbeweglich –, aber mit Sicherheit kein Mann, den sie mit nach Hause bringen konnte. Vielleicht wollte sie, daß diese Liaison in sicherer Entfernung von den prüfenden Blicken ihres Familienkreises stattfand. Dieser Gedanke hätte mich eigentlich warnen sollen, denn das deutete – ebenso wie Heathers neues Selbstbewußtsein – darauf hin, daß es ihr mit dieser Affäre möglicherweise ernst war. Die Verschwiegenheit, die List und das Exil – laut James Joyce die drei Wunschvoraussetzungen für das Leben eines Künstlers – schien sie mit der Schnelligkeit und schlafwandlerischen Sicherheit eines Menschen entdeckt zu haben, der unter dem Schutz einer Zaubermacht steht.

Ich muß zugeben, daß ich zornig auf sie war. Abgesehen von all den Unannehmlichkeiten, hatte ich das Gefühl, daß Heather sich meiner Unabhängigkeit bemächtigt hatte und meine Zeit in Anspruch nahm, um ein Abenteuer jener Art zu genießen, wie ich sie normalerweise erlebte. Und wer konnte wissen, wohin sie geraten würde, wenn sie erst einmal erkannte, daß solche Abenteuer komplizierteren und lästigeren Bindungen vorzuziehen waren? Doch hinter meinem Zorn verbarg sich ein quälendes Gefühl des Mitleids für dieses träge Mädchen mit seinem sittsamen Benehmen, das nun in den Armen eines wissenden Italieners erwachte, während sich dies schon hinter ihrem ahnungslosen Rücken herumsprach. Allmählich würde sie verwirrt und befangen werden, ihre Gedanken würden sich langsam verdüstern. Das Problem bei Frauen ist, daß sie nie ganz den Glauben daran verlieren, daß am Ende doch alles gut wird, daß der nächste oder übernächste Mann die Erfüllung ihrer eigentlichen Erwartungen von Beständigkeit und Ordnung sein und das schwierige Gleichgewicht zwischen Unschuld und Erfahrung ermöglichen würde. Heather war nicht für ein Leben geschaffen, wie ich es führte. Sie hatte nicht die geistige Ausrüstung dazu, das Temperament, den Zynismus, die Freude an der Gefahr. Ich sah voraus, wie sie in den nächsten Jahren gehorsam bei ihren Eltern dahinleben und hin und wieder ausbrechen würde, um im Ausland ihre Abenteuer zu erleben: zu Hause ein Kind, fern von den liebevollen Augen der Eltern dagegen eine raffinierte Strategin, eine Pragmatikerin. Sie würde eine jener tüchtigen Frauen in der Kleiderbranche werden, die mißmutig die neue Mode überblicken und bei denen man sich über die letzten Modetrends informiert. Die Zeit und das Alter würden sich bemerkbar machen, ihre schon jetzt recht stämmige Figur noch mehr in die Breite gehen lassen und ihr Haar lichten, während ihr Wunschtraum immer noch in weiter Ferne liegend darauf warten würde, daß sie sich auf die Suche nach ihm begab. Ich sah sie in den kommenden Jahren im Wohnzimmer ihrer Eltern sitzen; ein wenig schlampig um die Hüften herum, ein wenig müde und überdrüssig, aber immer noch höflich. Immer noch verschlossen würde sie auf die inzwischen etwas wehmütig gewordenen Erwartungen ihrer Eltern reagieren, ihren Fragen ausweichen, keinerlei Andeutungen fallenlassen. Das war kein Leben für eine anständige Frau; und doch ist es das Leben, das viele Frauen führen müssen. Und es ist das Los solcher Frauen, verachtet zu werden, als hätten sie in einer entscheidenden Prüfung versagt – einer

Prüfung, die klügere, vom Glück mehr verwöhnte Frauen bestanden hatten. Kein Zeichen der Liebe würde diesen unveränderlichen Gesichtsausdruck verwandeln, und irgendwann würde sie feststellen, daß sie für ihren Freundeskreis unentbehrlich geworden war – als Spiegel, als Empfängerin vertraulicher Geständnisse, als Babysitter, als angenehmer Resonanzraum für jene Menschen, die in gesicherteren, anerkannteren Verhältnissen lebten. Auch noch so viele vorübergehende Liebschaften würden ihren Status nicht tilgen. Alle würden sie »die arme Heather« nennen; und Frauen konventionelleren Schlages würden sie selbstzufrieden bemitleiden.

Trotzdem hatte sie keine Veranlassung, diese Laufbahn, für die sie so schlecht gerüstet war, ausgerechnet in diesem unpassenden Augenblick einzuschlagen, noch dazu mit der ungeschickten Bereitwilligkeit, die ihr eigen war. Sie sollte es aufgeben, fand ich, ihre Grenzen erkennen und innerhalb dieser Grenzen bleiben. Sie hatte Geld, sie hatte den Status einer verheirateten Frau – was selbst in unserer Zeit der Emanzipation noch wichtig ist – und so etwas wie eine berufliche Karriere. Und sie hatte ein Zuhause, in das sie stets zurückkehren konnte. Die wahre Abenteurerin dagegen weiß, daß sie nie wieder zurück kann. Das war der entscheidende Unterschied zwischen uns beiden. Ich hatte das Gefühl, daß Heather sich unerhört verrechnete, und zwar auf Kosten anderer Menschen. Doch selbst jetzt mußte ich ihre Haltung anerkennen. Bei Heather gab es keine beiläufig fallengelassenen Andeutungen, keine scherzhaft hochgezogenen Augenbrauen, die aller Welt zu erkennen geben sollten, daß etwas Amouröses im Gange war. Sie hatte wenigstens die erste Lektion gelernt: Verschwiegenheit. Sie antwortete bereitwillig, aber ohne irgendein Zeichen der Begeisterung, auf alle Fragen. Ja, sie hatte sich ein paar Dinge gekauft; ja, es war anstrengend gewesen; ja, Chiara und sie hatten sich gefreut, im Gritti wohnen zu dürfen; ja, sie kannte Chiara schon seit einiger Zeit und hatte auch ihre Mutter und ihren Bruder Marco kennengelernt. Die Familie lebte anscheinend in ziemlich bescheidenen Verhältnissen, und Chiara war von Oscars Angebot, ein Wochenende in einem Luxushotel verbringen zu dürfen, begeistert gewesen. Nach diesem Bericht waren Heathers Eltern und Tanten schon fast bereit, Chiara und ihre Familie als alte Freunde zu betrachten, ebenso, wie sie sich nichtsahnend in die offenen Arme Colonel Sandbergs gestürzt hatten. Nein, sagte Heather, Chiara habe nicht vor, sie in London zu besuchen; sie habe zuviel in ihrem eigenen kleinen Geschäft zu tun. Aber sie würden in Verbindung bleiben. Wie schade, sagten alle wie aus einem Munde: Wir hätten sie so gern kennengelernt.

Ich mißtraute dieser Chiara; aber das hatte nichts zu bedeuten, denn mittlerweile mißtraute ich praktisch jedem. Mein Argwohn hatte inzwischen schon solche Ausmaße angenommen, daß ich sie alle der Komplizenschaft verdächtigte – ich beschuldigte sie insgeheim, es Heather allzu leicht zu machen. Aber es bestand kein Zweifel daran, daß Heather die Situation verändert hatte. Über den Teetassen schwebte eine Atmosphäre der Erwartung. Selbst die Operation schien nun plötzlich eine Angelegenheit von untergeordneter Bedeutung zu sein. Alle schienen den Wunsch zu haben, sie möglichst rasch hinter sich zu bringen, damit das Leben wieder normal verlaufen und alles so sein konnte wie vorher, nun, da Heather wieder da war. Dorrie war jetzt sehr fröhlich, und ihre Wangen hatten wieder ihre gesunde Farbe angenommen. Als Sam auf dem Heimweg vorbeischaute, mußten all die Willkommensgrüße und guten Wünsche noch einmal wiederholt werden. Wir waren alle überrascht, als wir feststellten, wie spät es schon war.

Schließlich wurden wir von einer Krankenschwester aufgefordert, uns zu verabschieden. Die lange Nacht vor der Operation war angebrochen. Ich küßte Dorrie und versprach ihr, daß ich sie am nächsten Tag anrufen und wiederkommen würde, sobald alles vorbei war. Dann wartete ich vor der Tür und hoffte, Heather abfangen zu können, denn nun war meine Neugier geweckt. Es war schwierig und hätte auch zu auffällig gewirkt, sie schon so kurz nach ihrer Ankunft beiseitezunehmen; und doch gelang es mir, ein paar Worte mit ihr zu wechseln. Es erschien mir unwirklich, sie in diesem Klinikkorridor zu fragen, was das für ein Mann war, den sie kennengelernt hatte. »Oh, ich werde dich anrufen«, sagte sie mit aufreizender Gelassenheit. »Ehe ich zurückfahre.«

9

Als ich am nächsten Nachmittag in der Klinik anrief, wurde mir gesagt, daß Mrs. Livingstone operiert worden war, aber immer noch unter Narkose stand. Ihr Mann sei bei ihr, aber sonst dürfe sie niemand besuchen. Man riet mir, später noch einmal anzurufen.

Es überraschte mich ein wenig, daß Dorrie so unter Verschluß gehalten wurde. Ich hatte gedacht, der Eingriff würde höchstens eine halbe Stunde dauern, und darauf würde eine rasche Erholung und Entlassung folgen. Das Ganze schien doch langwieriger zu sein, als ich mir vorgestellt hatte. Aber ich nahm an, daß ihre besorgte Familie sich durchgesetzt und daß man sich darauf geeinigt hatte, aus dieser kleinen Episode eine Art Erholungskur zu machen, der keine zeitlichen Grenzen gesetzt zu werden brauchten. Es war ja auch der Mythos verbreitet worden, Dorrie sei »überanstrengt«. Erklärungen dafür waren nicht schwer zu finden. Diese unglückselige Ehe hatte sie »erschöpft«, und ihr Ende hatte sie »umgeworfen« – obwohl seltsamerweise anscheinend niemand die Verantwortung dafür übernehmen wollte. Die gerühmten Hochzeitsvorbereitungen und die Hochzeit selbst wurden als Ausdruck des Familiensinns, der Selbstlosigkeit, der Großzügigkeit, ja sogar der Ritterlichkeit betrachtet, und vermutlich stimmte das auch mehr oder weniger. An die brutale Tatsache der raschen Auflösung dieser Ehe dagegen dachte man nur mit Abscheu, als sei sie jemand anderem widerfahren. Hätte man die Schwestern dazu gedrängt, ihre Haltung ein wenig genauer zu überprüfen, hätten sie sich darauf geeinigt, daß Michael sich als unzuverlässig erwiesen hatte, daß das Milieu, aus dem er stammte, zu exzentrisch war und daß er sich nicht zu einem häuslichen Ehemann entwickelt hatte. Heather würde aus dieser Verwicklung unbefleckt hervorgehen wie aus einem Kloster.

All das kam der Wahrheit – die nur Oscar und ich wußten – so nahe, daß man es für allgemein akzeptabel, ja sogar bequem hielt. Ich war nicht die einzige, die das feine Gespinst der Täuschung erkannte, das auf diese Weise über die Affäre gebreitet wurde; ich hatte bemerkt, daß Oscar sein Gesicht von Zeit zu Zeit nachdenklich dem Fenster zuwandte, als brauche er eine kurze Erholungspause von dieser familiären Eintracht. Das gleiche beschönigende Verfahren schien man auch bei der Sache mit Dorries Ohr walten zu lassen, die, soweit ich das sehen konnte, eigentlich keine längere Bettruhe erforderte. Meine allgemeine Gereiztheit über dieses Verhalten enthielt sicherlich ein wenig Angst, aber auch Ungeduld. Wie die Reichen ihren kleinen Unpäßlichkeiten nachgaben! Und für wie verfrüht würde sich Dorries Erschöpfung erweisen, wenn erst die Nachricht von Heathers kleinen Abwegen an die Öffentlichkeit drang! Würden die Livingstones auf die drohende Abreise ihrer Tochter mit der gleichen Nachsicht reagieren wie auf ihre bevorstehende Scheidung, gegen die niemand einen Einwand erhob? Würden sie die gleichen beschönigenden Worte finden, um das zu beschreiben, was offensichtlich nichts anderes war als ein ganz banales Urlaubsabenteuer? Und würden diese Phrasen schließlich auf ihren Lippen ersterben, wenn sich dieses Abenteuer in regelmäßigen Abständen wiederholte?

Doch wenn Dorrie wirklich krank war, würden sie Heathers vorübergegangene Abtrünnigkeit vor lauter Erleichterung darüber, daß sie wieder zurückgekehrt war und die Angelegenheit in die Hand nahm, übersehen, vergessen, aus ihrem Gedächtnis auslöschen. Ja, es wäre ein dringendes Anliegen, sich Heathers ständige Anwesenheit zu sichern, noch ehe diese Anwesenheit offiziell erforderlich war. Wie schon so oft in meiner Beziehung zu den Livingstones überlegte ich mir, daß ich alles getan hatte, was ich konnte, oder genaugenommen leider nur fast alles: Meine wichtigste, meine letzte Aufgabe würde darin bestehen, vernüftig mit Heather zu reden, sie auf meine eigene unnachahmliche Art und Weise davon zu überzeugen, daß sie das, was in Venedig auf sie wartete, getrost auf unbestimmte Zeit verschieben konnte – ja, daß es sich in Zukunft jederzeit erneuern oder wiederholen ließ – und daß es nun angebrachter war, erst einmal eine Periode des offiziellen »Jungfernstandes« einzulegen, bis sich ein geeigneter Zeitpunkt für ihren nächsten kurzen Abstecher ergab. Ich würde ihr erklären, daß das einzig und allein eine Frage der Zweckmäßigkeit sei. Ich würde nicht zu sehr betonen, daß die Sorge um Dorries Gesundheitszustand doch nicht völlig von der Hand zu weisen sei, sondern den Standpunkt vertreten, daß das Leben, das zu führen sie im Begriff war, eine kaltblütige Haltung und eine langfristige Strategie erforderte, über die sie sich lieber erst einmal Gedanken machen sollte, vielleicht in der bequemen Umgebung ihrer nun verwaisten Wohnung, um wenigstens nicht gleich in die offensichtlichsten Fallen dieses Lebens zu tappen. Zu diesem Zweck rief ich sie an, in der Hoffnung, sie noch zu erreichen, ehe sie ins Krankenhaus fuhr, um bei ihrem Vater zu sein, wenn Dorrie wieder zu sich kam.

Heather besuchen zu müssen, war mir wie immer unangenehm; aber die Zeit war knapp – sowohl die Zeit, die für unser Gespräch zur Verfügung stand, als auch die Zeit, die ich von der Buchhandlung weg sein konnte, denn das Geschäft hatte plötzlich einen ungeahnten Aufschwung genommen, und Robin wirkte schon ein wenig entnervt. Dieser Gedanke an meine eigene Situation veranlaßte mich dazu, die Angelegenheit zu beschleunigen. Und so machte ich mich an einem jener düsteren Tage, die Regen androhen, ihre Drohung aber niemals wahrmachen, auf den Weg zum Marble Arch. Obwohl ich mir einzureden versuchte, daß es Unsinn war, fürchtete ich mich vor diesen niederen Wolken und dem, was sie verbargen. Die Ereignisse der vergangenen Tage hatten mich in einen solchen Zustand nervöser Überreiztheit versetzt, daß meine Wasserscheu all meine Gedanken zu überschatten schien und selbst der Anblick Robins, der ein Glas Wasser nach dem anderen in sich hineinstürzte, mir Unbehagen einflößte. Als ich die Bayswater Road entlangeilte, blickte ich zu dem dunkelgrauen Himmel hinauf und konzentrierte meinen Willen darauf, daß es nicht regnen möge, solange ich den sicheren Ankerplatz von Heathers Wohnung noch nicht erreicht hatte. Dort würde ich mich meiner Botschaft so rasch wie möglich entledigen und dann eilig wieder in meine eigenen vier Wände zurückkehren. Wenn ich in einer solchen Verfassung bin, habe ich schlimme Träume. All dies war noch eine zusätzliche Belastung für mich.

Heather öffnete die Tür und trat höflich beiseite, um mich hereinzulassen. Sie schien keine Ahnung zu haben, warum ich sie sehen wollte, war aber – wie immer – wortlos entgegenkommend. Ich hatte das Gefühl, daß es passender war, stehen zu bleiben, während ich sie auf ihre Irrtümer hinwies; und sie verzichtete in ihrer unerschütterlichen Höflichkeit ebenfalls darauf, sich zu setzen. Sie war nicht gerade ein einfallsreiches

Mädchen und kam gar nicht auf den Gedanken, es mir bequem zu machen. Ich war dankbar dafür, denn in Anbetracht meiner Entschlossenheit, das zu tun, was eindeutig getan werden mußte, hätte ich mich auf jeden Fall unbehaglich gefühlt. Als wir im Flur ihrer stillen Wohnung standen und irgendwo im Hintergrund das monotone Ticken einer Uhr zu hören war, spürte ich, wie die vertraute Welle der Gereiztheit wieder in mir emporstieg.

»Heather«, sagte ich entschlossen. »Du hast erwähnt, daß du wieder nach Venedig zurückfahren möchtest. Ich glaube, das solltest du nicht tun.«

»Warum nicht?« fragte sie.

»Nun ja, abgesehen von der Tatsache, daß deine Mutter krank ist, finde ich, daß es der falsche Zeitpunkt ist.«

Heather betrachtete mich mit jenem liebenswürdig ausdruckslosen Gesicht, das mir nun schon so vertraut war. Es war offensichtlich, daß sie mir keine Hilfestellung leisten würde. Ich versuchte es noch einmal.

»Du hast gesagt, daß du jemanden kennengelernt hast, und ich habe daher daraus geschlossen, daß du zurückfahren willst, um ihn zu besuchen. Oder um mit ihm zusammenzusein.«

»Das stimmt. Marco. Marco Barbieri.«

Diese Auskunft lenkte mich für einen Augenblick von meinem Vorhaben ab. »Marco? Chiaras Bruder?«

»Ja.«

»Aber Heather«, sagte ich, jetzt um einiges sanfter. »Du kannst deinen Freund doch sicherlich auch ein anderes Mal besuchen?«

»Du verstehst mich nicht«, erwiderte sie. Sie war jetzt ziemlich blaß. »Wir lieben uns. Wir werden heiraten.«

»Aber Heather. Du *bist* doch verheiratet. Einmal ist doch sicherlich genug? Du hast all das hier«, ich wies auf den Kronleuchter, das einzige Symbol für »all das hier«, das ich im Augenblick entdecken konnte. »Warum bleibst du nicht hier und machst das Beste daraus? Du kannst ihn doch später zu einem geeigneteren Zeitpunkt besuchen. Natürlich geht das. Oder er kann herkommen. Warum geht das nicht?«

»Du verstehst mich nicht«, wiederholte sie. »Er kann nicht weg. Er unterstützt seine verwitwete Mutter. Ich werde dort leben müssen.«

»Bei seiner verwitweten Mutter? In Venedig?«

»Ja, natürlich.«

Sie schien es für selbstverständlich zu halten, daß ich diese Tatsache – ebenso wie sie – ohne jedes Zeichen des Widerstandes akzeptierte.

»Schau, Heather«, sagte ich. »Ich möchte nicht herzlos sein, aber ich glaube, du mißt der Ehe zu große Bedeutung bei. Schließlich hast du Michael geheiratet, als sei das die natürlichste Sache der Welt. Und es ist nicht gutgegangen, nicht wahr.«

»Nein«, sagte sie. »Aber Marco liebe ich.«

»Na schön«, explodierte ich. »Warum liebst du ihn dann nicht einfach? So etwas läßt sich durchaus machen, weißt du. Du brauchst nicht gleich jeden Mann zu heiraten. Ich bin sogar der Meinung, daß du die Finger von der Ehe lassen solltest. Und ich kann mir nicht vorstellen, wie du mit der verwitweten Mutter irgendeines Mannes in Venedig leben solltest. Diese ganze Idee ist absurd. Dein Platz ist hier.«

Sie sagte nichts, sondern stützte sich nur mit der Hand auf eine Konsole. Ich weiß noch, daß ich sie in dem Spiegel betrachtete, der darüber hing. Aus irgendeinem Grund trug sie wieder ihre schwarzen Gewänder: einen weiten Pullover und einen langen Jerseyrock – Kleidungsstücke, mit denen verglichen mir mein schwerer Regenmantel erdrückend vorkam. Ihr Haar war wieder kurz geschnitten, und eine lange Strähne fiel ihr quer in die Stirn. Mir kam es so vor, als trage sie Trauerkleidung – oder die Kleidung, die zu einer venezianischen Schwiegertochter paßt. Ich revidierte meine anfängliche Einschätzung ihres künftigen Lebenswandels.

»Schau«, sagte ich ein wenig beunruhigt. »Mach keine Dummheit. Du kannst deine Liebesgeschichte doch haben. Schließlich hast du Geld. Wenn Geld dort ein Problem ist...« Meine Stimme erstarb, als Heather sich mir etwas belustigt zuwandte. Sie ging auf mich zu, so daß ich sie nicht mehr im Spiegel sehen konnte.

»Rachel«, sagte sie. »Warum sagst du mir das alles? Mein Entschluß steht doch schon fest.«

»Weil du in Gefahr bist, einen Mann zu heiraten, den du gerade erst kennengelernt hast«, sagte ich grimmig. »So wie du es schon einmal gemacht hast. Die Ehe ist nicht die Antwort auf alles, weißt du. Manche Frauen sind einfach nicht dafür bestimmt.«

»Und andere sind dafür bestimmt«, erwiderte sie. »Ich bin es. Ich wollte schon immer verheiratet sein, selbst als ich noch ein kleines Mädchen war. Ich wollte heiraten und verheiratet bleiben, wie meine Eltern. Ich möchte Kinder. Ich möchte ein Zuhause.«

»Aber du hast doch ein Zuhause«, sagte ich böse und dachte dabei an meine schwer verdiente kleine Wohnung. »Du hast sogar zwei. Du kannst jederzeit zu deinen Eltern zurückkehren.«

»Ich möchte nur ein Zuhause«, sagte sie. »Das meines Ehemannes.«

»Aber du bist im Begriff, wieder den gleichen Fehler zu begehen! Hör zu, Heather. Ich weiß, daß du unerfahren bist, aber was du jetzt tust, ist lächerlich.« Ich setzte mich. »Weißt du denn nicht, daß man sich immer wieder verlieben kann und daß es nicht immer gut ausgeht? Ist dir denn nicht klar, daß es in solchen Situationen auf dich ankommt, daß du einen kühlen Kopf bewahren, dich schützen mußt?«

»So wie du?« fragte sie immer noch höflich.

»Ja, warum nicht? Ich komme zurecht. Sehr gut sogar. Natürlich habe ich nie solche Vorteile gehabt wie du«, sagte ich ziemlich heftig atmend. »Ich kann nicht alles in dem Augenblick, in dem es schiefgeht, gleich wieder rückgängig machen, wie du es anscheinend gewöhnt bist. Ich habe keine liebenden Eltern, die alles, was ich tue, für richtig halten, selbst wenn es das gar nicht ist. Ich muß mich von der Vernunft leiten lassen. Ich will nicht behaupten, daß das leicht ist. Aber es geht. Erst wenn man Vernunft annimmt, ist man erwachsen, ja sogar ein bißchen skeptisch. Vernunft bedeutet, nicht alle fünf Minuten in neuen Kleidern zu heiraten – und Geschenke zu bekommen, als sei man noch ein kleines Mädchen. Vernunft bedeutet, nicht immer den leichtesten Weg zu wählen, Dinge für sich behalten zu können, ruhig zu bleiben. Vernunft ist die Kraft, verzichten zu können.«

»So, wie du es sagst, klingt es schrecklich«, sagte sie.

»Es ist auch schrecklich«, brach es aus mir heraus. »Aber wer sagt, daß das Leben nicht schrecklich ist? Menschen wie du scheinen es für eine Art Party zu halten, zu der Einladungskarten verschickt werden. Menschen wie du scheinen nicht zu erkennen, wann man mit dem Feiern aufhören muß. Oder daß nicht jeder die Möglichkeit hat, auf eure Party zu gehen. Manche von uns müssen *arbeiten*«, sagte ich. »Immer heiter sein. Immer zielbewußt. Sie müssen stets lächeln, liebenswürdig und gefällig sein – und *zahlungsfähig*. Leute wie wir sind tapferer, als ihr es jemals sein werdet. Und ehrlich gesagt glaube ich, daß ich dir um Jahre voraus bin. Ich weiß, was erforderlich ist, weiß, daß ich einen klaren Kopf bewahren und nützlich sein muß. Heutzutage sitzen Frauen nicht mehr zu Hause und träumen vom Märchenprinzen, weißt du. Sie tun es nicht, weil sie festgestellt haben, daß es ihn nicht gibt. Genau das hättest du inzwischen auch herausfinden sollen. Ich lebe in der wirklichen Welt, der Welt des Betruges. Du lebst in der Welt der Illusionen. Das ist einer der Unterschiede zwischen uns beiden. Ein anderer Unterschied ist, daß ich die Öffentlichkeit nicht alle fünf Minuten mit einer anderen Neuigkeit verblüffe. Was ich tue, ist meine Angelegenheit und geht niemand anderen etwas an. Natürlich ist das schrecklich«, sagte ich ziemlich erregt. »Aber ich habe eben festgestellt, daß es keine einfachen Lösungen gibt.«

»Ich habe auch nicht gesagt, daß es einfach sein wird.« Ein Schimmer der Beunruhigung flackerte über ihr Gesicht.

»Aber du glaubst es.« Jetzt konnte mich nichts mehr zum Schweigen bringen. »Wie könnte eine Frau wie du – behütet, sentimental, verwöhnt – Schwierigkeiten ins Auge sehen? Du hast ja gar keine Vorstellung davon – von den Höhen, den Tiefen, der *Dauer* solcher Schwierigkeiten. Hör zu, Heather, ich wollte auch einmal heiraten. Natürlich wollte ich das. Aber der Mann war schon verheiratet, und niemand hat es mir leicht gemacht. Ja, ich habe auch einmal so gedacht wie du. Ich wollte das gleiche. Aber seitdem … Nun ja, ich habe einiges von ihm gelernt. Ich habe gelernt, auf mich aufzupassen, nichts herzugeben, was ich nicht entbehren kann. Ich habe gelernt, dafür zu sorgen, daß ich die Kontrolle nicht verliere. Das ist eine harte Lektion. Aber ich habe sie gelernt. Und ich bin immer noch da. Und ich werde mit ziemlicher Sicherheit nie meilenweit von zu Hause entfernt in den abseitigen Gassen von Venedig die verwitwete Mutter irgendeines Mannes unterstützen.«

»Du mußt mich jetzt entschuldigen«, sagte Heather. »Ich möchte unbedingt möglichst rasch ins Krankenhaus. Ich würde dich gern mitnehmen, aber du mußt ja in die entgegengesetzte Richtung.«

»Und was ist mit deinen Eltern?« fuhr ich fort. »Hast du es ihnen schon erzählt? Und sind sie bereit, dir wieder einmal aus der Patsche zu helfen? Oh, du bringst mich zur Verzweiflung. Warum, glaubst du, bin ich hergekommen? Weil ich versuchen möchte, dich dazu zu bringen, nichts Unwiderrufliches zu tun, nicht alles wegzuwerfen. Es gibt auch noch andere Männer. Es gibt immer andere Männer. Dieser Gedanke gefällt dir vielleicht nicht, aber ich kann dir versprechen, daß du dich damit abfinden wirst. Du wirst es müssen. Ich mußte es auch. Immer und immer wieder. Aber das ist nicht unbedingt gleich ein Todesurteil. Vielleicht lernst du sogar, es zu genießen. Es könnte sein, daß du es lernen mußt. Deine ganze Zukunft könnte davon abhängen. Ich weiß, ich weiß. Frauen wie du sind in solchen Dingen zartbesaitet. Aber wer hat gesagt, daß das Leben ein Märchen ist? Frauen wie du oder Frauen wie ich?«

Sie nahm ihre Schlüssel vom Tisch und steckte sie in ihre Tasche.

»Gehen wir?« sagte sie, öffnete die Tür und trat beiseite, um mich vorbeizulassen.

Ehe ich mich versah, stand ich wieder auf dem Bürgersteig vor dem Eingang des Hauses, kam mir in meinem Regenmantel unförmig und überflüssig vor und atmete immer noch unregelmäßig nach meinem Gefühlsausbruch. Halb unbewußt bemerkte ich, daß Heather in ihren flachen schwarzen Schuhen schweigend und auf leisen Sohlen verschwand, nachdem sie mich noch einmal mit ihrer üblich liebenswürdigen Unnachgiebigkeit angesehen hatte. Ich war erschöpft und beschämt, wie man es nach jeder Art von Geständnis ist. Aber irgend jemand muß diese Dinge ja schließlich aussprechen. Irgend jemand muß Menschen von Heathers Unzugänglichkeit klarmachen, daß mit dem Leben eines Erwachsenen in einer erwachsenen Welt ein paar Pflichten verbunden sind. Es wäre mir lieber, wenn es nicht ausgerechnet Leute wie ich sein müßten, die solche Warnungen aussprachen. Wieder ergriff mich das alte, verletzende Gefühl der Entbehrung, das mir privilegierte Menschen immer verursachen. Mit ihnen verbindet mich ein merkwürdiges Liebesverhältnis. Ich möchte so sein wie sie, doch gleichzeitig wünsche ich mir, sie mögen mich beschützen, unter ihre Fittiche nehmen. Und das ist unmöglich. Denn solche Menschen erkennen noch eher als ich, daß ich nicht so bin wie sie. Das tut ihnen zwar sehr leid; aber es ist nun einmal nicht zu ändern. Ich hatte etwas davon in Heathers Gesicht gesehen, als ich versuchte, sie zur Vernunft zu bringen. Dieser Blick kam mir im Laufe des Nachmittags häufig in Erinnerung. Ich fühlte mich entmutigt und herabgesetzt; aber das ist manchmal der Preis dafür, daß man seinen Standpunkt verteidigt. Es schien keinen Ausweg aus diesem ganzen Dilemma zu geben.

Aber es war klar, daß ich nicht noch einmal versuchen konnte, mich mit Heather zu verständigen. Ich konnte ihr nicht einmal mehr gegenübertreten. Dieser geistesabwesende Blick, als höre sie keines meiner Worte, hatte gereicht, um mich zu warnen. Ich hatte das Gefühl, daß ich den Kontakt zu ihr verloren hatte und daß das einzig und allein meine Schuld war; was natürlich lächerlich war, denn ich hatte doch nur versucht, diese kleine Familie in all ihrer unverdorbenen Unschuld – jener Eigenschaft, die mich zuallererst an ihr angezogen hatte – zu erhalten. Ich war noch immer der Meinung, daß es absurd von Heather war, sich ausgerechnet zu diesem besonderen Zeitpunkt auf ein romantisches Abenteuer einzulassen, so zu tun, als sei alles in Ordnung, obwohl das eindeutig nicht der Fall war, ihr Zuhause, ihre Verpflichtungen und ihre Anhänglichkeit den Eltern gegenüber gerade in dem Moment aufzugeben, in dem sie am meisten gebraucht wurde. Ihre Pläne waren so unangebracht, daß unbedingt jemand wie ich notwendig war, um sie darauf hinzuweisen. Doch gerade Menschen wie ich hatten in ihren Augen keinerlei Glaubwürdigkeit. Durch ihre Art von Erziehung wirkten meine Argumente unrealistisch, als wäre mein gesamtes Weltbild ungültig. Ich erkannte – wie ich zugeben muß, mit einem Gefühl der Trauer –, daß sie meine Worte gar nicht ernstgenommen hatte. Sie hatte sie nicht gerade als frivol empfunden, aber als indiskutabel, ungehörig, anrüchig. Sie würde niemals erwachsen werden, niemals die richtigen Entscheidungen treffen. Sie würde sich still von einer Katastrophe zur anderen treiben lassen, niemals auf den Gedanken kommen, daß es vielleicht auch eine andere Möglichkeit gab und daß die Lösung in ihren verschütteten inneren Kräften liegen könnte. Ihre berühmte Schlauheit hatte sie ganz und gar im Stich gelassen. Schließlich mußte man auch an ihre Mutter denken. Bei der Vorstellung, wie Dorrie aus der Narkose erwachte, sich zum erstenmal zaghaft regte, und wie all die schlimmen Nachrichten auf sie warteten, während sie sich bemühte, ihre Kräfte für die mühsame Erholung zu sammeln, sank mein Mut noch mehr.

Lustlos ging ich in die Buchhandlung zurück, wo andere, praktischere Pflichten auf mich warteten. Mein Leben kam mir plötzlich sehr anstregend vor: Vermutlich war ich ziemlich müde.

Ich fühlte mich so wie nach jenen stürmischen Auseinandersetzungen meiner Kindheit, wenn ich mit Tränen in den Augen um Verzeihung bat. Wie recht hatte ich daran getan, dachte ich, all diesen entkräftenden Emotionen aus dem Weg zu gehen, frei und unabhängig zu bleiben. Und als ich schließlich die Lichter der Buchhandlung sah, denn es war schon dunkel – ich mußte wohl eine ganze Weile fort gewesen sein, sicherlich hatte ich Heather aufgehalten –, war ich wieder einmal froh darüber, daß all diese anderen Pflichten auf mich warteten. Robin sah abgespannt aus und nickte mir nur zu, als ich hereinschlüpfte. Ich zog meinen Mantel aus, half ihm bei der Arbeit und blieb bis sechs Uhr da. Das Geschäft war lebhaft und wir hatten nicht einmal Zeit, uns eine Tasse Tee zu kochen.

Vielleicht habe ich ein bißchen zu sehr übertrieben, dachte ich, als meine Lebensgeister, nachdem ich die Buchhandlung abgeschlossen hatte, allmählich wiederkehrten. Vielleicht hätte ich sanfter und behutsamer mit ihr sprechen sollen. Andererseits hatte vielleicht gerade so das eine oder andere einen Eindruck bei ihr hinterlassen. Man konnte ein geschorenes Lamm schließlich nicht ständig vor dem Wind schützen. Und vielleicht waren geschorene Lämmer auch gar nicht dazu da, daß man ihnen auf immer und ewig ihre Ahnungslosigkeit bewahrte. Vielleicht mußten auch sie in dem großen Spiel einen Einsatz wagen. Schließlich garantiert uns das Leben keinen Schutz. Und wenn Heather in ihrer Schwerfälligkeit nicht gleich auf meine Kritik reagiert hatte, würde sie vielleicht gerade aufgrund dieser Schwerfälligkeit im Laufe der Zeit doch noch über meine Worte nachdenken. Es wäre unerheblich, wenn ich in ihrer Meinung sinken würde. Ich hatte den Eindruck, daß sie mich ohnehin nie ganz ernst genommen hatte, und wenn das der Fall war, brauchte mich das, was geschehen war, eigentlich auch nicht zu beschämen. Ich hatte mich meinem Charakter entsprechend verhalten und sie sich dem ihren. Ich konnte ihre Phantastereien nicht teilen, und sicherlich erwartete sie das auch nicht von mir. Je länger ich darüber nachdachte, um so klarer wurde mir, daß ich nicht anders hätte handeln können. Dabei kehrten meine normalen Lebensgeister rasch wieder, und ich setzte den Kessel auf. Mir fiel ein, daß ich nichts zu Mittag gegessen hatte.

Nun brauchte ich nicht mehr ins Krankenhaus zu gehen: mit noch einem Besuch während Dorries Genesungszeit würde diese Angelegenheit abgeschlossen sein. Heute mußte ich nur noch einmal anrufen; dann würde ich das Feld räumen und es ihnen überlassen, sich mit Heathers Schicksal zu beschäftigen. Ich wählte die Nummer der Klinik und verlangte Mrs. Livingstone.

»Wer spricht, bitte?«

»Rachel Kennedy.«

»Sind Sie mit Mrs. Livingstone verwandt?«

»Das nicht«, sagte ich etwas überrascht. Das war das erste Mal, daß ich solche Formalitäten erlebte. »Ich bin nur mit ihr befreundet.«

»Mrs. Livingstone geht es nicht sehr gut. Ihr Mann und ihre Tochter sind bei ihr. Sonst darf niemand sie besuchen.«

»Einen Augenblick«, unterbrach ich. »Ist sie schon operiert worden?«

»Die Operation ist geglückt, aber sie hat ein wenig Fieber. Vielleicht könnten Sie morgen wieder anrufen.« Ehe ich noch etwas sagen konnte, wurde der Hörer aufgelegt.

Ich setzte mich langsam nieder. Das Wasser im Kessel kochte, und ich stand wieder auf und drehte die Gasplatte ab. Dann zog ich den Mantel an, nahm meine Tasche und verließ die Wohnung.

Mittlerweile regnete es ununterbrochen. Ich schien schon jetzt zu wissen, daß ich an diesem Abend nicht nach Hause zurückkehren würde. Mein Herz schlug heftig. Eigentlich wollte ich zu Fuß gehen, um meine Unruhe abzureagieren; doch neben mir pflügte sich ein Taxi durch die Pfützen, und ich hielt es an. Unter seinen Rädern schienen sich ganze Wogen zu teilen, und die Lichter der Straßenlaternen waren verschwommen weißlich umrandet. Als ich in der dunklen kleinen Höhle des Taxis untergetaucht war, beobachtete ich den Zähler – nicht, weil ich befürchtete, nicht genügend Geld bei mir zu haben, sondern weil er das einzige war, was ich deutlich erkennen konnte. Der Regen prasselte gegen die Fensterscheiben, und am Marble Arch gerieten wir in einen endlosen Stau. Dann schien sich der Verkehr plötzlich aufzulösen, wir fuhren rasch und, wie mir schien, viel zu schnell durch die dunkle Straßenschlucht der Wimpole Street.

Auf Dorries Stockwerk in der Klinik war es so still, daß ich fast das Summen der Neonbeleuchtung hören konnte. Vor ihrer Tür stand eine Sauerstoffflasche. Ich klopfte leise an, und da niemand antwortete, trat ich ein. Mit einem kurzen Blick, den Bruchteil einer Sekunde lang, sah ich Dorrie unter einem Sauerstoffzelt liegen; ihr Haar klebte seitlich an ihrem Gesicht. Sie sah wie eine Ertrinkende aus.

»Nein, nein«, sagte Oscar und erhob sich halb vom Bett. »Kommen Sie nicht herein.«

Ich zog mich auf den Gang zurück und schloß die Tür zwischen mir und diesem schrecklichen Bild. Im gleichen Moment hatte ich Heather in ihren schwarzen Gewändern dasitzen sehen; den Kopf geneigt, hielt sie ihrer Mutter die Hand. In der halben Stunde, die ich draußen verbrachte, sah ich Oscar vor mir, wie er immer wieder vom Bett aufstand, das Gesicht grau, die Arme warnend oder abwehrend von sich gestreckt. Ich fühlte mich in die Kindheit zurückversetzt, in jene Zeiten, als meine Mutter krank gewesen war und ich gespürt hatte, daß hinter einer schrecklichen Tür folgenschwere Dinge vor sich gingen. Es war erschreckend still. Ich blieb da und lehnte mich an die Wand, bis ich Schritte hörte. Zwei Ärzte kamen den Korridor entlang, und gleichzeitig stiegen Janet und Rosemary aus dem Fahrstuhl. Sie klammerten sich tröstend aneinander und sahen aus, als seien sie hundert Jahre alt.

Dann öffnete die Tür des Krankenzimmers sich wieder. »Versuchen Sie es mit der Sauerstoffmaske«, hörte ich. Einer der Ärzte kam heraus und wies einen Träger an, die Sauerstoffflasche ins Zimmer zu bringen. Es folgte eine kurze Phase hektischer Aktivität, und Janet und Rosemary betraten das Krankenzimmer. In dem kurzen Augenblick, ehe die Tür wieder ins Schloß fiel, sah ich, wie Oscar Dorrie die Maske ans Gesicht hielt. Sie beugte sich nach vorn in sie hinein, als müsse sie erbrechen.

Es war fürchterlich für mich, ausgeschlossen zu sein; und

doch wußte ich, daß ich hierbei keine Rolle zu spielen hatte und nur Zeugin sein durfte. Meine Rolle – und vielleicht war es die schwerste – bestand darin, allein draußen zu warten, ohne Nachricht und ohne ein Recht auf Einmischung. Also wartete ich – das war schließlich das einzige, was ich tun konnte –, lehnte mich an die Wand und ging hin und wieder ans andere Ende des Korridors, wobei meine Schritte auf dem Gummiboden nicht zu hören und die summenden Neonlampen meine einzigen Gefährten waren. Einmal kamen Janet und Rosemary tränenüberströmt aus dem Krankenzimmer, und ich dachte, nun sei alles vorbei; doch es war anscheinend nur eine kurze Ruhepause eingetreten: Dorrie schien eingedöst zu sein. Aber ihr Zustand war offensichtlich ernst, und die Schwestern wollten nicht gehen. Doch sie wären ohnehin nicht gegangen, es wäre schwierig gewesen, sie fernzuhalten. Als eine Krankenschwester mit einem Wagen voller Instrumente ankam, sprangen sie erschrocken auf sie zu.

»Was ist los?« rief Rosemary mit heiserer Stimme. »Was haben die vor?«

»Vielleicht muß Dr. Hill einen Luftröhrenschnitt machen«, war die Antwort, und dann schloß die Tür sich wieder.

Wir blieben die ganze Nacht über, obwohl Tag und Nacht sich in dieser Stille, unter dem Licht dieser Neonlampen nicht voneinander unterschieden. Kurze Zeit später kam die Krankenschwester mit dem Wagen wieder heraus, gefolgt von einem Mann; das mußte Dr. Hill sein. Er hob die Hände, als wolle er unsere Fragen abwehren. »Es geht ihr sehr schlecht«, sagte er rundheraus. »Aber sie kann jetzt wieder besser atmen. Heute nacht können wir nichts mehr tun. Sie können ebensogut nach Hause gehen.«

Mir wurde plötzlich schwach, und ich wußte, daß ich an die frische Luft mußte. Ich küßte die Schwestern, die mich innig umarmten. Wir drückten uns die Hände, als wollten wir uns nur ungern trennen. Dann war ich wieder draußen auf der trostlosen Straße, die immer noch dunkel, immer noch naß und vollkommen menschenleer war. Ich weiß noch, daß ich mich durch die einsamen, von Pfützen übersäten Straßen der Stadt durchbewegte wie eine Schlafwandlerin; und kaum war ich zu Hause angekommen, schlief ich entweder ein oder wurde ohnmächtig: Es war wie ein plötzlicher Sturz in die Dunkelheit. Als ich erwachte, dämmerte es draußen schon;

aber alle meine Lampen waren noch an. Ich fühlte mich zwar immer noch ziemlich benommen, hatte aber schon ein wenig Kraft zurückgewonnen. Ich dachte sogar daran, mir ein heißes Getränk zuzubereiten, ehe ich mich wieder auf den Weg in die Klinik machte.

Unglaublicherweise sah ich ein Dienstmädchen mit einer Tasse Tee in Dorries Zimmer treten. Ich hielt das für gefühllos – um es gelinde auszudrücken –; doch als sie wieder herauskam, sah ich ein Lächeln auf ihrem Gesicht. »Sie können hineingehen«, sagte sie. »Aber bleiben Sie nicht zu lange. Es ist erstaunlich, nicht wahr?«

Ich ging hinein. Dorrie lag auf Berge von Kopfkissen gestützt da und trank in kleinen Schlucken aus einer Tasse, die Oscar ihr an die Lippen hielt.

»Rachel«, sagte sie. Ihre Stimme war nur ein rauhes Geflüster. »Was ist denn passiert?«

»Sie haben eine schlimme Nacht hinter sich«, sagte ich. »Aber das ist jetzt vorbei. Wie fühlen Sie sich?«

»Müde.« Sie richtete ihre großen Augen auf mich. »Waren Sie hier?«

»Oscar und Heather waren bei Ihnen«, sagte ich.

»Oh ja, ich weiß.« Sie lächelte glückselig. »Ich habe es so gut.«

Dann dämmerte sie wieder ein.

Alles Unrecht war wiedergutgemacht; nichts war unwiederbringlich verloren. Ich verließ die Livingstones und ging in einem Zustand außergewöhnlicher Leichtigkeit in die Buchhandlung zurück. Es war halb acht: Der Verkehr verdichtete sich bereits. Ich nahm ein Bad, machte mir etwas zu essen und ging hinunter, um die Buchhandlung zu öffnen.

In den kommenden Tagen schienen all die unerfreulichen Ereignisse nur ein Traum gewesen zu sein. Gegen meinen Willen zog es mich immer wieder in dieses Zimmer, und ich wohnte den fröhlichen Zusammenkünften der Schwestern, Schwager und Nichten bei. Oscar und Heather waren ständig da; ihre extreme Erschöpfung zeigte sich nicht an ihren Gesichtern, die höfliche Masken waren, sondern an ihrer Unfähigkeit, irgend etwas zu sagen. Ich staunte über ihr außerordentlich feines Taktgefühl; Dorrie ahnte keine Sekunde lang, wie schlecht es ihr gegangen war. Als sich mit der Zeit ihr Zustand wieder normalisierte – jene Nacht, in der sie dem Tod so nahe gewesen war und an die sie sich nicht mehr erinnern konnte, belastete ihre Nerven ja nicht –, schien die allgemeine Welle der Euphorie sie wieder gänzlich gesund zu machen. Das Zimmer füllte sich noch einmal mit Blumen: Champagnerflaschen wurden ausgepackt, Toasts ausgebracht, Gelächter ertönte. Eifrig beobachteten die Schwestern ihren Appetit, der überraschend schnell zunahm. Jede verzehrte Mahlzeit war ein Grund zur Gratulation. Nur gelegentlich, wenn sie den Löffel niederlegte, blickte sie gehorsam und vielleicht ein wenig verwirrt in die Runde; und dann fing sie meinen Blick auf und lächelte. Aus irgendeinem Grund kam ich mir vor wie eine Mörderin. Mir wurde klar, daß jede Einschränkung der Freiheit solcher einfacher Leute eine Form des Angriffs war. Ich erkannte, daß ich Heather vielleicht verletzt hatte; ich hatte sie zwar nicht gerade in ihren Gefühlen gekränkt, aber ihrer Unschuld Schaden zugefügt. Das würde ich irgendwie wiedergutmachen müssen; doch gleichzeitig war es meine Pflicht, sie davon zu überzeugen, daß sie ihre Familie nicht gerade jetzt verlassen durfte. Meine Rolle schien auf jeden Fall eine unangenehme zu sein; doch nach dem, was sie mitangesehen und durchgemacht hatte, konnte sie ihre Mutter doch sicherlich nicht verlassen; sie konnte ihr nicht zumuten, einem Leben ohne Tochter in die Augen zu sehen, nachdem es ihr gerade eben mit deren Hilfe gelungen war, ihren schlimmsten Feind zu besiegen.

Hohle Phrasen gingen mir durch den Kopf, denn in diesem Zimmer, in dem nur Komplimente und Beschönigungen zugelassen waren, brauchte ich nicht viel zu sagen. Im Vergleich zu diesen Menschen kam ich mir wie ein stumpfes, brutales Geschöpf vor, das in die Welt gesetzt worden war, um die Menschen darüber aufzuklären, daß des Kaisers neue Kleider in Wirklichkeit gar nicht existieren: eine notwendige Aufgabe, bei der man sich aber nicht sehr beliebt macht. Und doch konnte ich mich nicht damit abfinden, nur der griechische Chor im Hintergrund zu sein: Ich war zwar nur allzu bereit, meine Kommentare abzugeben, aber ich wollte auch Einfluß auf die Handlung nehmen. Im Gegensatz zu den anderen Menschen in diesem Zimmer fiel es mir ungeheuer schwer, so zu tun, als sei nichts geschehen. Das sind nun einmal die Tatsachen, hätte ich gerne gesagt: Der Tod kommt schnell. Und er kommt meistens auch zu früh, während die

Trauer endlos ist. Nur wenigen gelingt es, einen Aufschub der Hinrichtung zu erwirken. Man mag den Menschen empfehlen, Rosenknospen zu pflücken*, doch das ist in erster Linie eine Beschäftigung für Friedenszeiten: Für diejenigen, die die Warnung vernommen haben, sind ernstere Erwägungen am Platze. Ich kam mir vor wie jener Wächter in der Bibel, der in seine Trompete blasen soll, wenn Gefahr im Anzug ist, aber gleichzeitig weiß, daß dieser Ton leicht überhört werden kann, vor allem, wenn er ungelegen kommt oder wenn man sich freudigen Erwartungen hingibt. Es ist das Los dieses Wächters, nicht gehört zu werden; aber wenn er seine Aufgabe nicht trotzdem erfüllt, hat er keine Daseinsberechtigung.

Ich überlegte, wie ich vorgehen sollte. Ich mußte Heather noch zur Vernunft rufen, dies aber irgendwie mit einer rechtfertigenden Entschuldigung verbinden, dahingehend, daß ich vielleicht zuviel von der Welt erfahren hätte und sie zuwenig. Diese Entschuldigung erschien mir unumgänglich: Ich wollte mein Gewissen mit keiner mangelnden Rücksichtnahme auf Heathers Gefühle belasten, doch gleichzeitig wußte ich, daß ihre Mutter ohne sie wirklich sterben würde, und vielleicht auch ihr Vater. Sie würden an gebrochenem Herzen sterben – jenem Herzen, das sie beide gemeinsam hatten, wenn es um Heather ging. Zu diesem Zeitpunkt empfand ich das alles noch nicht als melodramatisch. Als ich viel später auf die Ereignisse zurückblickte, kam mir die Geschichte wie ein Kapitel aus einem Roman des neunzehnten Jahrhunderts vor; und doch war die Ausstrahlungskraft dieser Leute so unwiderstehlich, waren sie von der Schlechtigkeit der Welt so unberührt, daß man wie durch höhere Gewalt in ihre Triumphe und Tragödien mit hineingezogen wurde. Vermutlich kam mir durch sie der Verlust meiner Unschuld zum Bewußtsein, und aus diesem Grund gab ich mir Mühe, mich gut zu benehmen; denn gutes Benehmen war es, was sie von den anderen und vielleicht auch von mir unterschied. Deshalb wollte ich nicht, daß Heather sich den gleichen Dingen zuwandte, bei

* Hierbei handelt es sich um eine Anspielung auf das Gedicht ›To Virgins, to Make much of time‹ von Robert Herrick: »Gather ye rosebuds while ye may,/Old Time is still a-flying:/And this same flower that smiles to-day,/Tomorrow will be dying...« (»Pflückt die Rosenknospen, solange ihr noch dürft...«) (A.d.Ü.)

denen ich mich selbst ertappen könnte. Es wurde zwingend für mich, dafür zu sorgen, daß Heather die eine Rolle weiterspielte, für die sie am besten geeignet zu sein schien und für die sie zweifellos geboren war.

Als wir erfuhren, daß Dorrie in ein paar Tagen nach Hause zurückkehren könne, wurde es für mich immer dringlicher, Heather unter vier Augen zu sprechen. Diese Aufgabe behagte mir zwar nicht gerade, aber ich sah die Gelegenheit dazu schwinden, sobald wir uns nicht mehr regelmäßig an Dorries Bett versammelten. Heather hatte während all dieser qualvollen Tage ihre beinahe abstrakte Höflichkeit beibehalten, hatte mich als Besucherin, ja manchmal sogar als Freundin willkommen geheißen, obwohl sie so zurückhaltend war, daß sich nur schwer feststellen ließ, was sie wirklich empfand. Es war – zumindest für mich – deutlich zu erkennen, daß sie keinen Versuch machte, mich beiseite zu nehmen, um sich zu rechtfertigen. Nichts an ihrem Verhalten deutete darauf hin, daß sie sich bewußt war, den gleichen Fehler zum zweitenmal zu begehen. Andererseits, sagte ich mir, hatte ihr Verhalten noch nie etwas verraten, und sie war zu souverän, um Andeutungen fallenzulassen. Diese Souveränität beeindruckte mich als etwas Echtes und ihr Gemäßes. Denn all ihre Liebenswürdigkeit – eine Liebenswürdigkeit allerdings, die sie zu nichts verpflichtete und an keinen Menschen besonders band –, war ein Tribut an die Erziehung ihrer Eltern und auch an ihre eigene Charakterstärke.

Als es mir schließlich gelang, sie einmal unter vier Augen zu sprechen und sie zu einer Tasse Kaffee einzuladen, stimmte sie zu, als hätten wir uns im besten Einvernehmen getrennt. Nur ich hatte ein vages Gefühl der Schuld. Schicklich gingen wir in das gleiche Café in der Marylebone High Street, in dem ich vor kurzem mit ihren Tanten gesessen hatte, und ich beobachtete sie besorgt, während sie mit offenbar unbeeinträchtigtem Appetit zwei Stück Kuchen aß. Ihr inneres Gleichgewicht schien gegen alle Ereignisse gefeit zu sein.

»Heather«, begann ich. »Ich wollte dir sagen, wie großartig du warst.«

»Ach nein, eigentlich nicht«, erwiderte sie. »Ich habe nur getan, was ich mußte. Aber es ist nett von dir, das zu sagen. Und ich finde es auch nett, daß du so regelmäßig kommst. Ich weiß, daß es Mama viel bedeutet.«

»Es war wunderbar, daß du herkommen konntest«, sagte ich. »Ich wage gar nicht daran zu denken, was passiert wäre, wenn du weg gewesen wärst.« Dann folgte eine Pause, in der sie ihre Mundwinkel mit einer Papierserviette betupfte. »Jetzt hast du doch sicherlich nicht mehr vor, wegzufahren?« fragte ich, denn um das zu fragen, war ich schließlich hier.

»O doch, ich fahre. Aber natürlich erst in ein paar Wochen. Erst wenn es ihr wirklich viel besser geht.«

»Aber Heather, das ist ein bißchen voreilig. Sie ist sehr krank gewesen, das weißt du doch. Vielleicht braucht sie dich.«

»Ich glaube, du hast mich nicht verstanden, Rachel. Natürlich kann es sein, daß sie mich braucht. Sie wird mich vielleicht immer brauchen. Aber ich kann nicht immer hier sein.«

Mißmutig bereitete ich mich darauf vor, noch einmal von vorn anzufangen. Meine Argumente kamen selbst mir abgedroschen vor. Doch als wolle sie mir das ersparen – und ich fand sie damals bewundernswert geduldig –, sagte sie: »Bemühe dich nicht. Ich weiß, was ich zu tun habe. Ich habe es schon immer gewußt.«

Was mich wütend machte, war der herablassende Ton in ihrer Stimme. Ich versuchte es noch einmal. »Es geht nicht nur um deine Mutter. Dein Vater ist erschöpft. Er kann das nicht alles allein verkraften. Er ist kein junger Mann mehr. Und du solltest wirklich für ihn dasein. Wie sollen sie denn ohne dich zurechtkommen?« Ich hielt es für besser, auf den wahren Grund für ihre Entscheidungen nicht näher einzugehen; doch ich konnte es mir nicht verkneifen, sie zu fragen, wie lange sie diesen Marco schon kenne. Wenn es eine kurze Bekanntschaft war, würden meine Argumente ein gewisses Gewicht haben; wenn nicht, mußte ich mir etwas anderes überlegen.

»Wie lange kennst du ihn denn schon?« fragte ich.

»Oh, noch nicht sehr lange«, antwortete sie. »Eigentlich habe ich ihn erst letzten Monat kennengelernt.«

Ich starrte sie an. »Und du bist bereit, deine ganze Zukunft – und die anderer Menschen auch – für jemanden aufs Spiel zu setzen, den du kaum kennst?«

»O ja.«

»Und bei seiner Mutter zu leben? Warum kann deine Freundin Chiara sie denn nicht unterstützen?«

»Chiara wird bald heiraten, weißt du.« Sie trank den Rest ihres Kaffees aus.

Oh, diese Hochzeiten, dachte ich. Sie sind alle in sie verliebt. Sobald die eine heiratet, muß die nächste es auch tun: Das ist Ehrensache. Und alle Heiraten müssen unter guten Vorzeichen stehen: das ist die Regel. Diese Einstellung erschien mir so hirnverbrannt, daß ich ernstlich erwog, mein Sprüchlein noch einmal herzusagen. Aber etwas in ihrem Gesicht, etwas, das mich an den Ausdruck ihrer Mutter erinnerte, hielt mich davon ab. Sie muß sehr müde sein, dachte ich. Deshalb denkt sie im Augenblick wahrscheinlich auch nicht sehr vernünftig. Ich selbst war auch müde, und Weihnachten rückte immer näher, was in der Buchhandlung Arbeit bis zur totalen Erschöpfung bedeutete. Sie würde sicherlich nicht vor Weihnachten abreisen. Also hatte ich genügend Zeit, es noch einmal zu versuchen.

10

Die vorweihnachtliche Hochbetriebszeit zog mit harter Arbeit, langen Abenden und strapazierten Nerven wie ein Nebel an mir vorbei. Das Geschäft ging gut, aber am Schluß waren wir alle sehr übermüdet. Wir verabschiedeten uns endgültig von Eileen, die versprach, auf Teilzeitbasis auszuhelfen, wenn einer von uns auf Urlaub fahren wollte; dann fuhr Robin zu seiner Schwester aufs Land, so daß ich am vierundzwanzigsten Dezember allein in der Buchhandlung bediente. Es herrschte eine Atmosphäre gelinder Hektik; und gegen fünf Uhr war dann plötzlich alles wie ausgestorben. Die Straßen leerten sich, der Verkehr ließ nach, und nur die Supermärkte hatten noch Betrieb. Ich ließ das Geschäft bis sechs Uhr geöffnet; dann schloß ich dankbar ab und ging nach oben. Ich würde Robin erst wiedersehen, wenn er Ende des Monats zur Inventur zurückkam.

Während der Feiertage schlief ich ziemlich viel und wachte gerade noch rechtzeitig auf, um ein Bad zu nehmen, mich anzuziehen und abends auszugehen. Ich stellte fest, daß ich diese merkwürdige Halbschlafexistenz, die nur dem Schlummer und dem Vergnügen gewidmet war, genoß. So müssen manche Frauen in früheren Zeiten gelebt haben, dachte ich, ehe beschlossen wurde, daß fortan harte Arbeit ihr Los sein sollte.

Ich bin nicht gegen die Arbeit; ich habe mein Leben lang hart gearbeitet. Aber ich fand diesen kurtisanenhaften Lebenswandel recht angenehm, und mir schien, wenn ich die Wahl – und natürlich das Geld – hätte, würde ich vielleicht lieber nicht so hart arbeiten oder, besser gesagt, die Arbeit nicht zu meiner Berufung machen. Ich dachte bei mir, daß ich vielleicht in zehn Jahren beschließen könnte, die Buchhandlung doch nicht zu kaufen, sondern lieber meinen Anteil an Robin zu verkaufen. Dann würde ich mich einfach aus dem Staub machen, verschwinden und irgendwo in der Sonne liegen, außer Reichweite, ohne Kontakt zur Außenwelt. Dieser Plan, der bisher nur eine Phantasievorstellung gewesen war, begann nun reale Züge anzunehmen. Ich stellte mir vor, wie ich das Schild mit der Aufschrift GESCHLOSSEN an die Tür hängte und mich davonstahl, um nie mehr wiederzukehren.

Ich glaubte nicht, daß mich irgend jemand vermissen würde; und ich würde auch keine großen Verpflichtungen zurücklassen. Aus der Wohnung konnte ich jederzeit ohne ein Gefühl des Bedauerns ausziehen, so wie man am Ende eines Urlaubs ein Hotelzimmer verläßt. Ich würde nur eine Fahrkarte in den Süden brauchen. Das Schöne an meinem Leben ist ja, daß man es überall führen kann. Was ihm an erworbenen Gütern fehlt, das gleicht es durch seinen Abwechlungsreichtum, seine Unbeständigkeit, seine Ungebundenheit aus. Nicht jeder kommt mit einem solchen Leben zurecht. Ich habe festgestellt, daß eine oder zwei meiner Freundinnen unter dieser Belastung allmählich immer mehr dahinwelkten, obwohl sie tapfer und entschlossen ihrer eigenen Form der Selbstverwirklichung nachstreben – jener Form, die Frauen heutzutage anempfohlen wird. Das sind die Frauen, die insgeheim glücklicher wären, wenn sie zu Hause sitzen und sich Hausfrauensendungen anhören könnten; statt dessen stökkeln sie frühmorgens auf jenen hochhackigen Schuhen, die angeblich eine Begleiterscheinung weiblichen Erfolgs sind, durch die Straßen der Stadt – auf dem Weg zu einem weiteren Tag am Computer, an der Börse, einer wichtigen Veranstaltung oder einem ermüdenden Kunden, der unterhalten und bewirtet werden muß. Und nach einem solchen Tag treffen sie sich mit ihren Freunden in einem Weinlokal und beschließen bei einer Flasche Frascati, wo sie den Abend verbringen wollen. Ihre Gespräche ähneln den Gesprächen von Männern nach Feierabend. »Was für ein Tag«, klagen sie einander ihr Leid. »Ich bin völlig fertig! Du kannst dir nicht vorstellen, wie es zur Zeit auf dem Markt aussieht. Ich habe den ganzen Tag mit New York telefoniert.« Und dann beschließen sie tapfer, essen zu gehen, obwohl Frauen ohne männliche Begleitung in Restaurants immer noch nicht gern gesehen werden: Man hält sie für eine fragwürdige Reklame, die das Unglück wie eine ansteckende Krankheit verbreiten und keinen Anspruch auf vollen Service haben. Die Kellner mögen auch die Plastikhüllen der chemischen Reinigungen nicht, die weibliche Gäste gern in der Garderobe hängenlassen; aber diese Kleidungsstücke müssen in der Mittagspause abgeholt werden, sonst können die Frauen sich am nächsten Tag nicht in die Kleidung werfen, die ihrer Machtposition entspricht.

Nein, solchen Frauen würde ich ein hübsches kleines Haus in irgendeinem der besseren Vororte verordnen, gemächliche Einkaufsbummel mit einem Korb am Arm und Nachmittage, an denen sie auf dem Sofa sitzen, die Füße hochlagern und eine Zeitschrift lesen. Von den Abenden solcher Frauen habe ich nur eine ungenaue Vorstellung: Ich setze immer voraus, daß sie verheiratet oder finanziell unabhängig sind. Solche Frauen wagen sich nachts nie auf die Straße hinaus, es sei denn, sie befinden sich in passender Begleitung, und natürlich werden sie hinterher wohlbehalten wieder an der Haustür abgeliefert, und ihr Begleiter überprüft auf ihre Bitte hin die Fensterschlösser und die Alarmanlage. Ich kenne tatsächlich eine Frau, die ein solches Leben führt. Das Außergewöhnliche daran ist, daß sie genauso alt ist wie ich; und doch lebt sie so unzeitgemäß, als wisse sie nicht, daß diese Lebensform einer aussterbenden Rasse vorbehalten ist: Frauen in mittleren Jahren oder alten Damen, die in ihrer Jugend vielleicht ein oder zwei Jahre lang gearbeitet und ihren Beruf dann dankbar an den Nagel gehängt haben.

Das Leben müßiger Frauen fasziniert mich; und doch reagieren solche Frauen immer entrüstet, wenn man ihnen von seinen Verpflichtungen, seinen Plänen, seinen Kalkulationen erzählt – als setze man damit ihren eigenen Fleiß herab, den sie dann eifrig zur Schau stellen. Und es stimmt ja auch wirklich, daß Frauen wie ich selten Zeit haben, raffiniert zu kochen, den geplanten Einkaufsbummel zu machen oder sich auch nur einen Nachmittag frei zu nehmen, um den Garten in Ordnung zu bringen. Es wäre schade, wenn Frauen konventionellerer Art allmählich ausstürben; denn dann gäbe es niemanden mehr, zu dem man nach Hause kommen kann. Natürlich hat meine eigene Existenz nie auch nur die entfernteste Ähnlichkeit mit dem Leben solcher Frauen gehabt, und doch stelle ich mir dieses Leben gern vor. Aus irgendeinem unerfindlichen Grund gefällt mir die Vorstellung, daß Frauen zarte und furchtsame Wesen sind, die besonderer Behandlung und Achtung bedürfen, über denen die Wellen der Sympathie und des Lobes zusammenschlagen, selbst wenn sie nur ganz simple, alltägliche Aufgaben erledigen oder einfach am Tisch den Vorsitz führen und ihre treu ergebene Familie um sich scharen. Obwohl man denken könnte, daß solche Frauen dazu geboren sind, zu dienen, scheinen sie in Wirklichkeit zu siegen, und viele bewahren sich gleichzeitig auch noch ein gutes Gewissen. Das ist wirklich eine beachtliche Leistung. Das Vergnügen, dieses Phänomen in seiner reinsten Ausprägung beobachten zu können, war es, was mich zuallererst an den Livingstones fasziniert hatte. Dorrie, die in schönstem Einklang mit ihrem Gewissen lebte, war wie die tugendhafte Frau in der Bibel: auf das Glück der anderen und darauf bedacht, daß alles um sie her blühte und gedieh. Daß der Gedanke an Dorrie sich nun plötzlich in meine angenehmen Phantasien drängte, hätte mir ein warnender Hinweis darauf sein sollen, daß ich versuchte, unerwünschte Gedanken zu verdrängen; daß sich hinter all diesem verschwommenen Denken eine Aufgabe verbarg, die ich in den Hintergrund meines Kopfes verbannt hatte, wo sie, stets unerwünscht, auf den geeigneten Zeitpunkt wartete, um alle meine Aktivitäten zu stören. Doch ich hoffte, daß inzwischen, da der Dezember kaum merklich in den Januar hinüberglitt, irgendeine Entscheidung getroffen, irgendeine Einigung zwischen Heather und ihren Eltern erzielt worden war. Ich stellte fest, daß ich zunehmend über jene Weichherzigkeit verärgert war, die mich in jenen Tagen im Krankenhaus befallen hatte, über all mein Gerede von Pflichten und Anhänglichkeit – Dinge, um die ich mich, wenn es nicht gerade um die Livingstones ging, überhaupt nicht scherte. Ich empfand immer noch ein quälendes Gefühl des Bedauerns, wenn ich an die Unruhe dachte, die Heathers absurde Entscheidung inzwischen gestiftet haben mußte; doch für Heather selbst empfand ich, so leid es mir tut, nur eine gewisse Verachtung. Sich auf so ein obskures Schicksal einzulassen, war in meinen Augen eine fadenscheinige Entschuldigung dafür, daß sie nichts anderes tat. Es kennzeichnete einen Verzicht ganz anderer Art: nicht die Flucht aus einer schwierigen Situation, sondern die Flucht vor einem Ich, das vielleicht zu jener Unabhängigkeit gereift wäre, die eine selbstbewußte, selbständige Frau erlangen muß. Danach zu streben, sind wir heutzutage schließlich alle verpflichtet. Daß Heather einfach ein Elternpaar gegen ein Elternhaus anderer Art eintauschte, erschien mir grotesk: Es war eine Entweihung all dessen, was sie zurückließ, und zeugte von einer Fügsamkeit, die absolut nichts Anziehendes mehr hatte. Zu meiner Abneigung gegen ihr Verhalten gesellte sich noch eine Art Ärger über die Position, in die ich gedrängt worden war; ich empfand es nicht als meine Aufgabe, mich für Eltern, für Familien einzusetzen, und erst recht nicht für das, was ich als vernünftigeres Leben bezeichnet hatte – als ob all diese Dinge etwas mit mir zu tun hätten, meine wahren Wünsche oder gar mein wahres Schicksal repräsentierten. Ich hatte einen Standpunkt vertreten, der vielleicht sogar falsch war, und hatte mich dazu aufgerufen gefühlt, andere zu meiner Überzeugung zu bekehren. Jeder, der gegen seine Überzeugung handelt, wird wissen, welches Unbehagen so etwas mit sich bringt. Deshalb hatte ich diese Zukunftsvisionen von dem Schild mit der Aufschrift GESCHLOSSEN an meiner Tür.

Doch obwohl das Ergebnis so unerfreulich war, hatte ich noch immer keine Ahnung, was ich hätte anders machen können. Ich hatte ganz einfach beschlossen, jetzt nichts mehr zu unternehmen. Wenn meine Vorhaltungen keine Wirkung gehabt hatten, war das sehr schade; doch ich hatte jetzt, was Heathers Verhalten anging, keine weiteren Verpflichtungen mehr. Das Problem besteht darin, daß sie alle so romantisch sind, dachte ich. Ich erinnerte mich daran, wie Oscar und Dorrie mit innig ineinander verschlungenen Händen in der Oper gesessen hatten und wie ihre Aufmerksamkeit gestiegen war, wenn die Heldin auf die Bühne trat, um von ihrer unsterblichen und in der Regel verhängnisvollen Liebe zu singen. Ich hatte den Verdacht, daß sie, wenn Heather ihnen von ihren Gefühlen für diesen Marco erzählte, vielleicht auch geneigt waren, Züge einer großen Liebe an etwas zu entdecken, was in Wirklichkeit vielleicht nichts anderes war als eine Fehleinschätzung. Denn romantische Liebe ist meistens verhängnisvoll, und zwar aus anderen Gründen als denen, die die Heldin auf der Bühne besingt. Und wenn man sich darauf einläßt, muß man sich auf einen Zustand gefaßt machen, der fast ausschließlich aus schmerzlichem Verlust besteht. Romantische Liebe ist nur etwas für die sehr Leichtgläubigen und die sehr Mutigen; und ich war nicht davon überzeugt, daß Heather sehr mutig war, wogegen ich an ihrer Leichtgläubigkeit nicht zweifelte.

Dieses Abenteuer, auf das sie sich einlassen wollte, konnte unter Umständen zu einem ständigen Exil führen, wofür sie jämmerlich schlecht ausgerüstet war. Sie, die ihr Leben lang umsorgt worden war, würde in eine unbekannte Welt verschwinden und ohne Beschäftigung sein, gefangen in einem

Netz von Umständen, die zu begreifen sie keinerlei Fähigkeiten hatte. Und sie würde sich zweifellos mit Heimweh und Reue an das Leben erinnern, das sie hinter sich gelassen hatte – an gerade so ein Frauenleben, über das ich vorher nachgedacht hatte: anständig, friedlich und behütet.

Denn sie würde nie wieder nach Hause zurückkehren. Das sah ich ganz deutlich. Sie würde in ihr neues Leben hinuntersteigen, und ihre Eltern würden sich verwirrt fragen, was aus ihr geworden war. Die romantische Liebe besteht im wesentlichen aus einem wundervollen Anfang, auf den im allgemeinen Trauer und Ausweglosigkeit folgen. Und Oscar und Dorrie, gestärkt durch einen Beitrag an diesem wundervollen Anfang, wurden eben dadurch gleichzeitig der Gesellschaft ihrer Tochter beraubt. Natürlich gab es keinen Grund, warum ihnen diese Gesellschaft ein Leben lang erhalten bleiben sollte; selbst Heather hatte das erkannt, und sie war kein hartherziges Mädchen. Doch sie waren alle vom gleichen Schlag: Sie hatten friedliche Erwartungen. Vielleicht konnten sie sich gerade aufgrund dieser friedlichen Erwartungen ihren Phantasien von der romantischen Liebe hingeben. Für sie war es im Grunde genommen eine Romanze, ein Traum, den Heldinnen erlebten, die bereit waren, der Welt zu entsagen, und die starben, ehe die Welt Gelegenheit hatte, ihnen zu entsagen. Wer eine solche Erfahrung überlebt, zieht gezwungenermaßen eine bittere Lehre daraus und wird daduch nicht immer ein besserer Mensch. Die Liebe – jede Art von Liebe – bringt solche Erfahrungen mit sich. Nicht alle Menschen sind fähig, daraus zu lernen.

Ich hörte mich seufzen, als ich zum Telefon ging, um mich wieder einmal um das Schicksal der Livingstones zu kümmern. Heather wagte ich aus irgendeinem Grund nicht gegenüberzutreten. Ich hatte das Gefühl, sie gekränkt zu haben, und zwar einfach dadurch, daß ich ich selbst war – als hätte ich eine entscheidende Prüfung meines Wertes nicht bestanden, weil ich meinen Abfall von der Unschuld sozusagen öffentlich zugegeben hatte. Ich wußte auch – und das ließ sich nicht ändern –, daß jeder früher oder später seine Unschuld verliert, sein früheres Ich und die damit verbundenen Illusionen abstreift und die vorsichtige, mißtrauische Maske eines reifen, erwachsenen Menschen überstreift. Und es war beim besten Willen nicht meine Schuld, daß ich diesen Zustand bereits erreicht hatte und Heather noch nicht. Trotzdem empfand ich jene Scham, die sich einstellt, wenn man jemandem etwas geraubt hat – obwohl Heather mich nach wie vor reizte und verärgerte und ich ihre Misere als etwas Extravagantes, Lächerliches, ja sogar Schädliches empfand.

Es hatte mir auch ein gewisses Maß an Erleichterung verschafft, mit ihr so schonungslos zu sprechen – als sei es nun an der Zeit, all die Beschönigungen abzustreifen, in die ihr Leben eingehüllt war. Obwohl ich die Gründe für das Scheitern ihrer Ehe kannte, hatte ich das Gefühl, daß die Livingstones die Scheidung mit delikater Feinfühligkeit über die Bühne bringen und ihren Grund niemals offenbaren oder zugeben würden. Dann würden sie zweifellos erklären, Heather brauche Urlaub, und ihr kleine Entschädigungen anbieten, als habe sie nicht so sehr gelitten (ich bezweifle, daß hier überhaupt wirklich gelitten wurde), sondern sei vielmehr ein wenig gekränkt worden. Oh, ich kenne solche Frauen – Frauen, die wie Ophelia alles zu ihren Gunsten und zu äußerlicher Schönheit wenden. Das sind die Frauen, die sagen: »Ich glaube, ich war ein bißchen schlimm«, wenn sie eine grobe Ungehörigkeit begangen haben, oder: »Ich habe das Gefühl, ich bin ziemlich böse geworden«, wenn sie sich ihren Sieg durch eine lautstarke Szene erzwungen haben. Solche Frauen hat es schon immer gegeben; und es gibt sie, trotz all der Veränderungen, die inzwischen stattgefunden haben, noch immer. Ich kann sie einfach nicht ausstehen, und ihre Überzeugung, daß das Kindermädchen immer noch irgendwo schützend im Hintergrund steht, ist mir zuwider. Es ist bei weitem besser, mürrisch, aber ehrlich zu sein, ein paar Wolken der Täuschung zum Platzen zu bringen und die Worte den Gedanken beziehungsweise Absichten anzupassen. Man sollte nicht dafür getadelt werden, daß man die Wahrheit sagt. Aber man wird es, man wird es. Und weil ich die an sich untadelige Heather in die größere Kategorie jener Frauen eingereiht hatte, die ich eigentlich aus ganz anderen Gründen verabscheue, hatte ich das Gefühl, ein Unrecht begangen zu haben, über das keiner von uns beiden hinwegsehen konnte. Deshalb machte ich keinen Versuch, mich mit ihr in Verbindung zu setzen – und sie nahm natürlich auch keinen Kontakt mit mir auf.

Doch bei Dorrie war das etwas anderes. Ich hatte sie dem Tode nahe gesehen, und diesen Anblick konnte ich nicht völlig aus meiner Erinnerung verbannen. Ihr war das Wissen um ihr nahes Ende nicht mehr gegenwärtig, mir jedoch schon. Und obwohl ich nicht daran zweifelte, daß diese liebevolle, besorgte Familie die Wahrheit stets vor ihr geheimhalten würde, war diese Wahrheit dennoch da. Man konnte ihr nicht aus dem Weg gehen. Ja, in meinen Augen wurde die Wahrheit durch diesen enthusiastischen Entschluß, sie zu ignorieren, den man zweifellos ihr zuliebe gefaßt hatte, noch schrecklicher. Selbst jetzt noch war ich sicher, daß ihre Genesung von einer Welle falscher Zuversicht getragen wurde, einem Versuch, die Erinnerung an das auszulöschen, was alle gesehen hatten und womit keiner leben konnte. Und Dorrie selbst lachte über die Bemühungen und die energische Fürsorge, die sie alle an den Tag legten, protestierte, das alles sei doch nicht nötig, es gehe ihr ausgezeichnet, und sie machten viel zuviel Wirbel um sie. Vielleicht säte gerade der Eifer, mit der sie sich ihrer Aufgabe widmeten, einen Keim des Zweifels in Dorrie, und sie schaute zu Oscar hinüber, der ruhig und gelassen in seinem gewohnten Sessel saß, die Zeitung auf dem Schoß, während ihre aufgeregten Schwestern mit kleinen Tabletts hin und her rannten und versuchten, sie zum Essen zu verlokken. Dann blickte er auf, strich sich mit seiner zarten, trockenen Hand die Krawatte glatt und fragte: »Alles in Ordnung, Liebling?« Und zumindest eine Zeitlang war dann tatsächlich alles in Ordnung.

Mir war nicht ganz klar, was für eine Rolle Heather bei dieser ganzen Angelegenheit spielte. Eigentlich wurde sie bei diesen täglichen Ritualen nicht gebraucht, sie waren im Grunde genommen eine Verschwörung der Älteren, die in den Händen eines jüngeren Menschen unter Umständen zerstört werden konnte. Heathers Rolle bestand in ihrer Abwesenheit, in die die Livingstones all ihre Vorstellungen und Illusionen projizieren konnten: das Wissen, das Versprechen, daß Heather sie am Wochenende besuchen würde, wie sie es in den Tagen vor ihrer Heirat stets getan hatte, daß sie im Wohnzimmer sitzen würde, liebenswürdig, mit ausdruckslosem Gesicht und ohne Geheimnisse, wieder in den Schoß ihrer Familie zurückgekehrt, als sei alles, was ihr in der jüngsten Vergangenheit widerfahren war, nur eine Sinnestäuschung gewesen, ein Märchen, das verbreitet worden war, um ihnen Angst einzujagen. Von Heather wurde einfach erwartet, daß sie sich nicht veränderte. Vielleicht war das schwierig für sie, das sah ich ja ein, aber warum wollte sie nicht auch ein paar Schwierigkeiten ins Auge sehen? Sie hatte das erforderliche Durchhaltevermögen. Sie würde erkennen, welche Rolle sie zu spielen hatte. Schließlich war sie sehr schlau. Daran glaubte ich nach wie vor, obwohl ich mich, wenn ich genauer darüber nachdachte, an keine einzige Situation erinnern konnte, in der Heather ihre berühmte Schlauheit je unter Beweis gestellt hatte. Dennoch wußte ich, daß sie sie besaß.

Daß es in dieser Zeit täglich heftig regnete, in der Regel am Morgen, so daß ich beim Erwachen regenüberströmte Fensterscheiben sah und jenes Gefühl der Bedrücktheit empfand, das sich bei feuchtem Wetter stets bei mir einstellt, trug noch zu meinem Zögern und meiner Zaghaftigkeit bei. Das ist keine bloße Abneigung (schließlich gibt es niemanden, der Regen mag), sondern eine schreckliche Nervosität, die mit meinen anderen Ängsten zusammenhängt. Ich kann keinen regnerischen Himmel, keine ans Fenster prasselnden Regentropfen und erst recht nicht jene vom Himmel fallenden Wasserschwaden sehen, ohne aufzustehen, nervös von einem Zimmer zum anderen zu wandern, die Hände zu ringen und mich zu fragen, ob ich durchhalten kann, bis der Regen wieder aufhört. Und wenn ich draußen bin, ist es natürlich noch hundertmal schlimmer. Bei jedem Spritzer Wasser, der mein Gesicht oder meine Beine benetzt, muß ich einen unwillkürlichen Schrei unterdrücken. Dann fange ich an zu rennen, um mich irgendwo unterzustellen, und zu guter Letzt kaufe ich im nächstbesten Geschäft irgend etwas, was ich hinterher nie benutze. Wenn ich zu Hause bin, bemühe ich mich, die Fenster nicht anzuschauen, stelle aber fest, daß sie meine Blicke mit unwiderstehlicher Macht anziehen, als sei ich dazu bestimmt, mir das anzusehen, abgestoßen und doch gleichzeitig fasziniert von diesem strömenden Regen. Dann stellte ich mir vor, wie es wohl wäre, mitten im Regen zu stehen, den Kopf zurückzuwerfen und mir das Wasser in Mund und Augen laufen zu lassen. Aber diesem Drang muß ich natürlich ebenso widerstehen wie einem Nachlassen meiner Wachsamkeit. Die Versuchung ist zugleich erschreckend und anhaltend und läßt sich nicht verjagen.

Meine Aufgabe war jedoch, mich nach Dorries Gesundheitszustand zu erkundigen und herauszufinden, was aus

Heather und ihrer Romanze geworden war. Wenn sich, wie ich hoffte, ihre Wahnidee stillschweigend verflüchtigt hatte und sie wieder in den Schoß ihrer Familie zurückgekehrt war, gab es für mich nichts mehr zu tun, denn zu dem, was ich bereits gesagt hatte, konnte ich kaum noch etwas hinzufügen, ja nicht einmal eine Anspielung darauf machen. Vielleicht konnten wir dann alle wieder das werden, was wir vorher gewesen waren: ein kleiner Kreis, an den ich mich gelegentlich anschließen durfte. Vielleicht konnten wir wieder jene behagliche Runde vornehmer Leute sein – eine Vorstellung, die mich früher einmal so betört hatte. Die Vorstellung, wohlgemerkt, nicht die Wirklichkeit; denn die Wirklichkeit ist weder unveränderlich noch wohlgeformt: Die Wirklichkeit ist größtenteils unbequem. Jener Teil unserer Bekanntschaft, der real war, hatte mir einen Spiegel vorgehalten, in dem ich mich selbst sah: einsam, verlassen, ungeliebt. Soweit ich wußte, war das nicht nur das Bild, das ich selbst von mir hatte; auch die Livingstones sahen mich so. Verschiedenes, das mir Unbehagen bereitete – das monotone Strömen des Regens, jenes Bild der armen Waisen, das ich von mir selbst hatte, und vielleicht in erster Linie mein jüngster Gefühlsausbruch, hielten mich bis weit in den Januar hinein davon ab.

Als ich schließlich anrief, war Dorrie am Apparat und schien entzückt zu sein, von mir zu hören.

»Wir haben uns schon gefragt, was mit Ihnen los ist, meine liebe Rachel. Aber natürlich wissen wir, wie müde Sie nach dem Weihnachtsgeschäft sein müssen, und deshalb wollten wir Sie nicht stören.«

»Es ist schön, Ihre Stimme zu hören, Dorrie. Wie geht es Ihnen?«

»Oh, ich komme ausgezeichnet zurecht, meine Liebe. Und alle machen so ein Getue. Man könnte denken, ich sei wirklich krank gewesen.« Sie lachte unsicher. »Und ich darf keinen Finger rühren.«

Ihre Stimme hatte ihre alte Kraft wiedererlangt; vielleicht hatte sie einen etwas keuchenden Klang, den ich auf die vorübergehende Wunde an ihrem Hals zurückführte.

»Rachel?« fuhr sie fort. »Wir würden Sie gern sehen. Hätten Sie morgen nachmittag Zeit? Ich habe den Mädchen gesagt, sie sollen morgen einmal fortgehen. Sie waren so lieb; sie waren die ganze Zeit hier. Aber diesmal habe ich ein Machtwort gesprochen. Und es wäre so eine wunderbare Gelegenheit, uns wieder einmal nett zu unterhalten. Ich weiß, daß auch Oscar Sie gern wiedersehen würde.«

»Wie geht es ihm?« fragte ich.

»Gut, Gott sei Dank. Dann können wir Sie also morgen erwarten? Um die übliche Zeit. Sie kennen ja den Weg, liebe Rachel.«

Obwohl ihre Begrüßung so warm und herzlich gewesen war, legte sich mein Widerstreben seltsamerweise nicht. Ich hatte den instinktiven Wunsch, diesem netten Gespräch aus dem Weg zu gehen, das Dorrie mir versprochen hatte – vielleicht, weil ich inzwischen zuviel wußte, ja mehr wußte als sie alle. Es gab zu viel, das ich nicht zur Sprache bringen durfte. Ich fühlte mich von meinem Wissen vergiftet: Das war vielleicht meine besondere Form der Erbsünde. Obwohl der Regen sich inzwischen in ein leichtes Nieseln verwandelt hatte, hielt ich das erste Taxi an, das ich sah, setzte mich auf den Rücksitz und bereitete mich innerlich auf einen Nachmittag vor, der mit ziemlicher Sicherheit sehr schwierig werden würde, an dem Heuchelei mein Los und weitere Unannehmlichkeit die unvermeidliche Folge sein würde.

Als ich vor dem Haus stand, kam es mir kleiner vor, als ich es in Erinnerung hatte, und auch der Garten wirkte weniger perfekt gepflegt: Eine im Regen ertrunkene Rose hing schlaff von ihrem Stengel herab. Als Oscar mir die Tür öffnete und mich anlächelte, wie er es immer getan hatte, war ich beruhigt; doch als ich ihm ins Wohnzimmer folgte, stellte ich den abgestandenen Hauch längst vergessener Mahlzeiten oder der eiligen Haushaltsführung von Dorries Schwestern in einer fremden Küche fest. Ich roch die verbrauchte Luft der Genesung, den Geruch kranken Fleisches – der die Erinnerung an die Krankheit in eine Zeit hineintrug, in der man das alles vielleicht schon für bedeutungslos hätte halten können. Mit wachsender Nervosität wartete ich darauf, welcher Anblick sich mir wohl bieten würde; doch Dorrie saß in ihrem gewohnten Sessel (nicht auf der Kante wie bisher) und begrüßte mich entzückt und überzeugend. Sie sah erstaunlich gut aus. Sie hatte eine neue, vorteilhaftere Frisur, die ihr verstümmeltes Ohrläppchen verbarg und sie jünger erscheinen ließ, und trug ein Kostüm aus dunkelblauer Rohseide. In den Ausschnitt ihrer bedruckten Bluse hatte sie einen Seidenschal gesteckt, um die winzige Wunde an ihrem Hals zu verstecken. Wenn sie sich überhaupt verändert hatte, so sah sie besser aus als seit langem. Die Hitzestrahlen, die von den wie immer voll aufgedrehten Heizkörpern ausgingen, verbreiteten ihren Geißblattduft im Raum. Schalen und Vasen mit Blumen trugen mit ihren Düften zur berauschenden Atmosphäre bei.

Ich hatte sie schon immer für eine hübsche Frau gehalten, und hier in ihrer natürlichen Umgebung wirkte sie am besten. Abgesehen davon, daß die Linien ihrer Figur und ihres Gesichts ein wenig verschwommen waren, konnte ich nur wenige Spuren des Alters an ihr feststellen. Ihr Oberkörper war noch gut geformt, doch zeigte die Taille die Tendenz, übergangslos in die Hüften einzusinken, wodurch sie eines Tages klein und plump wirken würde, obwohl sie in Wirklichkeit eine sehr hübsche Figur besaß. Ich bemerkte, daß ihre Beine wieder jene passive Haltung ältlicher Frauen eingenommen hatten: Sie hatte die Fußknöchel gekreuzt, und ihre Knie waren leicht gespreizt. Doch ihr Gesicht war immer noch das einer gutaussehenden, ziemlich jungen Frau. Vielleicht hatte sie ein kleines Fettpölsterchen unter dem Kinn, vielleicht zogen sich um ihren Mund Linien, die die Form runder Klammern hatten; doch ihre Augenbrauen waren immer noch gepflegt und wölbten sich prachtvoll über den sanften blauen Augen. Dieser Ausdruck ihrer Augen, den ich schon vor langer Zeit beschrieben habe, war mir immer noch vertraut. Sie schienen nach etwas zu suchen, aber ohne Eile; es war, als hielten sie über eine Menge von Köpfen hinweg Ausschau nach einem geliebten Gesicht. Wo? Wo? schienen sie zu fragen. Oscars ständige Frage: »Wo ist deine Mutter?« fiel mir wieder ein. Aber sie war hier, neben uns, sah gesund und glücklich aus, und es gab keinen Grund, weiterzusuchen.

Und doch hing eine riesige Frage in der Luft. Wo war Heather und wo würde sie in Zukunft sein? Wann würde sie zu ihren Eltern zurückkehren, und wie konnten sie sie finden? Diese Frage lag unangetastet zwischen uns, als wir unsere Komplimente und liebenswürdigen Floskeln austauschten, als der Tee gekocht und hineingebracht wurde, als Oscar mir eine Tasse und einen Teller reichte und Dorrie protestierte, weil ich so wenig Appetit hatte. Mein Appetit war tatsächlich schlagartig verschwunden, sobald ich das Haus betreten hatte. Und nicht Dorrie zog meine besorgte Aufmerksamkeit auf sich – sie war eitel Freude und Lebhaftigkeit –, sondern Oscar. Er war zwar wie immer von untadeliger Höflichkeit und Güte; doch ich bemerkte an ihm eine gewisse Nachdenklichkeit, einen gewissen Zweifel, ein Schürzen der Lippen, eine Neigung, sich abseits zu halten, selbst als er sich an unserem Gespräch beteiligte. Ich sah, daß es ihn Mühe kostete, sich auf die Banalitäten zu konzentrieren, die angeboten wurden und eindeutig eine Einleitung zu dem waren, was folgen sollte, der wichtigsten Angelegenheit dieses Tages. Er erschien mir zurückhaltender als üblich, obwohl er schon immer sehr in sich gekehrt gewesen war. Ich spürte, daß er innerlich einen Wachtposten bezog und hinter seiner äußeren Gelassenheit vor allen Fehlinterpretationen und Versuchen auf der Hut war, der Wahrheit auszuweichen – denn der Wahrheit mußte jetzt ins Auge gesehen werden –, doch auch vor Schmerz und Kränkungen. Ihm würde es zufallen, die Wahrheit zu erkennen, aber auch sie so zu vermitteln, daß diese Wahrheit seine Frau, die durch ihre Krankheit bereits geschwächt war, nicht zu sehr belastete.

Es war nach wie vor unvorstellbar für mich, wie Heather, ein Mädchen, das ebenso langweilig war wie sein Name, es geschafft hatte, sich mit einer solchen Aura der Schicksalhaftigkeit zu umgeben. Aber vielleicht war ich die einzige, die das so empfand; vielleicht begann ich allmählich eine gewisse symbolische Bedeutung in ihrem höchst alltäglichen Abenteuer und dem Licht zu entdecken, das es auf mein eigenes Leben warf. Die Auswirkung dieses Abenteuers auf mich stand schon jetzt in keinem Verhältnis zu seiner tatsächlichen Bedeutung. Schließlich ging Heather mich eigentlich nichts an. Aber sie hatte mir die Unterschiede zwischen uns beiden erschreckend deutlich zum Bewußtsein gebracht, hatte ein Gefühl des Unbehagens in mir ausgelöst, das ich selbst nicht ganz begriff, hatte mich zu einer heftigen Opposition getrieben, die etwas Mörderisches an sich hatte. Und während all dieser Bewegungen meines Seelenlebens war sie kaum in Erscheinung getreten, und wenn sie sich doch einmal sehen ließ, hatte man keinem ihrer spärlichen Worte irgendeine Absicht oder irgendeinen Hintergedanken unterstellen können. Es geschah alles beinahe unbewußt, und das machte es noch erschreckender. Es war, als wäre Heather bereits von uns weggegangen, aber hätte gerade dadurch das Leben aller Menschen beeinflußt, die sie kannten.

Aber vielleicht war ich die einzige, die davon so betroffen war. Ihre Eltern saßen da und tranken nachdenklich ihren Tee, als könne nichts den Ablauf eines so gesicherten, so bequemen Lebens stören. Vor den Bleiglasfenstern des warmen, duftenden Zimmers nahm verschwommen eine überflutete Welt langsam ihre Formen an; die Feuchtigkeit auf den nassen Bürgersteigen verdunstete nur zögernd in den grauen Himmel hinein, und Nebel hing in der Luft. Als das Licht dieses unbestimmten Tages allmählich schwand, schien es mir, als könne es völlig verschwinden, ohne daß irgendein Wort von Bedeutung zwischen uns gewechselt wurde. Die Livingstones diskutierten darüber, ob sie nach Spanien fahren sollten oder nicht oder, besser gesagt, wann der günstigste Zeitpunkt für die Abreise wäre: Es wurden Gründe für und gegen die Reise vorgebracht, aber das schien mir eine rein theoretische Gedankenübung zu sein, denn nichts ihrer vorsichtigen Gesetztheit deutete darauf hin, daß sie jemals dieses Zimmer verlassen würden. Mir kam es so vor, als habe diese Diskussion etwas Rituelles an sich, als finde sie nur der Form halber statt. Ich hatte auch das Gefühl, daß eine heimliche Absprache dahintersteckte; es war, als wollten sie mich auf Distanz halten, verhindern, daß ich etwas beitrug. Sie befanden sich, ohne sich genau darüber im klaren zu sein, in der Defensive. Schließlich konnte ich die Spannung, die sie unbewußt aufgebaut hatten, nicht mehr ertragen und fragte: »Wie geht es Heather?«

Dorrie räusperte sich. »Es geht ihr sehr gut, meine Liebe. Ich nehme an, Sie haben ihre Neuigkeit schon erfahren?«

»Ihre Neuigkeit?«

»Ja. Sie wird wieder heiraten. Wir freuen uns sehr für sie.«

»Aha«, sagte ich langsam. Ich war entschlossen, diesmal recht wenig zu sagen, da ich wußte, daß ich in dieser Angelegenheit bereits zuviel gesagt hatte.

»Ja. Chiaras Bruder. Es ist alles sehr romantisch. Anscheinend war es Liebe auf den ersten Blick.« Dorrie blickte mich strahlend an. Offensichtlich hatte sie etwas von unserer Diskussion erfahren.

»Es wird anders sein als beim letzten Mal«, fuhr sie mit einer wegwerfenden Geste fort. »Ich fürchte, Michael war zu jung, um ein richtiger Ehemann zu sein. Ich mache mir Vorwürfe, weil ich ihn ermutigt habe. Und Oscar fand ihn nie richtig sympathisch, wissen Sie.«

Ich betrachtete Oscar, der das Gesicht in Falten melancholischer Würde gelegt hatte. Das war sein anderer Ausdruck – der, den ich immer für besonders typisch für ihn gehalten hatte. Warum so traurig? hatte ich einmal gedacht. Doch nun war mir, als hätte er schon immer gewußt, daß es ihm bestimmt war, einen Verlust zu erleiden, für den ihn nichts entschädigen konnte.

»Wann reist sie ab?« fragte ich und beobachtete ihn dabei genau.

»Oh, sie ist schon fort, liebe Rachel. Hat sie Ihnen nicht Bescheid gesagt? Nun ja, wahrscheinlich war sie zu sehr in Eile. Sie hatte vor ihrer Abreise noch so viel zu tun.«

Dann trat eine Gesprächspause ein. »Sie wird Ihnen fehlen«, sagte ich.

Diesmal antwortete Oscar. Er seufzte. »Ja, wir werden sie vermissen. Aber sehen Sie, Rachel, sie muß ja schließlich auch ihre Chance haben.«

»Ihre Chance?«

»Ihre Chance, glücklich zu sein, so wie wir es waren.«

Er ging zu Dorrie hinüber und griff nach ihrer Hand. Sie blickten mich an, als stünden sie vor einer Art Gericht.

»Sie war nicht glücklich, Rachel«, sagte Dorrie. »Sie hat mir nichts davon gesagt, aber ich wußte es. Und sie ist immer so ein liebes Mädchen gewesen. Als sie uns erklärte, wie sie leben möchte, verstanden wir sie. Nicht wahr, Oscar? Wir möchten nicht, daß sie nur unseretwegen hierbleibt. Schließlich werden wir nicht immer dasein.« Sie lächelte traurig. »Und es ist uns lieber, wenn wir wissen, daß sie diese Chance gehabt hat. Der Gedanke, daß sie älter wird, ohne zu wissen, was wahre Liebe ist, gefiel mir nicht.«

»Aber woher wissen Sie...?« begann ich gegen meinen eigenen Willen.

»Wir haben es an ihrem Gesicht gesehen«, sagte Dorrie einfach. »Wir wußten es.«

So hatten sie es auch an jenen Abenden in der Oper gewußt, wenn die Heldin, von der Macht der Liebe verwandelt, nach vorn trat und ihre Arie sang: Schlichte Ankündigungen, die Leute, die das alles schon erlebt haben und wissen, wie es endet, einfach ignorieren – doch für Menschen mit gutgläubiger

Veranlagung ein unwiderlegbarer Beweis. Ich betrachtete sie verzweifelt. Sie waren zwar beide traurig, aber heldenhaft gefaßt – als seien die Gefühle aus der Welt des Theaters unversehens in ihr alltägliches, ach so alltägliches Leben eingedrungen. Natürlich war ich eigens dazu herbeigerufen worden, um das zu hören. Und doch überzeugte es mich nicht. Ihre Romantik wirkte ein wenig zu vorbereitet, zu formvollendet, als hätten sie sie sich extra für diesen Anlaß zugelegt. Sie waren keine raffinierten Menschen, und ich zweifelte keinen Augenblick daran, daß sie wirklich glaubten, was sie sagten. Aber keine ihrer Rechtfertigungen, nichts überzeugte mich davon, daß sie Heathers Entscheidung voll und ganz begriffen und akzeptiert hatten. Sie hatten sie hingenommen; aber in Wirklichkeit war mehr geschehen, als sie mir je mitteilen würden. Ja, ich hatte das Gefühl, daß sie eventuelle Kommentare oder Fragen meinerseits abwehren wollten. Ich glaube, sie hatten Angst vor dem, was ich vielleicht sagen würde.

»Ich muß jetzt gehen«, sagte ich mit der Geschäftigkeit, die man an den Tag legt, wenn man seinen baldigen Abschied ankündigt. »Sagen Sie mir Bescheid, wie ich Heather erreichen kann, sobald Sie eine Adresse haben.« Eine absurde Bemerkung, dachte ich: Sicherlich hatten sie schon eine Adresse. Aber ich wollte nicht den Eindruck erwecken, daß ich mich in etwas einmischte oder einzumischen plante, was eindeutig eine Familienangelegenheit war.

»Natürlich, liebe Rachel. Oscar, bitte wickle den Obstkuchen in Folie ein, damit Rachel ihn mit nach Hause nehmen kann.«

Als er das Zimmer verlassen hatte, lehnte sie sich vor und flüsterte: »Er ist ein wenig außer Fassung, das ist ja auch ganz natürlich. Aber er wird schon darüber hinwegkommen. Wir sind beide der gleichen Meinung.« Sie sah blasser aus, und Linien der Erschöpfung waren auf ihrem Gesicht erschienen. »Oscar«, sagte sie, als er wieder erschien, ein in fettabweisendes Papier gewickeltes Paket in der einen Hand. »Sag Rachel, daß es genauso weitergehen soll wie bisher. Daß sie uns weiterhin besuchen soll wie immer.« Sie packte meinen Arm so fest, daß es wehtat. »Wir werden uns ganz auf Sie verlassen, wissen Sie. Ich glaube, sie wird uns sehr fehlen.« Sie brach in Tränen aus, tastete blindlings nach einem Taschentuch und wandte das Gesicht ab.

Sofort legte Oscar die Arme um sie. »Ist schon gut, Liebling, ist schon gut. Sie ist übermüdet«, sagte er, an mich gewandt.

»Ja, natürlich«, erwiderte ich. »Ich werde Sie jetzt allein lassen. Ich rufe morgen an. Weinen Sie nicht, Dorrie«, sagte ich und kniete vor ihr nieder. »Es wird schon alles gut werden.«

Sie streckte die Hand aus und streichelte mein Gesicht. »Wenn ich sie nur wiedersehen könnte«, flüsterte sie. »Wenn sie nur hier wäre.«

Mit merkwürdig steifen Bewegungen erhob ich mich. Jetzt wußte ich, warum ich gekommen war, worauf alles bisher hingezielt hatte. Warum so traurig? Es hatte ja nie der geringste Zweifel daran bestanden, daß ich meine untergeordnete Rolle zu Ende spielen würde. Ich würde nie wieder hierherkommen, das stand fest. Die Schranken, die uns trennten, waren zu wirklich, um vertuscht zu werden. Aber es gab noch etwas, was ich tun mußte.

»Wenn Sie wollen«, sagte ich, »fahre ich zu ihr hin und bringe sie auf Besuch zurück. Möchten Sie das?«

Dorrie blickte mit tränenüberströmtem Gesicht zu mir auf. »Würden Sie das tun?« fragte sie immer noch im Flüsterton. »Würden Sie hinfahren?«

»Warum nicht?« erwiderte ich fröhlich. »Ich wollte ohnehin nach Italien reisen. Um diese Jahreszeit ist es im Geschäft immer ziemlich ruhig. Deshalb nehme ich meist um diese Zeit meinen Urlaub. Wenn Sie wollen, fahre ich hin und sehe mich ein bißchen um. Versuche mir ein klareres Bild zu machen. Und dann kann sie mit mir zurück nach Hause fahren. Vielleicht freut sie sich über die Abwechslung.«

Danach verabschiedete ich mich sehr rasch; ich wollte mir die dankbaren Ausrufe ersparen, die mit Sicherheit nun auf mich zukommen würden. Ich erinnere mich, daß Dorrie plötzlich beruhigt war, daß ein wenig Farbe in ihr Gesicht zurückkehrte und sie sich wie erschöpft im Sessel zurücksinken ließ. Als sie mich küßte, lehnte sie ihre nasse Wange lange an meine. Und ich weiß noch, wie Oscar an der Haustür stand, um mir zum Abschied zuzuwinken: Ich wußte, daß er dastand, aber ich drehte mich nur noch ein einziges Mal um und hob zum Abschied die Hand. Dann ließ ich mich durch die kalten Straßen treiben wie eine Träumende; ich bemerkte die

Dunkelheit und die Einsamkeit kaum. Es war ein zerrissener Tag gewesen, ein Tag, an dem ich meine spartanischen Arbeitsgewohnheiten unterbrochen hatte, nur um in die trüben Gewässer eines Familiendramas einzutauchen. Ich empfand schmerzliche Sehnsucht nach einem normalen Tagesablauf, in dem all die Abenteuer und Intrigen zwischen Buchdeckel verbannt und die Bücher, alphabetisch nach Autorennamen geordnet, aufgestellt sind. Und doch verspürte ich keinen Drang, in die Buchhandlung zurückzukehren. Dieser Nachmittag hatte mich von der Wirklichkeit abgeschnitten, so daß es mir vorkam, als liege der Rest meines Lebens völlig leer und ziellos vor mir und als bestehe meine einzige Aufgabe oder Mission darin, Heather aus ihrem Versteck zu holen und wohlbehalten wieder nach Hause zurückzubringen.

Meine Wut staute sich sehr langsam auf; doch als sie dann schließlich durchbrach, war sie gewaltig. Und es war auch eine ziemlich kalte Wut. Kalt überblickte ich die Pläne, die ich machen mußte, und traf Vorkehrungen für meine Abwesenheit, als würde ich vielleicht nie wiederkommen. Am Ende des nächsten Tages hatte ich alle meine Reisevorbereitungen getroffen: Fahrkarten gebucht, Briefe geschrieben, Rechnungen bezahlt, Robin Bescheid gesagt. Die Tatsache, daß ich keine Ahnung hatte, wo Heather zu finden war, schien mich nicht von meinem Vorhaben abzuhalten. Ich schickte auf gut Glück ein Telegramm ans Gritti Palasthotel, weil ich mich daran erinnerte, daß sie einmal gesagt hatte, sie schaue jeden Tag dort vorbei. Ich zweifelte nicht daran, daß ich sie an irgendeinem öffentlich zugänglichen Ort finden und daß sie wahrscheinlich in untätiger Haltung darauf warten würde, wieder nach Hause gebracht zu werden. Ich malte mir aus, wie ich sie vor dem Café Quadri treffen und festhalten würde. Und wenn sie sich weigerte, mir zu folgen? Schließlich konnte ich sie nicht zwingen, und man mußte immer damit rechnen, daß die schattenhafte Gestalt Marcos plötzlich aus dem Hintergrund auftauchte. Aber ich war inzwischen so wütend, daß ich mir vorstellte, wie ich ihn mit einer Handbewegung beiseite fegen, Heather am Handgelenk packen, sie ins Flugzeug schleifen, ihrem mit offenen Armen wartenden Vater übergeben und dann davonstolzieren würde, um nie wieder mit einem von ihnen zu sprechen.

Natürlich mischte sich in meine Wut auch eine gewisse

Angst. Ich kannte Venedig, machte aber immer einen großen Bogen um diese Stadt. Das war der größte Alptraum für mich: eine Stadt voller Wasser. Es war schon im Sommer schlimm genug, wenn die Touristenmassen ein Gegengewicht zu dem vielen Wasser bildeten: Man konnte sich immer an eine Gruppe anschließen, wenn man eine Brücke überquerte, und auf diese Weise den Kontakt mit der festen Materie behalten. Doch im tiefen Winter, verlassen, neblig, halb im Wasser versunken, würde diese Stadt mich zermürben. Diese Beklommenheit, die ich empfand, war ein nicht zu unterschätzender Faktor in der bevorstehenden Auseinandersetzung. Vielleicht würde ich ganz unerwartet versagen.

Meine Wut rettete mich. Ich nährte und hegte sie wie ein heiliges Feuer, einen Talisman, der mich während dieser Reise ins Unbekannte schützen würde. Ohne sie hätte ich mich ungeheuer gefährdet gefühlt; mit ihr dagegen hatte ich das Gefühl, kalt und hart zu sein, ein Scheusal, ein Ungeheuer. Mit ihr war ich imstande, einen Mord zu begehen. Und während mein Opfer in aller Unschuld in irgendeiner schmuddeligen kleinen Wohnung am Tisch saß und darauf wartete, daß ihre künftige Schwiegermutter ihr einen Teller Suppe hinstellte, wappnete ich mich mit Mut, suchte meine besten Kleider zusammen, strich das Leder meiner militärisch wirkenden Stiefel an meinen Waden glatt, knallte die Tür meiner Wohnung hinter mir zu, als habe sie keinerlei Bedeutung mehr für mich, und ging mit einem Gesichtsausdruck hochmütiger Mißbilligung auf die Straße hinaus, die mir in diesem Augenblick der liebste Ort der Welt war.

Ich rief die Livingstones vor meiner Abreise nicht mehr an. Meine Gefühle waren zu gemischt, als daß ich ihnen meine volle Aufmerksamkeit hätte widmen können. Wellen der Panik und des Zorns bedrohten mein inneres Gleichgewicht: Ich war nicht in der Stimmung, Worte der Linderung und des Trostes auszusprechen. Ich hätte sie warnen sollen, daß ich für diese Mission nicht gerade die geeignetste Person war, daß an meiner Stelle lieber eine Tante mit der sicheren Unterstützung eines Onkels oder einer Cousine nach Venedig fahren sollte; doch dann fiel mir wieder ein, wie sie im Krankenhaus gesessen waren, völlig hilflos, bar jeder Initiative, vom ständigen Weinen geschwächt, und ich schob den Gedanken beiseite. Auf merkwürdige Weise – und das erhielt meinen Zorn in seiner ganzen Heftigkeit aufrecht – benutzten sie mich als das fähigste, lebenstüchtigste Mitglied ihres ganzen Gefolges dazu, diese unmögliche Aufgabe auszuführen. Man hielt mich für robust, und ich erweckte auch tatsächlich diesen Eindruck. Mir mußte man keinen Schutz angedeihen lassen: Das war es, was sie mit ihrem Verhalten zum Ausdruck brachten. Ich war auf dieser Welt, um mich ewig allein durchs Leben zu schlagen. Als ich daran dachte, wurde Heathers Misere plötzlich völlig nebensächlich für mich. Sie war nur der Vorwand für einen Kraftbeweis, der mir abgezwungen wurde – es war, als müsse ich jenes Bild verwirklichen, das sie alle von mir hatten. Als ich ins erste Taxi stieg, das mit entgegenkam – und es kam sehr schnell, viel zu schnell – schwor ich mir im stillen, daß ich, sollte Heather mir noch einen Augenblick länger als notwendig Leiden verursachen, mit ihr abrechnen würde, und zwar so, daß sie es ihr Leben lang nicht vergessen würde.

Im Flugzeug lernte ich einen amüsanten Mann kennen, mit dem ich Adressen austauschte. Wir verabredeten, daß er mich in ein paar Tagen anrufen und daß wir uns dann treffen und zusammen essen gehen würden. Der Flug verlief ruhig und ereignislos. Ich kaufte bei der Stewardeß eine große Flasche Parfüm und versuchte mir einzureden, daß ich in den Urlaub reiste.

Ich hatte ein Zimmer in der Pensione Wildner reserviert und hoffte, daß die Fenster nach hinten hinausgehen würden; doch das Glück meinte es hier nicht gut mit mir: Ich hatte einen durch nichts getrübten Ausblick auf den Canale Grande. Nach meiner Ankunft wurde ich, wie ich es vorausgesehen hatte, bei der Fahrt vom Flughafen zur Pension im Bootstaxi kräftig durchgeschüttelt. Das winzig kleine Boot schoß zwischen den Pfosten hindurch, die markierten, welcher Teil dieser schwankenden, wogenden Wasserfläche für den Verkehr bestimmt war, oder raste im Kielwasser eines größeren Schiffs dahin. Es schien das kleine Gefährt enorme Anstrengung zu kosten, über die Wasseroberfläche zu gleiten. Während ich zusammengekauert in der kleinen Kabine hockte und jedesmal zusammenzuckte, wenn sich eine Welle an unserem kleinen Boot brach, spürte ich das Klopfen meines Herzens im Hals, im Magen und zwang mich mit ungeheurer Willensanstrengung zu völliger Ruhe. Natürlich regnete es: Durch die bespritzten Fenster konnte ich nichts weiter erkennen als ein immer stärker anschwellendes graues Meer. Himmel und Wasser schienen in trüber Einförmigkeit ineinanderzufließen. Die tief hängenden Wolken und das Wogen des Wassers, kombiniert mit den zittrigen Bewegungen des Bootes, ließen mich um mein Durchhaltevermögen bangen, das mich, glaube ich, bis zu diesem Augenblick noch nie im Stich gelassen hatte. Venedig, als schmaler Rand, als Kruste aus Gebäuden am Horizont kaum wahrnehmbar, sah aus, als sei es im Meer versunken. Ich staunte über die Sorglosigkeit der Venezianer, die pausenlos in Boote oder aus Booten stiegen und lässigen Fußes über jenen unheimlichen, schwankenden Zwischenraum zwischen Boot und festem

Boden schritten; sie ignorierten die Katzen, die wie unheimliche Schatten durch die Straßen glitten, und beteten in Kirchen, die auf Vorgebirgen oder Inseln balancierende Meisterwerke waren. Eine steinerne Stadt, aus der Brunnen statt Bäumen und Brücken statt Gärten emporsprossen, und bar jener beinahe opernhaften und immer liebenswerten guten Laune, die für Mittelitalien und erst recht für die südlichere Küste so charakteristisch ist. Die Venezianer waren melancholische, unaufdringliche Menschen, die nicht zu lauten Stimmen, öffentlichem Essen und Trinken und überschwenglichen Gesten der Begrüßung oder Herzlichkeit neigten. Selbst die Kinder waren still. Das wußte ich noch von meinem vorigen Venedigaufenthalt, der zu Beginn eines schönen Sommers stattgefunden hatte. Ich war damals in gedrückter Stimmung gewesen – eine Auswirkung der Stille und Bewegungslosigkeit der Stadt. Die Gondeln, die durch die dunkelgrünen Höhlen der Kanäle glitten, schienen sich damals durch Traumgewalt zu bewegen. Doch jetzt fehlte der Stadt selbst jenes stille Leben. Sie trieb tief im Wasser dahin und wirkte irgendwie unüberzeugend. Ich fragte mich, wie sie das Gewicht jener Steinlast ertragen konnte, die sie sich aufgeladen hatte. Offensichtlich sinkt sie. Aber diesen Anschein muß sie schon immer erweckt haben, und vielleicht ist die Welt durchaus bereit, zu glauben, daß sie eines Tages wirklich im Meer versinken wird – so bombastisch, so völlig irrational und herausfordernd ist ihre Lage. Die Menschen werden ihr endgültiges Versinken als Strafe für übergroße Anmaßung hinnehmen.

Und doch fand ich Venedig, sobald ich aus dem erbärmlichen kleinen Boot ausgestiegen und verhältnismäßig wohlbehalten auf verhältnismäßig trockenem Boden angelangt war, wie immer merkwürdig eintönig. Gedrungene, schwarzgekleidete Figuren mit Wachstuchtaschen schlüpften in dunkle Läden, die scharf nach schwitzenden Würsten rochen, oder bummelten an Schaufenstern vorbei, die mit großen Einmachgläsern gefüllt waren, in denen Oliven oder kleine weiße Käsestückchen schwammen. Auf der Piazza San Marco, die immer kleiner war, als ich sie mir vorgestellt hatte, stand schon eine Gruppe von Schulkindern mit sanften Gesichtern unter Strohhüten, wie sie die Gondolieri tragen; sie wandten ihre Blicke von der Kirche ab, deren Mosaiken sie sich eigentlich ansehen sollten, und beobachteten die Tauben. Ungeübte

Geigen sägten dünne, unzusammenhängende Wiener Melodien, während ich auf der Piazza meine erste Tasse Kaffee trank. Es war sehr ruhig in der Stadt, denn nur wenige Besucher kamen so früh in der Saison, wenn die Luft nebelfeucht war und häufige Regenstürme die Wasseroberfläche kräuselten. Ich sah, wie der Himmel sich verdunkelte und ein kurzer Blitz eine Flut silbernen Regens einleitete: Irgendein verborgenes Licht in der Atmosphäre erleuchtete die schweren Regentropfen, die auf den Boden trafen und wieder von ihm abprallten, durchscheinend wie kleine Fische. Eine Glocke schlug dumpf und dröhnend die Stunde. Mit einem Seufzer griff ich nach meiner Tasche und bezahlte die Rechnung. Dann machte ich mich auf die Suche nach Heather.

In meinem Telegramm hatte ich ihr mitgeteilt, wo ich wohnte, und ich nahm an, daß sie dort eine Nachricht für mich hinterlassen würde. Doch irgend etwas hatte mich dazu gedrängt, nur rasch meine Reisetasche ins Zimmer zu stellen und davonzueilen, ohne mich zu erkundigen, ob Briefe für mich da waren. Ich hatte die absurde und doch äußerst hartnäckige Vorstellung, daß ich sie irgendwo auf der Straße finden würde. Ich sah sie ganz deutlich regungslos in ihren schwarzen Gewändern vor mir, und schwebend im Begriff, in irgendeiner dunklen Gasse zu verschwinden. Aber ich würde vor ihr dasein, energisch und erbarmungslos in meinen feinen Lederstiefeln, sie am Arm nehmen und triumphierend zur Pensione Wildner führen. Dort würde ich sie aufs Bett setzen und zu einer letzten Abrechnung einladen.

Daher machte ich mich auf den Weg, ohne ein bestimmtes Ziel oder eine bestimmte Richtung zu verfolgen, und strebte landeinwärts, wo immer ich konnte. Natürlich drängte das Wasser sich immer wieder dazwischen; doch ich merkte mir für später eine winzige Bar an einer Ecke, vor der zwei kleine Metalltische standen. Von hier aus konnte man wie Janus in zwei Richtungen schauen. Wenn ich an einem dieser beiden Tische Posten bezog, konnte ich einen großen Teil des kleinen Platzes überblicken, der den Vorteil hatte, viele Ein- und Ausgänge zu besitzen wie eine Bühne. Eine breitausladende Kirche stand bescheiden am Rande. Ein Kind, in Schals eingemummelt, von denen der eine über seine Brust gekreuzt und am Rücken zu einem Knoten verschlungen war, lief hinter einem Ball her und strich mir dabei immer wieder um die Beine.

»Marco, Marco«, rief seine Mutter. Das erschien mir wie ein Omen. Ich bestellte noch eine Tasse Kaffee und erhöhte meine Wachsamkeit.

Abgesehen von der Suche nach Heather gab es nichts, was ich hier tun wollte. Schließlich hatte ich mir diesen Ort nicht ausgesucht; ich würde niemals freiwillig einen so wasserreichen Ort für meine Vergnügungen wählen. Der graue Tag schleppte sich langsam dahin, und ich war ratlos. Häufige Regenschauer zwangen mich, mich in einem Café nach dem anderen herumzudrücken, durch silbern überflutete Fensterscheiben nach draußen zu starren und zu warten, bis ich jene schwarzgekleidete Gestalt erspähte. Die Zeit verging sehr langsam. Ich aß zu Mittag und zwang mich dann, in die Accademia zu gehen. Die goldenen Flügelaltäre, die mir aus grauer Vorzeit zu sein schienen, schimmerten matt in den hohen Räumen mit den gewölbten, hölzernen Decken; auf kurzen Treppenfluchten glitt ich zu weiteren Altargemälden herab, seltsamen Inseln der Traurigkeit in diesen weltlichen Mauern. Die um sich schlagenden Glieder etlicher Märtyrer streckten sich mir entgegen. Es schienen keine Besucher dazusein. Ich suchte Zuflucht in den Korridoren, da ich diese dunklen, dahinschwebenden Räume nicht mehr ertragen konnte. Bellinis Madonnen wandten mir ihre kummerüberschatteten Wangen zu; ihre Köpfe waren von einem Schmerz gebeugt, an welchem ich keinen Anteil hatte. In einem verlassenen Raum entdeckte ich das einzige Gemälde, das ich sehen wollte. Die Frau, die ihr Kind stillte, hatte einen schweren, bedeutungsvollen Gesichtsausdruck, aus dem sich jedoch jede Erklärung zurückgezogen hatte. Rechts von ihr, in der linken Hälfte des Gemäldes, stand der geheimnisvolle, elegante Ritter, ernst und unnahbar, das Gesicht im Schatten. Der Sturm, der gerade losbrach, verband die beiden in einer verwirrenden Komplizenschaft. Im Hintergrund ein alltägliches Dorf auf einem Hügel, in der Mitte zwei abgebrochene Säulen.

Ich machte einen Rundgang, bei dem ich immer wieder wachsam um die Ecken blickte, und starrte in Gesichter, die ich durch meine Willenskraft zwang, meinen Augen zu begegnen. Allmählich gewöhnte ich mich an diese Stadt: Ich tastete mich nicht mehr zögernd mit dem Fuß vor, um festzustellen, ob der Boden immer noch trocken war, schlug meinen Mantelkragen hoch, um mich vor dem Regen zu schützen, und spielte mit dem Gedanken, den Mann anzurufen, den ich im Flugzeug kennengelernt hatte. Ich versuchte meine Aufmerksamkeit von der Aufgabe abzulenken, die vor mir lag, und für kurze Zeit gelang mir das sogar; doch als es dämmerte, ergriff es wieder Besitz von mir. Bei Einbruch der Dunkelheit kehrte ich zögernd zur Pensione Wildner zurück und ließ mich widerwillig in dem Zimmer mit Ausblick auf den Canale Grande nieder. Vom Fenster aus konnte ich die großen Boote sehen, die vor Anker lagen, und sogar ihre Namen erkennen, die in Weiß auf die pechschwarzen Rümpfe gemalt waren: Maximus, Validus, Strenuus, Ausus, Ludus. Mit einem Seufzer wandte ich mich dem Bett zu und packte meine Tasche aus. Die Melancholie des Reisenden, der von niemandem abgeholt wird, erfüllte den stillen Raum um mich her. Es kostete mich große Mühe, meinen Regenmantel abzulegen, die Uniform, in der ich Wache hielt, und meine Stiefel auszuziehen – jene Werkzeuge, mit denen ich Venedig so lange durchstreifen würde, bis ich meine Beute fand; dann ließ ich mir ein Bad ein. Unten gab es ein Restaurant; wenn das dunkle, ans Ufer plätschernde Wasser, das in dieser Stadt mein einziger Horizont war, mir nichts ausmachte, würde ich dort zu Abend essen und mich dann zeitig zurückziehen, um für den morgigen Tag gerüstet zu sein. Dieser Tag, dessen war ich sicher, würde mir den Sieg bringen. Ich dachte in Begriffen wie Sieg und Niederlage, denn ich wußte jetzt, daß ich an einer Art Wettkampf beteiligt war, in dem entweder Heather oder ich triumphieren würde, entweder ihre oder meine Ansprüche gerechtfertigt würden. Mir kam es in diesem Augenblick so vor, als stünden unsere beiden Lebensläufe vor Gericht, und es lag mir sehr viel daran, daß ich diese Prüfung bestand, daß ich für meine tüchtige, überaus vernünftige Lebensart gute Noten bekam. Ich sah dieses ganze Abenteuer als Turnier an, bei dem unsichtbare Zuschauer darauf warteten, von der absoluten Gültigkeit meines Standpunkts überzeugt zu werden. Normalerweise neige ich nicht zu solchen romantischen Ideen; doch die dunkle Nacht, das leere Zimmer, die zu üppige Mahlzeit, die ich bestellt hatte und die zu essen ich plötzlich zu müde war, ängstigten mich, wie ein unterlegenes Volk, das beklommen darauf wartet, von einer stärkeren Macht überwältigt zu werden. Ich versuchte mich lässiger zu geben, was jedoch nicht meinen wahren Empfindungen entsprach, und wandte den Kopf absichtlich zum Kanal hin. Ein Vaporetto pflügte sich gleichgültig mit hoher Geschwindigkeit durch das Wasser. Plötzlich kam mir der Gedanke, daß ich vielleicht dunkle Wege gehen mußte, um Heather zu finden, und sah mich im Geiste schon gezwungen, mich aufs offene Meer hinauszuwagen. Und doch würde sie mich nicht unnötig quälen; das wußte ich. Dazu war sie zu ruhig, zu anständig, zu gleichgültig. Und ihre Gleichgültigkeit meinem Schicksal gegenüber würde ihr den Sieg sichern, wenn ich nicht sehr auf der Hut war. Deshalb mußte ich mich mit angemessener Sorgfalt auf den kommenden Tag vorbereiten.

Ich schlief fest, wachte aber ein- oder zweimal durch vorüberfahrende Lichter, die sich verschwommen an der Decke meines Zimmers widerspiegelten, auf. Als ich kurz nach acht Uhr endgültig erwachte, sah ich, daß es in der Nacht heftig geregnet hatte; doch jetzt war das Wetter schön, und die Luft war von einem perlgrauen Licht erfüllt, das vereinzelte Strahlen einer weit entfernten Sonne eingefangen zu haben schien. Als ich mich angezogen hatte, ging ich die Treppe hinunter; dabei war mir jetzt ein wenig leichter ums Herz, als mir eigentlich zumute war. Ich entdeckte einen Brief in dem Fach, in das der schweigende Portier meinen Schlüssel legte, holte ihn heraus und nahm ihn mit zum Frühstück. Absichtlich ließ ich ihn ungeöffnet neben meinem Teller liegen, bis ich meinen Kaffee getrunken hatte. Als ich schließlich glaubte, mir genügend Selbstdisziplin auferlegt zu haben, schlitzte ich den Umschlag auf. Er enthielt nur ein einziges Blatt Papier, auf dem ohne Anrede stand: »Ich treffe dich heute (Mittwoch) um zwölf Uhr mittag vor dem Gritti.« Der Brief war einfach mit »Heather« unterschrieben.

Ich fühlte mich plötzlich großartig und gutmütig. Es war, als habe sich Heather durch ihre Antwort in meine Hände gegeben. Unser bevorstehendes Treffen erschien mir zwar nicht weniger entscheidend als bisher, aber das Ergebnis bedeutete mir nicht mehr so viel. Ich gab den Gedanken, ihr Handschellen anzulegen und sie mit Gewalt abzuführen, auf; ja seltsamerweise war ich sogar bereit, ihr zuzugestehen, zu tun, was sie für richtig hielt. Schon allein durch mein Auftauchen würde ich eine Mahnung für sie sein. Es hatte keinen Sinn mehr, sie zur Vernunft zu rufen. Doch schon durch die Tatsache, daß ich vor ihr stand, zu ihr kam, sie zwang, aus ihrem

Versteck hervorzukommen, brachte ich deutlich meine Meinung zu ihrer Heimlichtuerei, ihrem Versteckspiel zum Ausdruck. Ich würde sie entmystifizieren, das Gebäude dieser großen Liebe niederreißen, die dem Tageslicht nicht standhalten konnte, sondern sich, in eintöniges Schwarz gekleidet, durch die ärmlichen Gassen Venedigs schleichen mußte. Wie das Kind in dem Märchen würde ich auf die nicht vorhandenen neuen Kleider des Kaisers zeigen und höflich fragen, in welcher Hinsicht sie sich von den alten unterschieden. Dann würde sie – wenn ich sie richtig einschätzte, ziemlich stokkend – versuchen müssen, ihr Verhalten zu rechtfertigen. Ich würde nicht von ihr verlangen, daß sie auf ihren Marco verzichtete und mit mir zurück nach Hause kam: In meiner neuen realistischen Haltung erkannte ich, wie unwahrscheinlich das war. Ich würde sie einfach fragen, warum sie offensichtlich mit vollkommen gutem Gewissen – einen solchen Aufruhr verursacht hatte. Ich würde sie fragen, ob dieses amouröse Theater wirklich angebracht war und ob es nicht gütiger gewesen wäre, die Angelegenheit anders zu arrangieren; ob das mit dem »Aufgeben« aller anderen Menschen wirklich so wörtlich zu nehmen sei, daß ich diese Pilgerfahrt auf mich nehmen mußte, nur damit sie mir möglicherweise ein Interview gewährte.

Bis zwölf Uhr konnte ich frei über meine Zeit verfügen; doch fiel es mir sehr schwer, diese Zeit mit irgendwelchen Nebensächlichkeiten zu füllen. Sie hatte sich in reines Warten aufgelöst; und mit der Erkenntnis dieses Zustandes stiegen gefährliche Andeutungen, Bewegungen und Sehnsüchte in mir auf, von denen ich geglaubt hatte, ich hätte sie längst aufgegeben. Ich verbrachte den ganzen Vormittag damit, Kaffee zu trinken, ziellos die Stadt zu erkunden, Gesichter zu mustern. Ich kannte die Strecke, die ich gehen mußte: über die Piazza, an der Kirche San Moisè vorbei und über eine winzige kleine Brücke zu dem ziemlich langweiligen Platz, auf dem ich am Vortag das Kind mit dem Ball beobachtet hatte. Nach einer ergebnislosen Stunde, in der ich mir überlegte, welche Kirche ich besichtigen könnte, und es dann entmutigt wieder sein ließ, kehrte ich zu der kleinen Bar Ducale zurück, wo ich beschloß, die restliche Zeit abzusitzen. Ich hatte nichts zum Lesen. Eigentlich war ich nur darauf vorbereitet, Heather zu suchen, und nicht, mich zu zerstreuen. Ich saß in einem tranceähnlichen Zustand da und bemühte mich mit all meiner Willenskraft, mir wieder etwas von jener erfrischenden Wut abzuzwingen, mit der ich mich auf diese Suche begeben hatte. Doch mir schien heute keine Wut zur Verfügung zu stehen. Meine vorherige gute Laune war völlig verschwunden und mit ihr die starre Rüstung, die mich normalerweise jedem Tag standhalten ließ. Ich wußte nicht mehr weiter. Meine Vergnügungen waren zu geheim, zu wohlüberlegt, um sich in die milde Atmosphäre der Arbeitswoche hinein zu erstrecken; und nun war mir selbst diese Woche weggenommen worden. Eine blasse Sonne kam zum Vorschein; das Wasser hinter mir funkelte und glitzerte. Als ein Glokkenturm aus der Ferne gedämpft die halbe Stunde schlug, fuhr ich erschrocken hoch und hatte das Gefühl, irgend etwas verpaßt zu haben – einen Anhaltspunkt, eine Möglichkeit, diesen entsetzlichen Besuch abzubrechen. Denn wenn mich auch meine Wut verlassen hatte, so schien doch meine Angst allmählich wiederzukehren. »*Ancora*«, sagte ich zum Kellner und deutete auf meine Tasse. Denn nun gab es plötzlich nichts mehr für mich zu tun, als dazusitzen, bis ein erneutes Glockengeläut mich befreite.

Um halb zwölf stand ich auf. Ich hatte vergessen, ob Heather sich im Gritti oder davor mit mir treffen wollte; und falls sie drin auf mich wartete, wußte ich nicht, ob ich an die Bar oder in einen der Salons gehen sollte, und wenn, in welchen? Ich schlenderte so lässig wie möglich in die Hotelhalle. Vielleicht auf der Terrasse? Das war der naheliegendste und angenehmste Ort für ein Gespräch. Aber ich erinnerte mich, daß sie die Terrasse nicht erwähnt hatte; sonst wäre mir der Klang dieses Wortes sicherlich im Gedächtnis haftengeblieben. Wenn sie in dem Hotel wohnte, hätte ich mich nach ihrer Zimmernummer erkundigen können; aber ich hatte das hartnäckige Gefühl, daß sie ihre Spuren verwischt hatte und sich woanders aufhielt – auf einer Adresse, von der ihr Vater, der sie nur am Telefon gehört hatte, zugab, daß er sie vielleicht falsch verstanden hatte. Mit ihrer Adresse war mir ohnehin nicht gedient. Ich hatte nicht die Absicht, nach ihr zu suchen; denn in Venedig hatte mein Orientierungssinn mich bisher stets verlassen. Es war mir schon immer unmöglich vorgekommen, daß dort tatsächlich Menschen lebten. Wahrscheinlich glaubte ich wirklich, daß sie bei Einbruch der Dunkelheit alle mit dem Schiff zum Festland zurückfuhren und dort ein völlig alltägliches Leben führten wie jeder andere auch: ihre Autos vor dem Haus parkten, fernsahen und in Supermärkten einkauften. Die Stille in dem Hotel schien meine Annahme zu bestätigen, daß Heather nicht da war. Ich warf noch einen letzten Blick in Fluchten von verlassenen Salons und fand mich dann damit ab, draußen warten zu müssen. Als ich mich zum Gehen wandte, schloß der Portier mit einer Geste der Endgültigkeit sein großes Buch, als wolle er den Vorhang über diesen Tag fallenlassen. Er würde es nicht erlauben, daß innerhalb der Mauern seines Reviers etwas Unschickliches geschah, das war deutlich zu erkennen – er würde unerschütterlich hinter seinem Empfangstisch stehen und alle Eindringlinge abwehren. Daher mußte unser Gespräch auf neutralem Boden stattfinden.

Ich wanderte draußen auf und ab, bog um die Ecke; und dann sah ich sie. Oder besser gesagt, die beiden, denn sie befand sich in Begleitung eines Mannes, den ich für Marco hielt. Sie war, wie ich erwartet hatte, schwarz gekleidet, und er ebenfalls; ein großer, schlanker, schwarzhaariger Mann in schwarzen Hosen und einem schwarzen Blouson, einen schwarzen Schal um den Hals geschlungen. Heather selbst hatte sich einen schwarzen, tuchähnlichen Mantel umgehängt, durch dessen Ärmel sie, zweifellos auf irgendeine Anordnung von ihm hin, plötzlich ihre Arme schob. Aus der leichten Entfernung, aus der ich sie beobachtete, glichen sie einander vollständig. Ich zuckte innerlich zusammen, als ich mich daran erinnerte, wie sehr sie Michael auf der Hochzeitsfeier geähnelt hatte, und hatte gerade noch Zeit, mich zu fragen, ob diese Fähigkeit, sich in eine Zwillingsschwester ihrer Männer zu verwandeln, ihr diesmal nicht vielleicht ebenso übel mitspielen würde wie beim letztenmal. Doch die beiden, die in ein Gespräch vertieft waren, hatten nicht das künstliche Aussehen, das mich bei Michael und Heather so beunruhigt hatte. Ihr Gespräch schien vollkommen ernst zu sein. Sie standen einander mitten auf dem Platz gegenüber, blickten sich nicht um und wirkten weder besorgt noch zögernd noch ängstlich. Ich überlegte mir, wieviel Italienisch sie wohl konnte oder ob er Englisch sprach. Jedenfalls sah es so aus, als fühle sie sich wie zu Hause. Sie legte eine Hand auf seinen Arm, und er ging mit schnellen Schritten davon und verschwand in einem der dunklen Ausgänge zwischen einer Apotheke und einem Gebäude mit glatter Fassade, die nichts verriet.

Heather kam auf mich zu und zeigte sich über meine Anwesenheit keineswegs überrascht. »Hallo«, sagte sie, »wie geht es dir? Sollen wir uns irgendwo hinsetzen?« Und ohne ihren schnellen Schritt zu verlangsamen, streckte sie die Hand nach mir aus und führte mich zu der kleinen Bar, in der ich den größten Teil des Vormittags verbracht hatte. Als ich saß, kam ich mir vor, als sei ich ein Gast in ihrem Hause. Sie bestellte zwei Tassen Kaffee und zündete sich eine Zigarette an, was ich bei ihr noch nie gesehen hatte. »Ich wußte gar nicht, daß du rauchst«, sagte ich ziemlich dumm. »Ach, nur ab und zu«, erwiderte sie. »Du rauchst nicht, nicht wahr?« Und sie legte die Zigarettenschachtel beiseite, schob ihr Bernsteinarmband höher den Arm hinauf und trank ihren Kaffee.

Da sie offensichtlich nichts zu sagen hatte und ich entschlossen war, das Gespräch nicht mit einem Appell an ihre Vernunft beginnen zu lassen, wandte ich mich meiner Kaffeetasse zu und musterte sie dabei verstohlen. Ich hatte sie vorher noch nie für attraktiv gehalten; sie hatte einen zu maultierähnlichen Gesichtsausdruck, der auf eine passive, ja schläfrige Natur hinzudeuten schien. Nur die langen Gagatohrringe, die ich so gut kannte, schien sie eigens angelegt zu haben, um ihrem Gesicht etwas Dekoratives zu verleihen. Ihre zarte Haut war so farblos wie ihre blassen Lippen. Nur ihre dunklen Augen unter den gewölbten schwarzen Brauen verrieten, daß nun unbekannte, neue Umstände in ihr Leben getreten waren. Sie starrte ausdruckslos an mir vorbei und wirkte gedankenverloren und etwas melancholisch; wie manchmal auch ihr Vater. Schließlich wandte sie sich mir zu, als sei sie zu einem Entschluß gelangt, lächelte und sagte: »Ich nehme an, du bist gekommen, um mir zu sagen, daß ich wieder nach Hause zurückkehren soll.«

»Ja, ich finde, du solltest vielleicht einmal darüber nachdenken«, sagte ich.

»Oh, das habe ich, das habe ich.«

»Und zu welchem Entschluß bist du gekommen?«

Sie lachte. »Dieser Entschluß steht schon seit langem fest. Haben meine Eltern es dir denn nicht gesagt? Ich fürchte, du hast diese Reise vergebens gemacht, Rachel. Außer du bist auf Urlaub hier, natürlich.«

»Ich bin gekommen, weil deine Mutter wissen wollte, wie es dir geht, wie du lebst. Sie grämt sich, glaube ich.«

»Ich werde bald nach Hause kommen und meine Eltern besuchen. Inzwischen kannst du ihr ausrichten, daß ich sehr glücklich bin. Ich lebe hier, mit Marco und seiner Mutter, und ich habe vor, das auch weiterhin zu tun.«

Ich starrte sie an. Sie wirkte völlig gelassen, völlig normal. Sie hatte etwas hinzugewonnen – vielleicht war es Autorität –, doch diese Autorität wirkte, wie alles an ihr, bewußt zurückhaltend. In diesem Augenblick erkannte ich, daß keine Hoffnung für mich bestand, sie umzustimmen. Trotzdem versuchte ich es noch einmal.

»Und was soll aus all dem werden, was du zurückgelassen hast? Dein Zuhause. Deine Eltern. Dein Geschäft. Dein *eigenes Leben,* Heather.«

»Mein Leben ist hier«, erwiderte sie.

»Aber du hättest doch beides haben können – dein Zuhause und Marco noch dazu. So etwas läßt sich doch arrangieren. Warum mußt du so übertreiben? Das mag jetzt alles richtig erscheinen – aber in zehn Jahren? Angenommen, du änderst deine Meinung?«

»Oh, das glaube ich nicht.«

»Und was soll ich deinen Eltern sagen? Daß du für immer fortgegangen bist? Daß sie dich nie wiedersehen werden?«

»Es ist nicht nötig, ihnen etwas zu sagen. Sie verstehen mich.«

»Tut mir leid, Heather. Ich verstehe das nicht ganz. Ich bin hergekommen, um vernünftig mit dir zu reden, und du willst mir nicht zuhören. Vermutlich habe ich versagt.«

»O nein, im Gegenteil«, sagte sie. »Du hast mehr erreicht, als du glaubst.«

»Erreicht? Ja, aber dann …«

»Nicht diesmal, Rachel. Beim letztenmal. Als wir uns in meiner Wohnung unterhielten. An dem Tag, als Mama so krank war.«

»Ich verstehe dich nicht«, sagte ich ungeduldig. »Wie meinst du das?«

»Als du mir von diesem anderen Leben erzähltest, das ich deiner Meinung nach führen sollte: Betrug. Kontrolle. Arrangements. Eine Fehlplanung!«

»Eine Fehlplanung?« Ich schrie beinahe, so sehr hatte ihre

Antwort mich in Wut gebracht. »Du bezeichnest mein Leben als Fehlplanung? Aber du lebst ja in einer Phantasiewelt, Heather. Ach, das habe ich dir ja alles schon gesagt. Ich werde nicht noch einmal von vorn anfangen. Es tut mir leid, wenn ich dir den Eindruck vermittelt habe, daß meine Lebensweise *fehlgeplant* ist.« Ich atmete schwer. »Ich tue mein Bestes«, sagte ich ein wenig ruhiger. »Und wenn ich auch vielleicht gern eine andere, einfachere Möglichkeit gehabt hätte – ich habe mich noch nie über mein Schicksal beklagt.«

»Ich finde, du bist sehr tapfer«, sagte sie.

»Ja.« Ich sah sie an. »Ja, ich bin tapfer. Ich habe es gelernt, tapfer zu sein. Ich habe viel lernen müssen. Im Unterschied zu dir habe ich Angst. Ich habe gelernt, mein Schicksal für mich zu behalten und keine anderen Menschen damit zu belasten. Ich habe gelernt, mich nicht gegen die Welt aufzulehnen, weil ich weiß, daß die Welt gewinnen wird. Immer. Ich habe gelernt, vorsichtig zu sein höflich zu sein – das, was du als Betrug bezeichnest. Ich bezeichne es als gute Manieren. Ich habe gelernt, allein zu sein, und gute Miene dazu zu machen. Und das nennst du eine *Fehlplanung*.«

»Es tut mir leid, wenn ich dich gekränkt habe«, sagte Heather. »Das wollte ich nicht. Wollen wir zusammen zu Mittag essen? Ich habe heute nachmittag leider keine Zeit.«

»Iß du nur auf jeden Fall«, sagte ich. »Ich könnte keinen Bissen hinunterbringen.«

»Dann gehe ich jetzt, glaube ich, lieber. Das Problem ist nur – ich habe ein paar Sachen für Mama gekauft und würde mich freuen, wenn du sie mit nach Hause nehmen könntest. Ich habe sie in der Wohnung gelassen. Könntest du dich später noch einmal für ein paar Minuten mit mir treffen? Hier? Gegen fünf? Ich werde dich nicht lange aufhalten. Ich habe nur ein paar Kleinigkeiten besorgt, um sie aufzuheitern. Ich weiß, was ihr gefällt.«

Sie stand auf und wandte sich zum Gehen. Ich machte keinen Versuch, sie zurückzuhalten. Ich war zu verbittert und zu angewidert. Meine Wut hatte sich gelegt, und ich fror in der nebligen Luft. Ich war nervös von dem Kaffee, den ich getrunken hatte, und meine Hände zitterten leicht. Ich warf eine Handvoll Münzen auf den Tisch und schlug den Kragen meines unvermeidlichen Regenmantels hoch. Der Nachmittag dehnte sich leer vor mir aus. Wenigstens eines konnte ich tun, dachte ich: Ich konnte mein Rückflugticket für morgen besorgen. Ich würde nie wieder hierher zurückkehren. Ich schmeckte den Mißerfolg in meinem Mund wie Asche.

Ich ging mit schnellen Schritten auf die Piazza San Marco zu. Taubenschwärme bevölkerten den Himmel, der sich allmählich bewölkte. Ich drängte mich an den Menschenmassen vorbei, die in der Mittagspause durch die Straßen strömten, und strebte geradewegs der Pensione zu. Es erschien mir unbedingt notwendig, noch etwas von diesem Tag zu retten, der sich so schlimm angelassen hatte. Ich setzte mich in meinem Regenmantel aufs Bett und fragte mich, was ich als nächstes tun sollte. Was mich überraschte, war der Haß, der plötzlich zwischen uns entstanden zu sein schien. Ich hatte Heather immer für eine langweilige Person gehalten, eigentlich kaum für eine richtige Frau; und sie hatte offensichtlich das gleiche von mir gedacht. Oder vielleicht hatte sie mich einfach nur für eine unbedeutende Randfigur gehalten. Auch hier wieder der Fluch glücklicher Familien, die so von sich selbst erfüllt sind, daß sie die Realität eines anderen Menschen kaum wahrnehmen. Ich stand auf und ging im Zimmer auf und ab, das grau und kalt war und das metallische Licht des Kanals widerspiegelte. Meine Empfindungen erfüllten mich mit einer gewissen Abneigung gegen mich selbst. Haß hat mir schon immer ein Gefühl des Unbehagens eingeflößt; ich habe ihn nie als belebend oder entschädigend empfunden. Ich habe Haß stets als reinen Verlust empfunden – und wenn dabei auch nur die Energie verlorenging, die er in Anspruch nahm. Diese Reise schien überhaupt ein Verlustposten für mich zu sein; und wenn ich ehrlich war, konnte ich mir auch nicht vorstellen, daß Heather von ihr in irgendeiner Form profitieren würde. Wir hatten uns gegenseitig Wunden zugefügt, unter denen wir weiterhin leiden würden. Ich hatte nie den Wunsch gehabt, jemandem als warnendes Beispiel zu dienen. Und sie sicherlich auch nicht. Sie sah ihr Leben gern als eine Art Geheimnis, von dessen Schauplatz sie alle Zeugen verbannte. Und ich war eine solche Zeugin gewesen. Sie würde sich nie wieder unbefangen fühlen. Selbst wenn ihr Leben glücklich werden sollte, würde sie wissen, daß damit ein gewisses Versäumnis verbunden war, daß dabei viel Vertrauen und sogar einiges an Nerven verloren gegangen war. Sie würde wissen, daß sie auch Unglück zurückgelassen hatte, und dieses Dilemma würde ihr wachsendes Unbehagen bereiten und sie schließlich überwältigen.

Und doch konnte ich es ihr irgendwie nicht übelnehmen, das war das Schlimmste daran. Eigene Wege zu gehen, Anspruch auf sein eigenes Leben zu erheben und es anderen aufzuzwingen, ja sich vielleicht sogar einer Laune hinzugeben, war zwar etwas Ungeheuerliches, aber trotzdem manchmal auch Bewundernswertes. Hin und wieder mußte man das einfach tun. Und ich zweifelte nicht daran, daß die Welt ihr Verhalten durchaus annehmbar finden würde. Sie würde wieder den Status einer verheirateten Frau haben – ein Zustand, den ein so konventioneller Mensch wie sie stets für unentbehrlich halten würde. Vielleicht würde sie sogar die große Liebe erleben, auf die sie Anspruch erhob. Und dann würde sie Kinder bekommen, würde mit ihnen zu Besuch nach Hause kommen, und man würde ihr Beifall spenden, schlicht und einfach, weil sie den entscheidenden Test bestanden hatte. Denn darin besteht der Test, darüber sollte man sich keinen Illusionen hingeben. Und ich? Ich würde mir weiterhin meinen Weg durchs Leben bahnen, bis ich eine tapfere, immer noch unternehmungslustige Frau in mittleren Jahren war; und ich war diejenige, die anderen als Zuhörerin, Spiegel, Vertraute und Babysitterin dienen würde. Niemand würde etwas über mein Innenleben wissen, und es würde sich auch niemand danach erkundigen; man würde mich für ein Geschöpf ohne Geheimnisse halten. Ich war diejenige, die ein wenig schlampig um die Hüften herum werden würde, und müde, immer müder. Vermutlich würde ich nach wie vor die Livingstones besuchen und in untergeordneter Funktion an ihren Familienversammlungen teilnehmen. Ich würde »die arme Rachel« werden. Vielleicht war ich es schon.

Ich glaube, dieser Nachmittag war einer der schlimmsten, die ich je erlebt habe. Noch lange Zeit später empfand ich Unbehagen, Beklommenheit, ja sogar Schmerz, wenn ich an ihn zurückdachte. Ich hatte immer noch meinen Regenmantel an und lief im Zimmer auf und ab; und als das Zimmer mir unerträglich wurde, ging ich hinaus und versuchte meine innere Spannung abzureagieren, indem ich durch die nebligen Straßen wanderte, die mich jedoch immer wieder aufhielten, indem sie sich unversehens in Wasser verwandelten. Ich wollte nur noch nach Hause zurückkehren, mich in meine Arbeit vergraben und versuchen, dieses merkwürdige Gefühl der Scham loszuwerden, das mich überkommen zu haben schien. Im Augenblick wußte ich nicht weiter. Selbst meine Wanderungen führten mich im Kreise herum: Schon nach kurzer Zeit befand ich mich wieder auf der kurzen Strecke, die zur Bar Ducale zurückführte. Dort saß ich eine Stunde lang regungslos da; und als verschiedene Glocken dröhnend fünf Uhr schlugen, sah ich Heather auf mich zukommen. Sie wirkte ruhig, aber gedankenverloren, als habe sie einen Nachmittag der Unentschlossenheit hinter sich. Sie hatte zwei Plastiktaschen in der Hand, die sie zwischen uns auf den Tisch legte.

Das Licht auf dem kleinen Platz schwand schnell, und Heathers Gesicht schien mir den gleichen schwermütigen, distanzierten Ausdruck zu haben wie das der stillenden Frau mit dem Baby auf dem Gemälde, das ich gestern gesehen hatte. Meine bescheidene touristische Exkursion vom Vortag war bereits in ferne Vergangenheit gerückt. Das nebelverschleierte, immer trüber werdende Wetter machte mir jede Art von Tätigkeit unmöglich. Es war, als sei mein Platz hier und als bestehe meine Funktion einfach darin, zu warten. Inzwischen fand ich schon beinahe keine Worte mehr und wartete auf ein Stichwort von Heather.

»Na«, sagte sie. »Wie gefällt es dir hier? Venedig enttäuscht einen nie, nicht wahr? Obwohl du dir nicht gerade die beste Zeit ausgesucht hast.«

»Das ist überflüssig, Heather. Ich bin nicht hierhergekommen, um höfliche Floskeln auszutauschen.«

»Ich weiß beim besten Willen nicht, warum du überhaupt hergekommen bist«, erwiderte Heather und runzelte die Stirn.

»O doch, ich glaube, das weißt du schon. Aber du gibst dir alle Mühe, es zu ignorieren.«

»Tja, dann«, sagte sie fröhlich. »Wann reist du ab?«

»Oh, bald, bald. Mach dir keine Sorgen. Ich werde dich nicht noch einmal belästigen.«

»Ich hätte dich ja gern in unsere Wohnung eingeladen, aber das ist etwas problematisch. Ich glaube, Marco fände es ein bißchen... Na ja, du weißt schon.«

»Ehrlich gesagt, nein.«

»Na ja, er war nicht gerade begeistert davon, daß ich mich mit dir treffe.«

»Hättest du ihm denn nicht einfach sagen können, ich sei eine Freundin aus England?«

»Eine Freundin aus England?« Sie blickte mich zweifelnd an. »Ja, wahrscheinlich hätte ich das sagen können. Aber weißt du, ich erzähle ihm alles. Er weiß von dir und weshalb du hier bist.«

»Dann wundere ich mich, daß er dich überhaupt hat gehen lassen.«

Heather schien sich ganz wohl zu fühlen, obwohl unsere Freundschaft in Trümmern lag. Mir war ein wenig unbehaglich zumute. Ich dachte bereits an die bevorstehende Reise, an die Fahrt im Bootstaxi. Ein paar Sekunden lang tat sich ein Abgrund körperlicher Übelkeit vor mir auf; doch dann verdrängte ich ihn entschlossen aus meinen Gedanken. Es war schon fast dunkel – die früh hereinbrechende Dunkelheit des Winters. Der Platz füllte sich mit Menschen. Es war eindeutig an der Zeit, nach Hause zu gehen.

»Tja, wenn es dir nichts ausmachen würde, Mama diese Pakete zu bringen... Ich wäre dir schrecklich dankbar.«

»Aber natürlich«, sagte ich.

»Ich hätte dich nicht darum gebeten; aber ich weiß, daß du alles für unsere Familie tust. Das habe ich immer am sympathischsten an dir gefunden.«

»Wie kannst du nur«, sagte ich ganz ruhig.

Sie ließ die Taschen auf dem Tisch liegen und stand auf, um sich zu verabschieden. »Auf Wiedersehen, Rachel. Es tut mir leid, daß du diese Reise vergeblich gemacht hast.« Und schon war sie fort. Sie schien in den undurchdringlichen Schatten Venedigs zu verschwinden, als sei sie nie dagewesen.

»Heather«, schrie ich. »Komm zurück!«

Ich sprang unbeholfen auf; zunehmender Umfang oder zunehmendes Gewicht schien mich in meinen Bewegungen zu behindern. Ich versuchte ihr zu folgen, hatte mir die Richtung, in der sie verschwunden war, aber nur ungefähr gemerkt. Blindlings rannte ich eine Seitenstraße entlang. Es war sehr still und sehr dunkel. Ich stolperte über Müllsäcke, die an Hauswänden aufgestapelt waren. Dann schob sich mir wieder eine Wasserfläche in den Weg. Voller Panik rannte ich zurück. Ich befand mich im Zentrum von Venedig, irgendwo hinter der Fenice, doch es war keine Menschenseele zu sehen. Ich überquerte eine kleine Brücke und dann noch eine. Es war alles still. Ich ging weiter denselben Weg zurück und schob mich furchtsam durch die düsteren Gassen wie ein ruheloser Geist, sorgsam darauf bedacht, kein Geräusch zu verursachen. Links, in der kleinen Calle de la Vida, nahm ich verschwommene Formen wahr: An Leinen, die an den Seiten der Gebäude entlanggespannt waren, hing Wäsche. Abbröckelnde Steinmauern enthüllten abbröckelnde Ziegel. Ich tastete mich an ihnen entlang und stand schon wieder vor einer Wasserfläche. Wieder ging ich denselben Weg zurück, gequält und angewidert von diesem Element, das mich stets listig auf Armeslänge von sich fernhielt. Als ich noch einmal zurückschaute, sah ich eine schwarze Gestalt in einem Türeingang verschwinden.

Nach einer Ewigkeit erreichte ich die Pensione und ließ mir ein Bad ein. Mir war, als sei ich meilenweit durch feindliches Gebiet gewandert, und ich spürte in mir jenes eigenartige Gefühl der Taubheit, das einen überkommt, wenn man erkennt, daß man eine Niederlage erlitten hat. Ich hatte versagt; aber das zählte eigentlich gar nicht. Was zählte, war die Tatsache, daß ich einen Irrtum begangen hatte: Nicht Heather war in Gefahr, sondern ich. Ich fühlte mich arm und beschämt, und der Schock der Wahrheit durchfuhr mich. Etwas Schreckliches war geschehen. Ich konnte mir nicht vorstellen, wie ich den Menschen, die mich kannten, jemals wieder in die Augen sehen sollte. Durch das Fenster sah ich die großen Boote, die vor Anker hin und her schaukelten. Ihre Namen schienen mich zu verspotten: Maximus, Validus, Strenuus, Ausus, Ludus. Tatsache war, daß die Wunder dieser Erde mir plötzlich nichts mehr bedeuteten. Ohne ein Gesicht gegenüber dem meinen war die Welt leer; ohne eine andere Stimme war sie still. Ich sah einer Zukunft entgegen, in der ich immer zu zeitig essen würde, der erste Gast in einem leeren Restaurant; und danach würde ich zu zeitig ins Bett gehen und zu zeitig aufstehen, begierig, einen neuen Tag zu beginnen, damit er möglichst bald wieder endete. Ich hatte nicht die Geduld oder die Zuversicht, ein eigenes Leben für mich zu entwerfen. Ich würde stets auf das Leben anderer Menschen angewiesen sein.

Ich dachte an Heather, an das letzte Mal, als ich sie gesehen hatte, wie sie in ihrem langen schwarzen Gewand um eine Ecke verschwand, sich noch einmal umdrehte und mich ansah; ihr Gesicht in dem schwindenden Licht war ausdruckslos, aber seltsam bedeutungsvoll gewesen. Sie schien mir in dieser verwirrenden Stadt zu Hause zu sein, sie, die ihre Eltern bis dahin nie verlassen hatte. Auf ihre undurchschaubare Art hatte sie ein Geheimnis entdeckt. Sie hatte mich seltsam angesehen, mit einem Blick, den ich nicht sofort entschlüsseln konnte. Mitten in jener Nacht, als ich von einem Traum erwachte, in dem ich ertrank, wurde mir klar, daß es ein mitleidiger Blick gewesen war. Heather hatte die Tragweite ihres Wissens erkannt; auch hatte sie gespürt, wie weit sie uns alle hinter sich gelassen hatte – und vor allem, wie weit sie mich hinter sich gelassen hatte. Zuletzt hatte ich sie in der Calle de la Vida verschwinden sehen; zumindest glaube ich, daß sie es war, aber ich bin mir nicht ganz sicher. Das einzige, was ich erkannt hatte, war ein langer schwarzer Rock und das Schimmern eines Ohrrings, ehe sie in einem Türeingang verschwunden war. Ich sah sie nie wieder.

Ich glaube, sie fuhr kurz darauf tatsächlich nach Hause, um ihre Eltern zu besuchen. Das erfuhr ich erst viel später, nach Dorries Tod. Monate vergingen, und ich nahm keinen Kontakt mit den Livingstones auf. Erst als ich Oscar am Ende eines weiteren Sommers auf der Straße sah, erfuhr ich alles. Heather war gekommen, wieder abgereist und dann kurz zurückgekehrt, um der Beerdigung beizuwohnen. Dann war sie wieder verschwunden. Oscar schien das nicht zu überraschen, als könne ihn jetzt nichts mehr berühren. Er war inzwischen ein alter Mann geworden oder sah zumindest so aus; von seinem früheren makellosen, untadeligen Ich war nichts mehr übrig. Er strich sich mit jener Geste, die ich so gut kannte, die Krawatte glatt; aber seine Hand zitterte und seine Fingernägel waren nicht gepflegt. Er erzählte mir, daß er das Haus verkauft hatte und von nun an im Ausland leben würde. Mir fiel auf, daß seine Augen trübe und verschleiert waren, als habe er grauen Star. Ich versprach, ihm zu schreiben, obwohl ich wußte, daß ich ihm nichts mitzuteilen hatte. Mein letzter Eindruck von ihm war der einer unordentlichen Gestalt, die in Richtung Marble Arch davonstapfte; und ich sah seinen gebeugten Rücken, der sich gegen den Schein einer rasch untergehenden Sonne abzeichnete.

Joyce Carol Oates im dtv

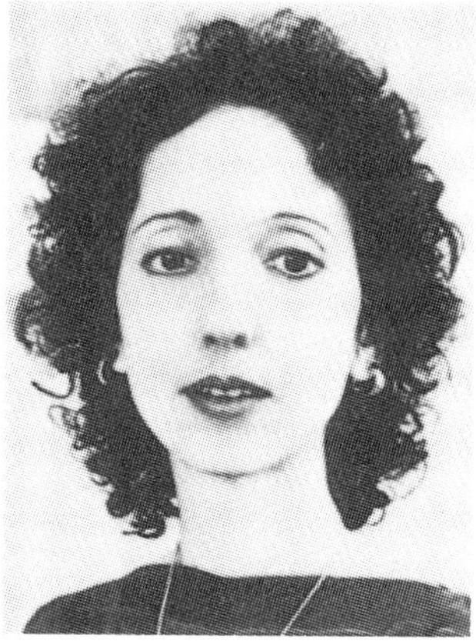

Grenzüberschreitungen

Zart und kühl, bitter und scharf analysierend, erzählt die Autorin in fünfzehn Kurzgeschichten von der alltäglichen Liebe, dem alltäglichen Haß und ihren lautlosen Katastrophen. dtv 1643

Jene

Die weißen Slumbewohner in den Armenvierteln des reichen Amerika, die sich nicht artikulieren können, sind die Helden dieses Romans. Die Geschichte einer Familie, aber auch die Geschichte Amerikas. dtv 1747

Lieben, verlieren, lieben

Von ganz »normalen« Menschen erzählt die Autorin, vor allem von Frauen, von Hausfrauen, Ehefrauen, Müttern und Geliebten. dtv 10032

Ein Garten irdischer Freuden

Ein Mädchen will ihren ärmlichen Verhältnissen entfliehen. Sie tut es – nichts anderes bleibt ihr übrig – mit Hilfe von Männern. dtv 10394

Bellefleur

Der Osten der USA ist der Schauplatz dieser phantastischen Familiensaga. Aus dem Leben der Menschen des Hauses Bellefleur wird ein amerikanischer Mythos. dtv 10473

Im Dickicht der Kindheit

In einem Provinznest lebt die starke, in ihrer Sinnlichkeit autonome Arlene mit ihrer jungen Tochter Laney, deren Schönheit und Wildheit der vierzigjährige Aussteiger Kasch verfällt. dtv 10626

Engel des Lichts

Die Geschichte einer alten Familie in Washington, die zwischen Politik und Verbrechen aufgerieben wird. dtv 10741

Unheilige Liebe

Auf dem Campus einer exklusiven Privatuniversität spielen die Mitglieder des Lehrkörpers eine »Akademische Komödie des Schreckens«. Sie lieben sich, sie hassen sich, aber keines dieser Gefühle hält vor. dtv 10840

Letzte Tage

Amerikanische Kleinstädte und europäische Metropolen sind die Schauplätze dieser sechs Erzählungen. dtv 11146

Die Schwestern von Bloodsmoor

Ein romantischer Roman, aber auch eine sarkastische Abrechnung mit den USA nicht nur des vorigen Jahrhunderts. dtv 11244

Doris Lessing im dtv

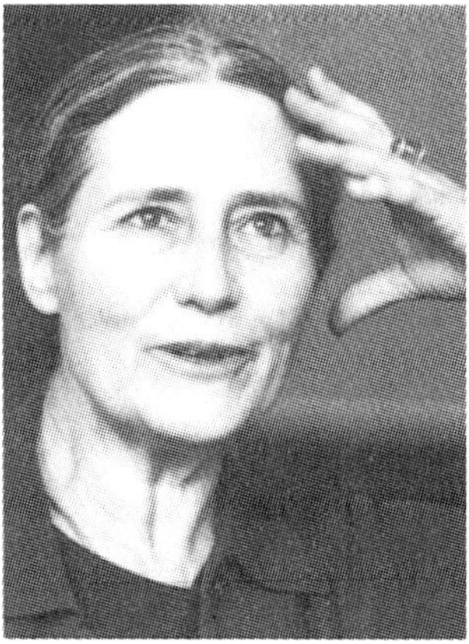

Foto: Isolde Ohlbaum

Martha Quest

Die Geschichte der Martha Quest, die vor dem engen Leben auf einer Farm in Südrhodesien in die Stadt flieht. dtv/Klett-Cotta 10446

Eine richtige Ehe

Unzufrieden mit ihrer Ehe sucht Martha nach neuen Wegen, um aus der Kolonialgesellschaft auszubrechen. dtv/Klett-Cotta 10612

Sturmzeichen

Martha Quest als Mitglied einer kommunistischen Gruppe in der rhodesischen Provinzstadt gegen Ende des Zweiten Weltkriegs. dtv/Klett-Cotta 10784

Landumschlossen

Nach dem Krieg sucht Martha in einer Welt, in der es keine Normen mehr gibt, für sich und die Gesellschaft Lösungen. dtv/Klett-Cotta 10876

Die viertorige Stadt

Martha Quest geht als Sekretärin und Geliebte eines Schriftstellers nach London und erlebt dort die politischen Wirren der fünfziger und sechziger Jahre. dtv/Klett-Cotta 11075

Kinder der Gewalt
Romanzyklus
Kassettenausgabe der fünf oben genannten Bände
dtv/Klett-Cotta 59004

Vergnügen · Erzählungen
dtv/Klett-Cotta 10327

Wie ich endlich mein Herz verlor
Erzählungen
dtv/Klett-Cotta 10504

Zwischen Männern
Erzählungen
dtv/Klett-Cotta 10649

Nebenerträge eines ehrbaren Berufes · Erzählungen
dtv/Klett-Cotta 10796

Die Höhe bekommt uns nicht
Erzählungen
dtv/Klett-Cotta 11031

Ein nicht abgeschickter Liebesbrief
Erzählungen
dtv/Klett-Cotta 25015 (großdruck)

Die andere Frau

Eine auf den ersten Blick klassische Dreiecksgeschichte, die bei Doris Lessing jedoch einen ungewöhnlichen Ausgang findet.
dtv/Klett-Cotta 25098 (großdruck)

Fay Weldon im dtv

Die Teufelin

Die loyale, aber leider ziemlich unattraktive Ruth erträgt lange die sexuellen Eskapaden ihres Mannes. Irgendwann ist sie allerdings mit ihrer Geduld am Ende. Sie dreht den Spieß um und plant einen Rachefeldzug. Das erste, was in Rauch aufgeht, ist das Eigenheim. dtv 11132

Herzenswünsche

Was Helen und Clifford aus der großen Liebe machen (natürlich eine Scheidung und diverse andere Dinge und noch eine Scheidung und die eine oder andere Karriere) und wie ihre verlorene Tochter Nell viel schöner und klüger wird, als es ihre Eltern verdient haben. dtv 11197

Du wirst noch an mich denken

Ein Mann und drei Frauen, die Geschiedene, die Neue und die Halbtagssekretärin – aus dieser nicht ungewöhnlichen menschlichen Konstellation macht Fay Weldon eine rasante psychologische Studie über Schein und Sein; mit einer Komik, die manchmal mörderisch ist. dtv 11225

Kleine Schwestern

Zusammen mit dem Antiquitätenhändler Victor, ihrem zwanzig Jahre älteren Liebhaber, fährt Elsa für ein Wochenende aufs Land. Der Besuch bei Victors reichen Freunden wird für Elsa zu einer Tour de force durch Liebe, Lügen, Sex und andere Ungeheuerlichkeiten. Aus Prinzen werden Frösche, und nichts bleibt, wie es war. dtv 11305

Frau im Speck

Aus einer von Wohlstandsspeck, Diätkuren und den üblichen Midlife-crises-Affairen bedrohten Ehe hat sich Esther in eine schmuddelige Souterrainwohnung geflüchtet. Was sie dort tut? Sie ißt, und zwar alles, was fett macht. Eine »beste Freundin« taucht auf und spielt den »rettenden Engel«... dtv 11378

Sterndame

Sandra geht mit ihrem Ehemann auf eine Party und verläßt diesselbe mit einem anderen. Das Pikante am vorliegenden Fall: Die Dame ist eine prominente Fernseh-Astronomin, der Gatte ein bekannter Anwalt, und der »Neue« Boss einer Jazz-Band, übrigens ebenfalls verheiratet. dtv 11426

Marlen Haushofer im dtv

Foto: Peter J. Kahrl, Etscheid

Begegnung mit dem Fremden

Siebenundzwanzig zwischen 1947 und 1958 entstandene Erzählungen. dtv 11205

Die Frau mit den interessanten Träumen

Zwanzig Kurzgeschichten aus dem Frühwerk der großen österreichischen Erzählerin. dtv 11206

Bartls Abenteuer

Kaum stubenrein, wird der kleine Kater Bartl von der Mutter getrennt und muß sich in seinem neuen Zuhause einrichten. Zögernd beginnt er die Welt zu erkunden, besteht Abenteuer und Gefahren, erleidet Niederlagen und feiert Triumphe, wird der Held der Katzenwelt und in der Familie die »Hauptperson«.
dtv 11235 / dtv großdruck 25054

Wir töten Stella
und andere Erzählungen

»Marlen Haushofer schreibt über die abgeschatteten Seiten unseres Ichs, aber sie tut es ohne Anklage, Schadenfreude und Moralisierung.« (Hessische Allgemeine) dtv 11293

Schreckliche Treue. Erzählungen

»... Sie beschreibt nicht nur Frauenschicksale im Sinne des heutigen Feminismus, sie nimmt sich auch der oft übersehenen Emanzipation der Männer an ...« (Geno Hartlaub) dtv 11294

Die Tapetentür

Eine berufstätige junge Frau lebt allein in der Großstadt. Sie hat einige Affären, deren immer gleicher Ablauf sie langweilt. Die Distanz zur Umwelt wächst, begleitet von einem Gefühl der Leere und Verlorenheit. Als sie sich leidenschaftlich in einen Mann verliebt, schwanger wird und auch heiratet, scheint die Flucht in ein »normales« Leben gelungen ... dtv 11361

Die Wand

Eine Frau wacht eines Morgens in einer Hütte in den Bergen auf und findet sich, allein mit ein paar Tieren, in einem Stück Natur eingeschlossen von einer unüberwindbaren gläsernen Wand, hinter der offenbar keine Menschheit mehr existiert. Aber sie will und kann weiterleben. Dieser Roman ist Marlen Haushofers Hauptwerk. dtv 11403